U0468532

有爱的青春陪伴者

# 阿娇

萌教教主 ◆ 著

江苏凤凰文艺出版社

图书在版编目（CIP）数据

阿娇 / 萌教教主著. -- 南京：江苏凤凰文艺出版社，2024.5
ISBN 978-7-5594-8546-5

Ⅰ.①阿… Ⅱ.①萌… Ⅲ.①长篇小说－中国－当代 Ⅳ.①I247.5

中国国家版本馆CIP数据核字(2024)第063876号

# 阿娇

萌教教主 著

| 责任编辑 | 王昕宁 |
| --- | --- |
| 特约编辑 | 周丽萍 |
| 责任校对 | 言 一 |
| 出版发行 | 江苏凤凰文艺出版社 |
| | 南京市中央路165号，邮编：210009 |
| 网 址 | http://www.jswenyi.com |
| 印 刷 | 长沙鸿发印务实业有限公司 |
| 开 本 | 880mm×1230mm 1/32 |
| 印 张 | 9 |
| 字 数 | 250千字 |
| 版 次 | 2024年5月第1版 |
| 印 次 | 2024年5月第1次印刷 |
| 书 号 | ISBN 978-7-5594-8546-5 |
| 定 价 | 39.80元 |

江苏凤凰文艺版图书凡印刷、装订错误，可向出版社调换，联系电话025-83280257

# 目录篇

第一章 · 001
寻人

第二章 · 027
入京

第二章 · 054
翻案

第四章 · 079
飘霜阁

第五章 · 105
司考大典

第六章 · 131
司天监

第七章 · 158
太傅之死

# 目录篇

第八章 · 186
圣上寿辰

第九章 · 215
占为己有

尾声 · 245
云游途中

番外一 · 253
大婚

番外二 · 258
乔巧往事

番外三 · 267
帝后日常

后记 · 280

# 第一章
## 寻人

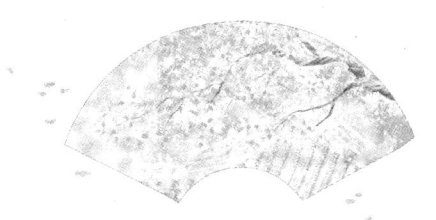

是夜，月色惨白，星辰暗淡。

纪九司蜷缩在大树之上，手中紧紧地抱着一只黑皮小狗。

小狗像是感受到了主人的惊骇，一双黑色的眼睛里亦透着恐慌，它紧紧地依偎在主人的怀中，不敢发出一丝声音。

而树下，是一群想要捉拿纪九司的村民。

村民们仰头看着这个十六岁的少年，眼中满是贪婪又兴奋的光。

"纪九司，你杀父弑母，罪无可赦，还不乖乖束手就擒！"

"再不下来，我们可要烧树了！"

话音未落，他们便将火把丢过来开始烧树。

浓烟泛起，火焰越蹿越高。

纪九司脸上闪过越来越重的恨意和绝望，终是抱着小狗飞身下树。

他的脸隐在黑暗里，让人看不清他的神色。

他站在村民们面前，声音平静得有些瘆人："放了小黑，我跟你们走。"

村民们面面相觑。

半响，为首的男子站出来一步，似笑非笑："行，我们答应你。"

纪九司蹲下身，轻轻地抚摸过小黑的脑袋，在它耳边低语："快走，走得越远越好。别再等我了。"

小黑朝着他大叫两声，终究朝着南方而去。

而村民们，亦自觉地让开一条道来，让小黑离开。

可说时迟，那时快，突然一个身着青色粗麻衣的男子朝着小黑扑了过去，将它牢牢禁锢住，然后拿出匕首手起刀落，不过瞬间，深红的血洒落一地，小黑气绝，转瞬成残尸。

也是在这须臾之间，纪九司身上猛地炸裂出一股瘆人的煞气，竟是瞬间闪身到了杀死小黑的青衣人面前，然后伸出手去，重重地捏住了他的脖颈！

纪九司清俊的脸颊此刻爬满了戾气，显出骇人的扭曲。他捏着青衣人脖颈的手越收越紧："连只狗都不放过，我要你陪葬！"

纪九司，礼部侍郎之子，武艺高强，整个大周鲜有对手。

这七日七夜，他只吃了几颗苦涩野果，身体早已疲惫不堪，精疲力竭。可此刻他的力气竟是大得惊人，仿佛体内依旧有着源源不断的力量。

他的双眸阴冷得就像地狱修罗。他寒笑起来，一字一句道："既然你们想杀我，那，我就先把你们通通杀死——"

青衣人的脸已经变成青紫色，他双眼暴瞪，嘴中咿呀不知说着什么，脖颈处传来的力量快要将他吞噬。

周围的人全都害怕得后退了一大圈，生怕自己被波及。

"纪九司！不准杀人！"

就在此时，远处陡然传来一道清脆的女子声音，在这个杀气腾腾的夜晚，显得如此突兀。

在场的人全都下意识地朝着声音传来的方向看过去。

只见一位穿着一袭白衣的女子缓缓走来。

这女子面容妍丽，明眸皓齿，特别是那双眼睛，格外明亮，宛若浩瀚星辰，竟让人有些挪不开眼。

可等众人看清楚她的一身行头后，全都忍不住抽了抽嘴角。

因为这女人的背上,竟然背着……一口大锅。

众人你看我,我看你,搞不清楚这陡然出现的女人是什么身份。

阿娇一边气喘吁吁地大步朝纪九司走去,一边如释重负地笑道:"总算赶上了!纪九司,太好了!"

纪九司脸上全是防备,干脆将手中的青衣人禁锢在自己身前当作人质,冷冷道:"你是谁?"

阿娇柔声道:"纪九司,放开他。"

纪九司脸上的狰狞并未减少一分,语气阴森得宛若修罗:"凭什么?"

阿娇正色道:"就凭你是纪九司!纪九司,你的手,不该用来杀人。"

夜色下,她黑白分明的杏眸一眨不眨地看着他,那目光仿佛承载着厚重的期待。

纪九司嫌恶地别开眼,手上动作却不停,竟是生生震断了青衣人的浑身筋脉。

青衣人发出凄惨的号叫,令人闻之心颤。

村民们怒火中烧,一时之间全都朝着纪九司冲去。

阿娇暗道不好,迅速飞奔向纪九司,然后二话不说紧紧牵住他的手,朝着来时的西方飞奔而去。

很快,便见一辆玄色马车停在前方树下。

纪九司的步伐愈加虚弱。

身后的村民步步紧逼,阿娇更紧地捏住他的手,用尽全力将他拉上马车,随即一抽马鞭,马车瞬间宛若离弦的箭般疾驰而去。

暗夜里,风甚急,气温寒凉。

纪九司看着身侧的明丽少女,沉眉冷声:"你到底是谁?"

阿娇侧头,对他粲然一笑:"我叫谢阿娇。"

昌平镇,位于升州最东处,穷乡僻壤,物资贫乏。

阿娇带着纪九司一路狂奔,直到第二日傍晚,才终于停下。二人在昌平镇内寻了一间平平无奇的客栈准备休息一晚。

此地距离纪九司被围攻的七里山甚远，那些愚蠢的村民，为了银子想方设法地想活捉纪九司去换取赏金，却不想想自己有没有命拿那个钱。

刑部将纪九司的通缉令贴遍全国各地，二人在沿途之中已乔装打扮，纪九司穿上了猎人皮草，阿娇则装扮成他的夫人。

二人只开了一间房，安顿好后，阿娇又背着大锅下了楼。

纪九司只是冷冷看着她，全程一言不发。

阿娇并不理会，而是转身进了厨房，亲自给纪九司做一碗红烧牛肉面。

面是自己拉的，锅是她自己打的，除了这牛不是她亲自养的，别的都是她亲自动的手。

其实如果条件允许的话，用她自己养的牛味道会更好，毕竟这口锅可是找师父开过光的，非常珍贵！

牛肉面在沸水里上下翻滚，画出漂亮的弧度，她又从怀中拿出九味镇心丸，撒了十几颗让它们融化到面条里，再加入少量茯苓和五味子熬成汤底，这才算完成了这道药膳。

纪九司近日心情起伏甚大，首先得先镇定他的心神，稳住他，才好继续后面的事。

知道纪九司出事后，阿娇便连夜告别了师父，下山来了。

她跟着师父学习星象玄黄之术，十分刻苦，几年下来也算学有小成，至少预测一下天气、坑蒙拐骗啥的不是问题。

纪九司这孩子，打小就长得俊。她身为他的邻居，早已觊觎他的美色多年。

只是她以前……挺肥的，身高和体重一比一，所以哪怕她天天在纪九司面前晃悠，纪九司也从未正眼看过她。

后来，她父亲将她托付给了师父南真子——一个神神道道的神棍，她便专心学艺，很少归家。

可纪九司，她从未忘过。

纪九司，乃是大周礼部侍郎纪康之子，才学出众，名满大周。

国子监众考常年第一，文武双全，只是性格古怪，不喜欢和人打交道，独来独往，甚是高冷。

俊美高冷、前途光明的纪九司，被京都第一美人乔巧垂青。乔巧与纪九司订下婚约，只等乔巧过了十六岁生辰便可成亲。

可月余之前太平山狩猎日，十七岁的纪九司中迷药昏迷，等他醒来时，父母双亲惨死在他面前，而他手中，还握着一把带血的弯刀。

旁人闻声赶来，纷纷指责是他杀父弑母。

一夕之间，纪九司成为人人惧怕的魔鬼，未婚妻乔巧的父亲当众提出解除婚约，刑部要将他缉拿归案。

可在此期间，纪九司却只身逃了出来，流窜在外。

刑部连夜发布高额赏金通缉令，在全国各地捉拿重犯纪九司。

昔日的天之骄子，成了心狠手辣的魔鬼，所有人都想抓住他，换取高额赏金。

纪九司带着从小陪他一起长大的小黑躲在暗处，成了见不得光的逃犯。

…………

这些都是阿娇的师兄跟她说的，所以她连夜就下山来了。

倒不是想趁着他和乔巧退婚了好捡漏，主要还是想见义勇为，匡扶正义。

下山后，她摇了个爻卦，便直奔升州昌平七里山。

果然让她寻到了逃亡在外的纪九司。

从回忆中清醒过来，阿娇端着红烧牛肉面，重新回到纪九司身边。

她将面放在他面前，一脸和蔼地看着他。

"饿了吧？赶紧吃吧。"

纪九司看着眼前的这碗面。

浓郁的汤汁内，细细的长面条在中间起起伏伏，香喷喷的牛肉纹理分明，翠绿的葱花点缀其中，牛肉的香味混着淡淡的药香四溢，让他的肚子很是不争气地发出了饥饿的抗议。

自从父母惨死后，他仿佛已经忘了饥饿。

现在小黑也死了，他一心只想报仇。

可不知怎的，此时此刻，他……竟有些想哭。

他伸出手来重重捏住筷子，埋头大口吃着，面的筋道混着牛肉的咸香，与他唇齿交融，竟是如此人间美味！

这味道……甚至让他想起了小时候。

窗外温暖的夕阳洒入房中，母亲将他温柔地护在怀中，轻轻拍打他的脊背，哄着他入睡。

那一刻的温情，勾起了他浓浓的思念。

突如其来的柔软将他身心包围，让他鼻子一酸，眼角亦缓缓滑下泪来。

他猛地回神，颇为狼狈地擦去脸上的湿痕，一边略带阴狠地瞪了眼阿娇。

阿娇内心：哼，没有人能逃得过我的治愈系药膳！

阿娇面上："慢慢吃，别噎着。"

她继续和蔼道："我知道你满腹冤屈，今晚你我好好休整一夜，明日一早继续赶路去京城。"

纪九司冷冷道："去京城做什么？"

阿娇道："自然是帮你查案，洗刷冤屈啊！"

纪九司眯起了眼睛，他的双眸漆黑，戾气在他身上弥漫，让人无端有些恐惧："太子一心想让我死，你莫不是太子派来的，想带我入京，再一刀杀了我。"

阿娇皱眉说道："我若想杀你，在马车上便该动手了，毕竟你如此虚弱。"

纪九司别开眼："反正我不入京。"

阿娇道："那你想如何？"

纪九司沉默半响，然后对着阿娇缓缓扬起一个扭曲的笑意。

"恢复力气，然后回七里山，去杀了他们，给小黑报仇。"他笑着看着她，可语气阴森得像个恶鬼。

阿娇软乎乎地说道："好说好说，那就请你休息一晚，明天再上路不迟。"

纪九司果然暂时收起了防备，埋头吃面。

等纪九司将最后一口汤也喝完后，阿娇又让小二准备热水，让纪九司沐浴更衣。

他现在满脑子都是报仇，先稳住他再说。

等沐浴完毕，阿娇非常贴心地让纪九司睡床上，自己则在地上打地铺，就这么将就了一夜。

等到第二日，纪九司果然又说要回七里山，阿娇又背起大锅，笑眯眯地点头："好啊。"

二人又上了马车。

阿娇让纪九司坐在车厢里，自己则继续坐在前面驾着马车赶路。

这一赶就赶到了下午。

纪九司陡然察觉到不对，从车厢中探出头来，鬼气森森地问她："七里山怎么还没到？"

阿娇笑吟吟地说："马上就到啦。"

此时恰逢旁边经过一辆驴车，驴车上有两个婆娘在对话。

一个道："前头便是祁州，你回家省亲吗？"

另一个道："俺去祁州投奔亲戚哩。"

驴车和阿娇的马车擦肩而过。

众所周知，祁州是上京的必经之路。

阿娇没想到这一出，纪九司愈加阴冷地看着阿娇，危险地眯起眼来。

阿娇瞬间变得可怜巴巴："看来是我搞错方向了，嘤。"

纪九司武艺高强，不过一个闪现，整个人便闪身下了马车。

阿娇慌忙停下马车，也跳下车去，急声道："纪九司！"

纪九司面带厌恶，冷冷道："别干涉我的决定。你配吗？"

阿娇怔怔地看着眼前的少年，看着他俊美似玉的眉眼，看着他眼底深处的厌恶，心底陡然弥漫出一阵难过。

她眼底泛过酸涩,轻声道:"纪九司,我只是不想看到你杀人。"

纪九司笑得更肆意了,仿佛听到了全天下最好笑的笑话一般。他邪恶地说:"我想杀就杀,人命,不过是如草芥一般轻贱的东西。"

话及此,他转身,抬步就走。

阿娇心底一紧,慌忙追了上去。

她紧紧拉住纪九司的衣袖,却被纪九司轻易甩开。

她毫无办法,纪九司太过坚持,她根本阻止不了他。

她凝眸思索了一会儿,干脆取下了自己背上的大锅,对着纪九司的后脑勺重重撞去。

铁锅和脑袋相触时,发出了一声沉重的闷声。

纪九司果然停下了脚步,然后他慢慢转过身,不敢置信地看向她。

阿娇红着眼道:"纪九司,别讨厌我,我只是……"

可她后面的话还没说完,纪九司就缓缓闭眼,整个人瘫软在了地上。

这口百年玄铁锅,威力果然惊人。

阿娇把纪九司敲晕后,带着他疯狂赶路,一直等到第二日傍晚,纪九司才终于睁开眼。

此时,二人已经到达祁州和锦州的交界处,等再穿过锦州,便能到北直隶的地界。

纪九司睁开眼时,阿娇正在烤一只野鸡。

她有师父专门为她特制的百花散,对迷晕小动物有奇效,只要在角落洒上一些,过上小半个时辰再去看,角落里必然有昏迷在那儿的小动物,比如野兔、野鸡之类的。

春夏交替,温度适宜。傍晚时分头顶火烧云燃烧热烈,将半边天都染得绯红。

阿娇正在烤鸡,忽地旁边伸出一只手来,轻轻扯住了她的衣袖。

手掌白皙,手指修长,骨节分明,透着温柔的书卷气。

顺着手掌往上看,便见暖风吹拂下,一个面容白皙漂亮的少年正眨巴着一对凤眼，迷茫地看着她。

少年迷茫地问："你是谁？"

他又环顾了下四周，更迷茫了："这是在哪儿？"

此时他们正在一片小树林内，四周都是连绵起伏的高山，等入了夜，山中必有野兽出没。此地前不着村，后不着店，还不如就在这小树林内将就一晚。

只是这小树林似乎也不太安全，此时天色逐渐变黑，影影绰绰的繁茂树木，也显得有些阴森诡异起来。

阿娇扯了一下纪九司，让他坐在自己身边，这才小心翼翼道："马上就能出祁州了，纪九司，你别再想着回七里山了，好不好？"

她的声音软软的，夹着一丝讨好。

篝火噼啪燃烧，映照出明亮暖黄的光。

纪九司睁着漂亮的眼睛看着她："原来我叫纪九司。"

阿娇总算意识到了不对劲，她脸色一变，连忙伸手探卜了纪九司的脉象，却发现脉象虚浮微弱，显然是……她敲得太过用力，导致他脑中有了少量淤血，也因此短暂失忆了。

阿娇怎么也没想到……

纪九司歪着脑袋看着她："你怎么了？"

阿娇差点被纪九司萌萌的样子融化，她心下一颤，红着脸道："啊，没、没什么。"

她干咳一声，继续烤野鸡，末了，扯下一只鸡腿递给他。

纪九司坐在她身边默默吃着，半响又道："你还没回答我，你叫什么呢？"

阿娇弯起眼来，笑道："我叫阿娇，你不记得啦？"

纪九司又露出了迷茫的表情，缓缓摇头："我好像忘记了很多事。"

纪九司继续问："我们是什么关系？"

阿娇笑得更甜了，一双杏眼亮晶晶地看着纪九司，心底却忍不住轻颤："我们啊，我们……是未婚夫妻呀。"

纪九司眉头皱紧:"未婚夫妻?"

天色已深,只剩篝火的光明明灭灭洒在阿娇脸上,她眸光深深地看着这样的纪九司,似乎又看到了他从前的样子。

他十五岁时,已是名动京州的才子。

纪九司长得好看,因此总有许多贵族女子排着队对他示好,送他锦囊。

她家和纪家挨得极近,她从小到大就对纪九司这个名字如雷贯耳,也总是站在角落看着他受到众人追捧。

从八岁到十四岁,她就看着他越来越高,越长越俊,也一步步看着他在科举乡试拔得头筹,名动京城。

而她呢?

她小时候生了一场大病,整日都要喝许多苦涩的中药吊命,而那药越喝,她便越圆。

她喝了整整三年的药,体重最终还是超过了身高,成了一个圆滚滚的肥妹。

纪九司对她而言,就是遥不可及的月亮,只是看着,就觉得很远。

可是年少单纯,情愫就像是一颗种子似的,在她日复一日的暗中观察中生了根,发了芽。

当时她总是在想,如果自己瘦一些就好了,如果自己瘦下来了,好歹也能有资格站出来,站在他面前,让他看一看自己。

而不是像现在这样,她光是从暗处走出一步,都难以自持地弥漫出自辱的羞耻。

后来,她十三岁那年,她在张思竹的鼓励下,终于第一次鼓起勇气,手捧着鲜花,站在了纪九司的家门口等他。

张思竹对她说:"圆圆,你真的很好,谁敢说你一声胖,老子就去教训他!"

阿娇说:"我不想你去教训谁,我只是想让纪九司看我一眼啊。"

张思竹沉默了很久,才说:"那你就手捧鲜花,直接去找纪九司好了。你这么可爱,他要是拒绝你,那就是他眼瞎。"

就这么简单的几句话，总算让阿娇生出了一丝丝的信心，也学着那些贵女表白时的模样，专心等着纪九司。

可她没等到纪九司，却等到了也前来找纪九司的乔巧。

十三岁的乔巧已经长得美艳动人，眉眼灵动，她爹是内阁阁老，位高权重，她属实是京圈内的顶级贵女。

说来也巧，那日阿娇穿了件桃粉色的团锦琢花裙，是她前一日专程去锦衣坊挑选的，没想到乔巧也穿了件和她一模一样的裙子，颜色花纹，皆是一模一样。

唯一不一样的是阿娇穿的是最大码，乔巧身上穿的是最小码。

乔巧身材纤细，腰肢柔软，走起路来时，裙摆上的花瓣跟着轻轻摆动，栩栩如生，仿佛真的能闻到花香。

而阿娇走起路来时，裙摆震动得厉害，仿佛要把裙摆上的鲜花都压扁了。

乔巧身边的丫鬟对阿娇冷嘲热讽，让她回家照照镜子，何必这般自取其辱。

那丫鬟的声音尖厉刺耳，直到现在都让阿娇印象深刻。

乔巧倒是一句话都没说，只是用复杂又晦涩的目光看着她。

那一天，阿娇没等到纪九司便落荒而逃。

她是不配的，她想。

那个夜晚，十三岁的阿娇躺在床上，躲在被子里，泣不成声。

篝火不断噼啪作响，阿娇从回忆中回过神来。

她眸色愈深，重重点头："对啊，我们是未婚夫妻，你说过要一辈子对我好的，你是不是忘啦？"

明明灭灭的篝火旁，纪九司白皙的脸蛋上浮现出一丝可疑的红晕。

他别开眼去，小声道："我虽然忘了，但我会努力想起来的。"

阿娇心底的叛逆愈浓，她哼了一声，沉声道："你看着我。"

纪九司竟然依言，真的又看向她。

阿娇问:"纪九司,你觉得,我好看吗?"

纪九司脸更红了,然后微不可察地点头:"好看。"

阿娇咧开嘴大笑,只是笑着笑着,眼睛又有些泛红。

纪九司疑惑道:"可是你看起来,好像很难过的样子。"

阿娇眼底含着微碎的泪,重重摇头:"我才不难过呢。"

她又大咬了一口手中的鸡腿,犹豫半晌,到底是伸出手去,重重搂住了纪九司的肩膀。

她认真地看着他:"纪九司,你放心。我这次下山,就是为了帮你洗刷冤屈。"

"我知道你是被冤枉的,你是全世界最好最好的人,怎么可能杀父弑母呢。"她想起那日他独自在七里山,那般孤独地苦苦支撑的样子,鼻子愈酸,"你放心,我有办法帮你翻案。"

纪九司皱着眉:"你说什么,杀父弑母?"

许是这四个字刺激到他了,纪九司顿时皱起眉来,脸色变得十分难看,他瞬间痛苦地抚上了自己的额头,整个人都蜷缩成一团。

阿娇不敢再多说,连忙扶住他的身体,一边疾声道:"纪九司,你、你怎么样了?"

可纪九司哪还有力气回答她,他蜷缩在地上,额头沁出冷汗,脸色煞白。过了半晌,他才终于缓过劲来。

阿娇不敢再乱说话,只让纪九司赶紧休息。

阿娇搂着纪九司的身体,二人一并蜷缩在树干下,相互倚靠着睡了一晚。

第二日,清晨的光洒在他们身上,二人终于逐渐转醒。

只是等纪九司睁开眼来,他又变得冷冰冰的,用阴冷的目光看着她。

阿娇吓得脸色都变了,颤声道:"纪九司?"

纪九司眯着眼站起身,扫视了一圈这小树林,一边揉着自己发痛的后脑勺,一边冷冷道:"这是哪儿?"

阿娇又愣了，这是什么情况啊！

难道昨天晚上的事，他……都忘了？

阿娇试探道："你不记得了？"

纪九司皱着眉头看着她："记得什么？"

纪九司左右看了眼小树林，脸色愈加不耐烦："你就是不肯带我回七里山，你到底想干什么？"

阿娇淡淡地说："纪九司，我说过我要带你回京的，说到做到。"

纪九司冷笑道："带我回京？"

他半蹲下身，狭长的凤眸冷冷地注视着她，沉声道："你知不知道有多少人想杀我？越接近京城就越危险，到时候别说是入京，只怕还没等走到京城，咱们就都去见了阎王。"

阿娇静静地回望着他："不会的，我有办法。"

阿娇："纪九司，我会帮你翻案，不只是说说而已。"

"翻案，"纪九司嗤笑一声，"你知道幕后主使是谁吗？"

他逐渐收了笑，眸子黑沉："是当朝太子，是太子想置我于死地。你以为你是谁，凭你就可以帮我翻案吗？"

阿娇面不改色："总得试试。"

她不想和纪九司多说，径自起身，拉着纪九司的手往马车的方向走去："不试试，我会后悔一辈子。"

纪九司看着少女拉着自己的手，白皙小巧，指甲泛着温柔的淡粉色。

他别开眼去，讥笑道："好啊，既然你这么坚持，那我就跟你走一趟。就算真的被人杀了，有你给我做伴，黄泉路倒也不孤单。"

阿娇温声道："对啊，就算真的死了，咱俩一起走黄泉路，也不会孤单呀。"

就像一拳打在了柔软的棉花上，这般讽刺难听的话，就被她这么软软地解了。

纪九司皱着眉头任由她拉着自己，只是陡然间，他看到阿娇脖颈间有颗红痣，莫名觉得眼熟，可又想不起在哪里见过。

纪九司不再多想,任由阿娇拉着他上了马车。

马车不疾不徐继续朝着锦州一路而去,不过三日,就穿过锦州,到达了北直隶的地界内。

只是一到晚上,纪九司就会变笨,就像完完全全变了一个人。

天黑后的纪九司格外害羞,总是缠着阿娇,还会轻声细语地叫她"夫人",和白天时的冰冷淡漠全然不同。

眼下又天黑了,依旧是前不着村,后不着店,阿娇和纪九司上了附近的一座山头,躲在一个小山洞内暂且休息。

此处已经是东州,就在京城的隔壁。等穿过了东州,就能到达天子脚下。

阿娇察觉到,越往北走,城内的搜寻力度明显越大,对路人的排查也愈加仔细。要不是阿娇和纪九司扮成了假夫妻,二人也都在外形上做了乔装打扮,只怕真的要露馅。

阿娇又用百花散迷晕了一只野兔,在山洞内烤兔子吃。

烤兔逐渐散发出诱人的香气,阿娇笑吟吟地扯下两只兔腿,和纪九司分着吃。

纪九司又变成了温柔的清秀少年样子,坐在阿娇身边乖巧地吃着兔肉。

现在是阳春三月,春雨绵绵。山洞外又开始下起了雨,远处隐约有春雷声,空气中弥漫着一层清冷的水雾。

等吃完兔子,阿娇就倚靠在纪九司的怀中,和他一起静静听着外头淅淅沥沥的雨声。

纪九司微红着脸,低头看着怀中的阿娇:"阿娇,你能和我说说,我们是怎么认识的吗?"

阿娇抬起头来看着他,弯起眼笑道:"我家和你家是邻居呀。我幼时就住在你家附近不远,后来我们都长大了,有一天你拦住了我的去路,问我是哪家的姑娘,长得怪好看的……"

纪九司脸更红了,赧然道:"我原来竟是这般孟浪之人吗?"

阿娇轻轻抚过他的脸颊,一双眼像是看着他,又像是透过他,看向更远的地方:"不孟浪,你文质彬彬,是个儒雅的读书人。"

阿娇又说:"你我相识之后,便就此定下了亲事呀。你忘啦?"

纪九司笑了起来:"我会努力记起来的。"

阿娇也笑:"记不起来也没关系,只要我们如今是在一起的,就很好。"

她又把脑袋埋到他的怀里:"休息吧,明天还要继续赶路呢。"

纪九司应了声好,红着脸有些犹豫地伸出手,轻轻回搂住阿娇,这才满足地闭上眼睡觉。

时间一点一点过去,纪九司的呼吸变得越来越绵长。

阿娇睁开眼来,静静地看着外头的雨。

这雨下得越来越大,从一开始的淅淅沥沥,逐渐变成了瓢泼大雨。

她和纪九司是怎么认识的呢?

虽然她早就喜欢纪九司,总是习惯在暗处偷偷仰望他,可纪九司是一直都不认识她的。

后来,在阿娇十四岁那年,纪家人都回了老家祭拜宗祠,只留纪九司一个人在国子监读书。

阿娇记得很清楚,那时候也是春天多雨的日子。有日傍晚,临国子监放学,突然下起了很大的雨。她见纪府根本没有人去接他,便拿了两把伞,去了国子监等他。

她就站在附近的弄堂里等着,果然没一会儿,就见纪九司从国子监走了出来,站在大门口,望着这瓢泼的大雨微微发愁。

十四岁的少年,身形已经拔高修长,有些瘦削,穿着绣着修竹的锦衫,站在蒙蒙雨雾里,显得格外俊秀。

阿娇看着他忍不住轻笑,拉过路过的一个孩童,把手中的伞交给他,让他帮忙给对面的那个哥哥。

那孩童果然将雨伞递给了纪九司。

纪九司问了孩童几句,孩童伸手指了指阿娇站着的方向,吓得阿娇连忙闪身躲到了暗处,心口跳得厉害。

她有些紧张又有些害怕,紧张纪九司可曾看到了自己,害怕自己的长相唐突了他。

她甚至开始在脑海中思考着倘若纪九司走过来了,自己应该和他说些什么。

可她站在暗处等了许久,也没等到他来。

她微微探出头去看,才见国子监门口早就已经没有他的踪影。

她心底涌出难以抑制的失望,撑着伞独自沿着弄堂走去。大雨不断打在青石板上,她不由得停下脚步,蹲下身,眼睛发酸地看着雨水在青石板上遍地开花。

陡然间,她眼前便多了一双登云靴。

顺着登云靴抬头望去,绣着修竹的衣摆已经被打湿,再往上,是腰间系着的温润玉佩和挺直的胸膛。

阿娇有些慌张地站起身来,后退一步。

纪九司撑的伞上画着莲花,是她特意为他挑选的,果然很衬他。

她脸涨得通红,结结巴巴道:"我、我……下雨了,所以……"

纪九司对她疏离地点点头,温声道:"谢谢你的伞。"

阿娇微怔,随即也扬起一个大大的笑脸:"不客气。"

纪九司问:"你家住何处,这伞晚些时候还你。"

阿娇有些飘飘然地报了住址,纪九司应了声,又对她点了点头,这才转身走人。

等纪九司走后,阿娇才猛地回过神来,她此时发髻都被淋湿,衣衫也湿漉漉的,实在是算不上好看。

自从上次她在纪九司家门口遇到乔巧后,她就一直在想办法减重,如今好不容易体重下来了二十斤,可比起别的女儿家,还是太胖了。

阿娇失落至极地回了家,章嬷嬷心疼地替她沐浴更衣,然后她又满怀惆怅地坐在窗边看窗外的扶桑花。

等到傍晚，小厮突然来报，说是礼部侍郎家的纪公子来归还了雨伞，还给阿娇送了一盒宫内赏赐的点心。

她不敢置信地一路小跑去了府门口，可纪九司早已走了。

大雨滂沱，她似乎依稀能看到昏暗的大街上，纪九司冒雨走路的样子。

她低头，把手中这盒点心用力捏紧，双眼发热地无声大笑起来。

这就是纪九司第一次见到她时的场景。

现在回想起来，清晰依旧。

当时她收到了那盒糕点，高兴了好几天。直到张思竹来家里找她，也看到了那盒糕点。

张思竹告诉她，这糕点是内务府送到内阁的，他家中有许多，要是阿娇喜欢，他随时可以送个十几二十盒过来。

纪九司为什么会有内阁之物呢。

对了，因为乔巧的父亲乔其宗，就是内阁阁老啊。

所以这糕点，是乔巧送给纪九司的吧。

想明白这一点，阿娇当场就渐渐收了笑，愣怔地看着张思竹。

张思竹不明就里，歪着脑袋看着她。

可阿娇心情不好，直接就把张思竹赶了出去。

…………

阿娇脸上的讥嘲更甚，她不由得抬起头看向近在咫尺的纪九司，轻笑道："你看，现在我们离得这么近。如果再提前几年，当年那个傻乎乎的小姑娘，一定会很高兴、很高兴吧。"

外面依旧大雨倾盆，远处不断有春雷隐约作响。

阿娇微叹息，闭眼入睡。

等到第二日，纪九司又变成不发一言的冷漠状态。

二人下了山，继续朝着东州进发。

他们走在官道上，便见官道上竟有许多官府的兵差，在盘问过往的路人。

阿娇和纪九司对视一眼,都从对方眼中看到了警觉。

二人垂着脑袋继续往前走,果然,在经过关卡时,便被兵差拦了下来。

纪九司乔装成了一个生病的中年人,下巴上还粘着假胡子,佝偻着身体不断咳嗽,一副病入膏肓的样子。

阿娇穿着朴素的衣裙,裙子已经褪色,头上绑着发带,做农妇打扮。

身侧守卫警觉地上下扫视着他们:"从哪儿来的,进城做什么?"

纪九司不断咳嗽,阿娇苦着脸道:"还请官爷放个行,我们是从溧水县过来的,就是想进城给我夫君看病哩。"

纪九司配合地一阵凶猛咳嗽,吓得阿娇连忙给他顺着脊背,末了,又偷偷给守卫塞了点碎银,求着他们行个方便。

守卫暗中收下银子,果然不再阻拦,放他们进了东州城。

二人入了城西的一家客栈,开了间房歇下,等到了傍晚退房时,二人的穿着又变了,摇身一变成了富商和他的娇艳美妾。

他们径直去了城南的花间客栈另开了间上房,打算在城内过夜。

附近弄堂暗处,有个穿着黑色锦衣的男人满目阴鸷地看着阿娇和纪九司走入客栈。

男人长相柔和,眼窝凹陷,看着让人很不舒服,他正是太子的心腹岳肖。

岳肖冷笑道:"月余之前纪九司在七里山被一个女子带走,探子一路追踪,就想看看他们会逃到什么地方去。"

岳肖眯着眼,阴柔极了:"我还以为他们有什么高招,没想到竟然是自投罗网、自寻死路,真是无趣。"

岳肖眼中满是杀气:"吩咐下去,今晚在花间客栈,除掉纪九司。"

身侧的黑衣暗卫瞬间应声,随即便如游鱼般消失不见。

岳肖依旧好整以暇地看着客栈,仿佛在欣赏一幅美景。半晌,他才转身,慢悠悠地踱步离开。


深夜子时,纪九司和阿娇正躺在床上相拥入眠。

万籁俱寂,夜色凄清,月光朦胧,只有零星几颗星星点缀在夜幕里。

黑暗里,无数黑衣人沿着屋檐悄声而来,匍匐在阿娇这一间房的窗外。

床榻上,纪九司瞬间睁开眼,又将阿娇唤醒,一边指了指窗户。

二人悄无声息地坐在床榻上,两双眸子一眨不眨地盯着窗户。

果然,窗户的油纸被戳破,伸进来一支迷烟管子。一缕白色的烟雾在屋内缓缓散开,很快就遍布整间房。

半晌,刺客们猛地透过窗户闯入房内,一个个高举着明晃晃的刀朝着床榻走来,对着被子一阵乱砍。

可床上哪里还有人,只剩下那床被子被刺得粉碎。

"没人,搜!"

这几人在整个房间内一阵乱杀乱刺,可依旧不见他们的踪影。

"还是没有,肯定跑了!"

"哼,就算跑了也跑不远,都给我追!"

黑暗里,纪九司和阿娇就蜷缩在房顶的横梁上,屏住呼吸,藏在暗处。

直到房内的刺客们全都跑了个精光,纪九司这才搂着阿娇的腰肢,冲上了窗户。

他抱紧她,目光灼灼地在她耳边低声道:"别怕。"

他一边说,一边带着她运着轻功下了二楼。

阿娇亦紧紧回抱住他的腰,脸色十分凝重。

二人躲在附近的弄堂里,看着那些刺客一个个运着轻功飞远,过了许久,他们才勉强松了一口气。

阿娇沉声说道:"到处都是要杀你的人,哼,看来这桩案子果然不一般!"

纪九司则有些迷茫地看着她:"现在我们去哪儿?"

阿娇拉着纪九司转身就走,朝着弄堂深处走去。

阿娇紧紧握着他的手,沉声道:"他们想你死,我就偏不如他们的愿。无论如何也得先回了京都再说。"

纪九司看着阿娇清丽白皙的脖颈,又看着她与自己交握的手掌,脸上莫名发烫。

二人沿着弄堂一路往前,岂料陡然间,便见黑暗的弄堂前头,有一道身影拦住了去路。

等二人再走近些,才见这人穿着暗色的锦服,衣摆上绣着蟒,张牙舞爪,和此人的嚣张气势极像。

这人拦在纪九司和阿娇面前,低笑道:"纪九司,好久不见。"

纪九司眸光微闪,皱着眉头看着他。

阿娇下意识拦在纪九司面前,冷漠地看着对方:"你是什么人?"

岳肖低笑道:"我是什么人,纪公子自是清楚。"

阿娇冷冷道:"纪九司头部受创,忘了很多事,还请公子直说。"

岳肖挑眉:"照这么说,纪九司脑子不清醒,成傻子咯?"

阿娇讥笑:"大概也是比你聪明的。"

岳肖不再掩饰杀气,一个闪身便运功朝着阿娇扑来!

说时迟,那时快,纪九司猛地闪身接招,然后便和岳肖纠缠在了一起,一招一式,斗得惨烈。

纪九司不愧是文武双全,武修逆天。几十招下来,岳肖已经明显落了下风。

纪九司又猛地发力,对着岳肖的胸前击出一掌,震得岳肖猛地后退几步,胸膛血气翻涌,忍不住喷出血来。

纪九司还想上前,阿娇猛地拉住了他:"先走,那些刺客很快会被引过来。"

纪九司又深深看了眼岳肖,这才搂着阿娇的腰肢,运着轻功离开。

果然,他们前脚刚走,后脚就有刺客赶了过来,对他们穷追不舍。

此时才刚过子时,宵禁期间,城门还是关闭的,一批又一批的刺客们便满城搜寻着他们,仿佛拿定主意一定要在今日寻到他们。

刺客实在太多,到处都是搜寻的声音。阿娇和纪九司干脆又偷偷潜伏回了花间客栈,躲回了那间房里。

最危险的地方就是最安全的地方,那群刺客果然忽略这里,并没有再来搜查。

黑暗里，他们彼此相拥，离得极近，都能听到对方的呼吸声。

纪九司眉眼防备地看着远方，眼中隐约能看到一丝杀气。

阿娇心念一动，问他："纪九司，刚才那个男人是谁，是不是太子的人？"

纪九司看向她时眸光又变得温柔纯粹，摇头道："我不知道，记不清了。"

阿娇不由得松了一口气，她抚过他的脸颊柔声道："记不清便记不清了，没什么的。"

纪九司对她弯眼一笑。

窗外时不时传来黑衣人的谈话声，他们便蜷缩在房梁上，相互倚靠着闭目休息。

一直等到寅时三刻，天色已经开始蒙蒙亮。纪九司轻轻叫醒阿娇，这才搂着她运着轻功从窗户闪身而出，直奔城门。

寅时三刻，宵禁已经结束。

只是等到了北城门附近，却见城门早已被围堵得水泄不通，可见他们是想把纪九司彻底堵死在城里。

纪九司和阿娇蹲在附近建筑物的屋檐上，看着城门皱着眉。

阿娇看向纪九司，陡然道："也不是没有办法。"

纪九司有些疑惑。

阿娇讪笑："只是需要委屈你一番。"

半个时辰后，大街上来来往往的百姓越来越多，进出城门的商贩走卒也络绎不绝。

只见人群里出现了一辆装运垃圾的大车，朝着城门一路而去。

推车的是个佝偻着身形的老头儿，穿得破破烂烂，脸上还长着个疖子，怪瘆人。

老头儿推着车朝城门走去，果然被官差拦下例行检查。

这垃圾车真是臭得不行，泔水散发着难闻的气味，令人作呕。官差们嫌恶地瞥了眼便放了行，咒骂着让他快滚。

老头儿推着垃圾车一路出了城，沿着官道慢慢走，后来又往附近的深山拐去。

一刻钟后，老头儿消失了，倒是多了两个穿着黑色劲装的年轻男人，一个脸上还有一道刀疤，冷着脸继续沿着山路走。

纪九司看着阿娇涂得漆黑的脸，嗤笑道："这都是从哪儿学来的易容术，还挺厉害。"

阿娇眼睛亮晶晶的："我会的可多了，日后你自然就知道了。"

纪九司不再接话，二人埋头朝着京州方向进发，沿着小路一路疾行。

东州距离京州已经不远，只是如今他们没了马车，纯靠走路便需要至少三日。等二人翻过两座山，转眼便到了第二日下午。

走山路特别累人，阿娇实在走不动了，二人便在眼下这座破庙暂时歇脚。

纪九司去抓野鸡做叫花鸡吃，等二人一人一只鸡腿正埋头啃时，就听远处隐约传来阵阵脚步声。

光听声音便知，来人并不在少数。

纪九司脸色发寒，瞬间便搂着阿娇飞身到了破庙屋顶，便见远处果然有好几批刺客正井然有序地朝着这边拥来。

纪九司脸色一变，搂着阿娇就运着轻功飞走。

只是纪九司武功虽高，可到底多了个阿娇需要照料，因此没飞多久阿娇就察觉到了纪九司的吃力。

她挣扎着从他怀中下来，二人沿着山路一直往前跑，不过小半个时辰，身后的追兵听声音已经越来越近。

再往前跑出几步，却见前方山路分了岔。

两条羊肠小道，一条往上去，一条向下走。

纪九司看向阿娇，眸光沉沉："走哪条？"

阿娇略一沉吟，从怀中掏出三枚龟壳铜钱，蹲在地上抛掷三次，然后站起身来，拉着纪九司就朝着往上的那条山路飞快跑去。

纪九司一眨不眨地看着她："卦象如何？"

阿娇却转头对他粲然一笑："天机不可泄露。"

往上的这条山路，越往上倒是变得愈加平坦起来。

再继续走，便看到山路已经没了，被一条甚是湍急的河流截断了路。

河流上有一座用绳索拉起来的小木桥，异常破败简陋，风一吹桥就跟着摇摆，相当恐怖。

阿娇拉着纪九司眼也不眨地上了桥，朝着河对面走去。

底下的水流奔腾，看一眼都让人发怵。阿娇看向纪九司，笑得有些狡黠："怕不怕？"

纪九司面不改色："怕什么？"

阿娇笑得更深："不怕我害你？"

纪九司嗤笑一声，不再接话，倒是又搂着阿娇运着轻功过了桥。

河的这边有一条通往山下的羊肠小道。

纪九司和阿娇顺着小道继续往下走，谁都没有再说话，倒是分外默契地相互扶持，相互搭着手。

只是没走出多远，身后就又传来了追兵的声音。

阿娇回头望去，就见河的对面有无数身着黑衣的刺客纷纷踏上那座小木桥朝他们追来。

阿娇突然道："掉下去。"

话音刚落，小木桥陡然断裂，果然有好多黑衣刺客掉了下去，落入湍急的水流里，飞溅起了大量水花。

纪九司震惊地看着她。

阿娇娇笑："我厉害吧？"

纪九司对她竖起了大拇指。

二人继续朝着山下的方向而去，半个时辰后，已翻过了这座山头。

再翻过前头的这座文殊山，便可进入京城地界。

走官道只需三日的脚程，硬是被山路耽误了五日。

文殊山格外高，山路也不好走，是位于东州和京州交界处的标志性山。阿娇看着文殊山便有些发怵，偷偷地溜到了官道附近看了眼，只见官道上戒备愈加森严，俨然布下了天罗地网，别说是人，就连只苍蝇飞过去都得掉层皮。

阿娇不再挣扎，认命地和纪九司踏上了文殊山的征途。

又天黑了，爬了大半日也才刚离开山脚而已。阿娇有些筋疲力尽地倚靠在树干上，只觉得浑身都酸痛难忍。

纪九司就坐在她对面，一眨不眨地看着她。

阿娇对他甜甜一笑，柔声道："纪九司，你有没有想过，等你洗刷了冤屈后，打算做什么？"

纪九司也淡笑："做自己想做的事。"

他看着她的双眸有些幽深，就像蕴藏着深海。

这附近没有山洞，他们二人便只能坐在大树下暂时休息。

刺客随时会来，点火是再也不敢了，纪九司方才在附近摘了许多野果，权且果腹。

头顶夜空黑蒙蒙的，月亮也藏了起来，有些压抑。深山之中泛起了雾气，有些冷。

纪九司看着阿娇瘦削娇小的身体，稍作犹豫，到底是走到她身边，将她轻轻圈在怀中，好歹能暖和些。

阿娇身体微僵，可也没有拒绝，顺势躺在他身上。

阿娇道："纪九司，你有没有想过，为什么太子派了这么多刺客来刺杀你，打定主意一定要置你于死地。"

纪九司讥嘲道："我与太子拢共不过在宫宴上见过几面，从未得罪过他，甚至从未和他说过几句话。"

阿娇垂眸，心底不知是庆幸还是失落。

玄铁锅虽然威力大，可这么十几天下来，他脑中的淤血也该散开了。果然，他其实什么都想起来了，已经好全了。

阿娇压下心思，又问："你如何得知此事是太子在背后指使的？"

纪九司沉默不言，反而又温柔地看着她："你说过我忘记了很多事，现在怎么又开始问我这些了？"

阿娇抬眼看着他柔软的眉眼，轻声道："好，那我不问了。"

二人又是一阵沉默。

倒是此时，天空又开始落起了雨。

春雨绵延洒落，远处隐约又响起沉闷雷声。

此处没有山洞，无法避雨，幸好这老树足够大，树叶枝丫层层叠叠，倒也勉强可以躲雨。

纪九司突然道："京中姓谢的大人，似乎只有三位，所以你……"

阿娇道："家父谢华。"

纪九司眉头微皱："谢华，你是刑部侍郎谢华之女？"

阿娇轻笑："对啊，怎么，很意外吗？"

纪九司眉头更深："你是谢圆圆？"

阿娇抬头看他："那是以前，现在叫谢阿娇。"

纪九司更怔，眼中满是震惊："你从前似乎……"

阿娇笑道："对啊，我以前可胖了，圆滚滚的。我师父说，人如其名，所以我就把名字改了。我如今叫阿娇，是不是确实娇艳不少？"

纪九司看着阿娇脸上的笑意，脸色却不为所动，依旧透着严肃。

阿娇歪着脑袋："我如今变得这样瘦了，人也好看了，你难道不为我高兴吗？"

纪九司停顿半晌，才说："以前那样就很好。"

阿娇笑得花枝乱颤，她确实娇艳极了，和以前比，仿佛脱胎换骨，判若两人。

许久，阿娇才渐渐止了笑："是吗，可我以前圆滚滚的时候，根本没人喜欢我啊。"

纪九司眸光愈深："这是你对自己的偏见。"

雨越下越大，打在树枝绿叶上，噼啪作响。偶有几滴透过层叠树叶落在阿娇的身上，透出几分凉。

阿娇伸手支着下巴，有些茫然："或许吧。"

纪九司看着她右侧脖颈处的红痣，在白皙的肌肤上被衬得甚是艳色。

他心念一动，忍不住道："两年前的春上，也是这样的下雨天，你可曾去过什刹湖？"

阿娇别开眼，看向远方："没有，没去过。"

纪九司微微皱眉，又瞥了眼那颗红痣，不再多言。

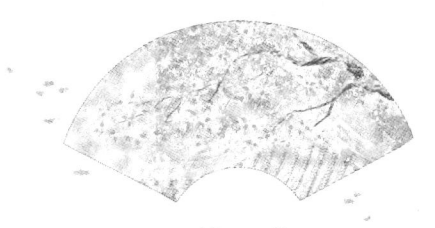

## 第二章

入京

两年前，春上，雨天，什刹湖。

那段时日雨水很多，总是连绵不断地下雨，以至于京州外的护城河的水位都涨高不少。

什刹湖和护城河的下游相连，护城河水位上涨，什刹湖便涨得更多，都快将什刹湖两岸的杨柳树给淹了。

什刹湖附近有座什刹山，山上有座什刹庙，求前程求姻缘，皆灵，远近闻名。

纪九司在乡试中夺了解元，他母亲让他去什刹庙还愿。什刹庙距离京都不算近，坐马车大概也要一个时辰。阿娇原本不知道这个消息，还是她出门头布料时，恰好偶遇了乔巧，听乔巧说起的。

当时乔巧也在挑选布料，十四岁的乔巧长得愈加柔美，眉眼像是笼罩着一层温柔的雾色，似山雨空蒙。

乔巧的声音也格外好听，温温柔柔，不疾不徐。

她对丫鬟小雅说："九司两日后要去什刹庙还愿，只是最近一直下雨，我想为他买件雨衣，再买双雨靴。"

小雅笑着应是，一边帮着乔巧挑选成衣。

只是眼角余光看到阿娇也来了,小雅这丫鬟便又忍不住讥讽了阿娇几句,无外乎说些谢小姐心宽体胖,怕是不用买太艳的衣衫之类的。

乔巧看着阿娇的眼神总是复杂,但她还是皱着眉斥责:"小雅,你失礼了。"

话及此,乔巧又对着阿娇微微作揖,便拉着小雅走出了铺子。

阿娇无意中听到了有关纪九司的消息,便有些开心,也懒得和小雅计较什么,随意挑选了几匹暗色的布匹便回了府。

等到两日后,阿娇早早地就派小厮在纪九司的家门口盯着。

等纪九司的马车出了府,阿娇的马车也随之跟了上去。

两辆马车一前一后朝着什刹庙而去,谁知车到半途,又下起了雨。

那日的雨格外大,宛若瀑布倾泻。两辆马车才刚到什刹湖边,便被迫停了下来。

雨太大了,天气黑压压的,雨水又快又疾,似乎要将人间淹没。道路上几乎没有其他的人,只有他们两辆马车一前一后停在路上,相隔百米远。

雨天路滑,什刹湖的水位又涨高了不少,隐约有部分湖水已经满溢而出,让本就泥泞的小路更加湿滑。

阿娇的丫鬟小阮打开车窗看了眼,不由得担忧道:"小姐,雨越下越大了,要不我们还是回去吧。"

阿娇也朝着窗外看了眼,只见前头的马车一动不动,显然是有等雨停的意思。

她最近又瘦了不少,只是整日节食,有些心慌,透不过气,好在人也好看不少。

她今日特意选了新做的春日裙衫,头上也戴了绛紫色的宝石步摇,可满意啦,一心等着待会儿下马车时能和纪九司来个偶遇的。

现在就回去她还是不甘心,便让车夫跟着前头那辆马车。前头的马车若是掉转了,那她也掉转,若是他们不动,那她也不动。

可谁知这雨竟硬生生下了快两个时辰。

等到好不容易雨停，天色都已经黑了。

纪九司的马车终究还是掉转了方向，打算返程。

谁知路滑无比，纪家的马儿脚下一滑，连马带车斜斜地朝着什刹湖冲了出去。

一切发生得极快，等阿娇冲出去时，就看到纪九司在水中挣扎，一边勉强呼着救命。

纪九司是旱鸭子，可她阿娇却精通水性。她激动地想着，果然机会就是留给有准备的人的，看看，机会这个就来了吗？于是当时她便一头扎入了湖中，朝着纪九司游去，然后搂着他的腰将他拖上了岸。

阿娇还想再去救车夫，可湖面一片死寂，哪里有车夫的踪影。

纪九司呛了好几口水，脸色发白陷入了昏迷。阿娇红着脸认真道："这不是轻薄你，而是在救你。倘若你介意，那你就把我当成乔巧好了。"

说罢，她俯身触上了他的嘴唇，一会儿按着他的心肺，一会儿为他人工呼吸。

纪九司的眼睫轻颤，也不知半昏半醒间他到底听到了多少。

眼看纪九司的呼吸渐稳，阿娇这才带他上了马车，迅速掉转方向回京。

她本想把纪九司送回纪府，可一路上纪九司嘴唇微动，似乎在不断说着什么。

阿娇仔细一听，才听到他满嘴都在不停重复两个字，"乔巧"。

阿娇怔怔地看着他，半晌，自嘲地笑了起来。

她别开眼看向窗外，看着远处雾蒙蒙的夜色，夜色凉，她脸上也凉。

她快速胡乱地擦掉脸上不争气的眼泪，一边努力笑着："好冷啊，冻得我眼泪都出来了……等会儿到家了，我想洗个热水澡。"

身后传来小阮酸涩的声音："好，奴婢亲自给您烧热水，小姐别难过了。"

阿娇钝钝道："我才没有难过呢。"

没有难过，只是觉得有些遗憾罢了。

那个晚上，她没有把纪九司送回纪府，而是把他送到了乔府门口。

而阿娇回到家后，就生了场病。

大夫说她强制节食伤了身体的根本，本就虚弱的身体在下水之后让病邪入了体。

她发了场高烧，一直咳嗽了许久，过了月余才好全。

张思竹知道她生病，每日都跑来看她，整天在她耳边念叨让她快点好起来。

后来也是张思竹给她带来了消息，说是乔巧和纪九司已经定下了婚约，只等乔巧十六岁生辰一过，二人就成婚。

阿娇一听，病得更重了，吓得张思竹够呛。

父亲谢华见女儿越来越瘦，病得都快脱相了，又生气又怜惜，整日皱着眉头，满腹心事。

张思竹则整日陪谢华喝酒，喝完酒就开始说胡话，一会儿辱骂纪九司是个二百五，一会儿又说不如让阿娇嫁给他，免得阿娇整天胡思乱想，把自己折腾成这样。

谢华头疼地把添乱的张思竹送走，想来想去，干脆联系了南真子，把阿娇送到了他那儿拜师学艺，让她离开京城几年，寻思着时间总能抚平一切，让这孩子想开一点。

阿娇想着往事，笑得越来越深。

现在回想起来，还挺逗的。

她在师父身边学了两年，心静了不少，也成长了不少。

感情本就是说不清道不明的，更是勉强不来。只是纪九司这么喜欢乔巧，如今他出了事，乔巧便和他退了亲，想来他应该是很难过的。

阿娇看着已经闭眼入睡的纪九司，心想等她替他洗刷了冤屈，乔巧应该会和他成亲，等到了那时，她再回山上也不晚。

她毕竟是个大圣人，她要向师父学习做好事要留名的优良精神，做一个热心助人的好人。

对，她就是这样一个好人没错。

阿娇给自己加油打气，闭眼入睡。

可是，真的只是想做个好人而已吗？

突然又有道声音在她脑海中响起。

不是啊，你下山明明就是为了私心啊。

你看，你现在变得这样好看，纪九司又解除了婚约，你就是蓄意接近他，心有不甘。

什么大圣人，你明明就怀抱着私心。

阿娇突然站起身来，眸光冷漠地看着前方，仿佛这样就能打断响彻在脑海中的话。

只是阿娇突然起身，反而惊醒了纪九司。

纪九司睁开眼来："怎么了？"

阿娇深呼吸调整了脸色，这才转身对着他笑道："没什么，是我多疑了，我刚刚听到了点声音，还以为有人来了呢……"

可纪九司却已闪身到阿娇身边，伸手捂住了阿娇的嘴唇，警惕地压低声音："别说话。"

下一刻，纪九司已搂着阿娇飞身上了树干，果然看到远方黑暗里，人头攒动。

阿娇皱着眉看着远方，冷声道："我们得继续上山，尽快回京州。"

纪九司冷笑道："对，必须尽快回京，回京后，他反而不敢这样光明正大。"他眼底弥漫出森冷的邪气，"他想让我死，我偏要活下去。"

也是无心插柳，原本只是随便找个借口，没想到真的有人来了。

夜色里，纪九司带着阿娇继续埋头朝着山上而去，穿行在密林中。

文殊山山高地势险，越往上就越难走。白天已经走了一天的路，刚才也没休息多久，所以眼下不过才走了小半个时辰，阿娇就有些体力不支。

纪九司显然察觉到了阿娇的力不从心，他搂着她，运着轻功又往前走了一段。

雨越下越大，山中雾气格外湿冷，随着夜色加深，越来越冷。

此时已经快到山顶，脚下的山间小道已经泥泞不堪，大雨冲刷下，连落脚点都快没了。

纪九司抬头望去,见旁边有一棵大树,便带着阿娇飞身上了树干,眸光凌厉地看着远方。

只见远处依旧不断有人头在暗中攒动,步步逼近。

阿娇的脸色有些不好,透着不太正常的红,大概是太过疲惫,染了风寒。

阿娇凑近纪九司耳边低声说:"再往前百米,有条密道可以拐到下山的路上去,这条密道很隐蔽,他们必然发现不了的。"

纪九司眸光灼灼:"你是如何得知?"

阿娇道:"我曾和一个朋友来过文殊山打猎,是他跟我说的。"

纪九司不再多言,带着阿娇往前直奔而去,果然在前方百米处,找到了一条密道。密道的入口被一片幽深竹林覆盖,可只要穿过竹林,就能看到一条通往山下的小路。

纪九司和阿娇一头扎入了竹林,很快就踏上了小路,朝着下山的方向而去。

只是头顶的雨越来越大,他们二人浑身都已经被打湿,衣衫湿漉漉地贴在身上,很不舒服。

二人都筋疲力尽,阿娇想让纪九司先去山洞休息一会儿,可纪九司却不听她的,依旧搂着她用最快的速度下山。

阿娇倚靠在纪九司的怀里,听着他逐渐加重的喘息声,分外担心:"这条路很是隐秘,他们一时半会儿发现不了的,你可以先休息一会儿……"

纪九司却打断她,笑得有些自负:"不用,尽快下山,然后找户农家换身衣裳,不然你会生病。"

阿娇心底一暖,不再多说,专心指挥着方向下山。

下山的速度比上山快得多,等到天蒙蒙亮时,二人已到了山脚。

雨也已经停了,只剩下浓重的雾气弥漫着整个山头,放眼望去,隐约能看到不远处的前方有个村落,被雾气笼罩着。

此时已是寅时，已经有几户人家升起了袅袅炊烟，开始了新的一天。

二人进入村落，在村庄内寻了户人家，敲响了房门。

开门的是个和蔼妇人，一见门外站着淋成落汤鸡的两人，便十分好心地接济了他们。

阿娇和纪九司在农户家中洗了个热水澡，拿了两套干净的衣衫，还拿了几个刚煮熟的鸡蛋和几张烙饼吃。

临走的时候，阿娇给了农户一张银票，让她务必收下，这才离开了农家，继续往前赶路。

此处已经是京郊，再往前几十里路，便能到京州的北城门前。

而等回了城内，她便有把握保证纪九司的安全。

他们依旧不敢走官道，只在附近走着小路，虽说路比较崎岖，可阿娇却觉得身心都放松了不少。

阿娇笑眯眯道："纪九司，等回了京城，我为你争取翻案后，你该怎么感谢我？"

纪九司看着她，她虽穿着朴素的粗布麻衣，长发只是简单绾着，可一张脸却是白皙透红，软乎乎的。

他眸光微深，反问道："你想我怎么感谢？"

阿娇笑得有些狡黠："你这么聪明，定知道我想要什么。"

纪九司沉默不言，别开了眼去，看着前方继续赶路。

阿娇心底掠过一阵尴尬，她紧跟在他身边，佯装不在意道："我跟你开玩笑的，你……"

纪九司却打断她："可以。"

阿娇怔怔："啊？"

纪九司低笑："可以。"

他看着她，眼睛也亮晶晶的，仿佛发着光。

阿娇心底就像被什么东西撞了撞，她有些慌乱地别开眼，不敢多看。

可随即，她也忍不住低笑起来，眉眼流光溢彩，散发着别样光泽。

头顶天空依旧发暗,又是阴天,乌云飘在头顶,不知几时又要落雨。迎面有和煦的风吹来,夹着些许花粉香气,混着泥土气息,让人心旷神怡。

纪九司和阿娇非常默契地谁都没有再说话,埋头赶路。

小路上的人并不多,纪九司和阿娇乔装成务农人,埋头走着。

二人从辰时走到午时,而越接近天子脚下,这小路上的人也就越多。

前方有几个农夫推着手推车徒步走着,身侧还有几个卖货郎挑着担子也在赶路,还有几个生意人打扮的男子,众人时不时地说几句话,倒是显得很热闹。

纪九司和阿娇沉默地走了一路,眼看午时二刻将至,他们二人对视一眼,非常默契地转身朝着一侧的小树林走去。

他们二人蹲在树下啃着干粮,一边看着前方依旧继续赶路的行人。

纪九司和阿娇靠得极近,纪九司用密语道:"不对劲。"

阿娇垂着双眸,遮住了眼底的冷色:"看出来了。"

阿娇:"那几人明明做农夫打扮,可走路姿势刚劲,步履轻快,下盘稳健,可见至少是会轻功的。"

纪九司冷笑:"正是如此。"

阿娇:"现在该怎么办?"

纪九司冷冷吐出几个字:"静观其变。"

二人便坐在树下,沉默地啃着烙饼,一边看着那些路过的行人。

果然,他们在树下休息了半个时辰,就看着原先早就已经路过的人,没过多久换了身衣衫,又重新路过一次。

阿娇有些想笑,可到底是忍住了。

眼看时间已经从午时到了未时二刻,大概是对方也有些心急了,就在这时,有几个农夫挑着担子,朝着他们走来,坐在了他们的身边。

这三个农夫也拿出饼子来啃,一边说着闲话,只是说着说着,突然就开始跟阿娇和纪九司搭讪。

为首的农夫是个中年人,留着一圈络腮胡。络腮胡对纪九司笑道:"娃儿,你们入京做什么?我是想入京买点春耕的作物种子哩。"

纪九司瞥了眼他们，不疾不徐道："入京办事。"

络腮胡笑道："那是，天子脚下，啥事都比别处容易办。"

只是唯有络腮胡在笑着，剩下两位全都眸光幽深，一副杀气腾腾的样子。

话及此，络腮胡又从口袋里掏出一张烙饼，朝着纪九司递去："自家做的，可香了，吃一个？"

纪九司瞥了眼他手中的饼，又瞥了眼络腮胡，眸光深深，并没有接过。

一旁的另外一个农夫冷声道："怎么，不敢吃？看不起我们？"

阿娇连忙接过烙饼，笑着打圆场："怎么会，我最爱吃这个了，我吃我吃。"

三个农夫齐刷刷地看向阿娇，眼神似箭般朝她扫射而来。

阿娇头皮发麻，下意识地看向纪九司，可纪九司已经站起身来，直接拉过了阿娇的手："我们走。"

几乎是一瞬间，纪九司已经搂着阿娇，运着最快的轻功冲了出去。

而这几个农夫，包括行走在这条小道上的所有"行人"，都不再掩饰，全在第一时间朝着他们追了上去！

纪九司的轻功速度极快，不愧是国子监武修第一的全才。

半空中，迎面有汹涌的风不断扑来，阿娇忍不住更紧地搂住纪九司的腰，一边回头望去。

便见身后有无数人正凶神恶煞地步步紧逼，显然对方是下了决心一定要置纪九司于死地的，更要千方百计阻挠纪九司回京。

阿娇心底沉沉想着心事，压根儿就没有注意到前方的光景，直到纪九司猛地停下了轻功，阿娇才回了神。

她抬眼一看，只见无数个黑衣人正齐刷刷地拦截在小道前方，将这方天地围堵得水泄不通。

阿娇瞳孔猛缩，四下一看，才发现有无数黑衣人从各个方向不断朝着他们飞扑而来，黑压压的，显然是要在今日将他们杀人灭口，以绝后患！

众人将纪九司和阿娇围在其中，布下天罗地网。

阿娇紧紧捏住纪九司的手，脸色难看至极。

纪九司亦回握住阿娇的手，讥笑道："天子脚下，朗朗乾坤，这是打算杀人灭口了？"

方才那个络腮胡站在最中间，眯着眼道："纪九司，你杀父弑母，残忍无道，刑部早就下了通缉令，在整个大周范围内通缉你。"

络腮胡："我等乃是替天行道，杀了你这孽障！"

络腮胡一声令下，一众黑衣人便如潮水般朝着纪九司和阿娇冲了上去。

说时迟，那时快，纪九司又搂着阿娇朝着京城方向而去。

对方人多，就算纪九司武功再好，到底双拳难敌四手。

纪九司运着轻功飞快朝前，此处已经无比靠近什刹山，阿娇陡然指着南边方向道："去什刹山！"

纪九司应声前往。

什刹山附近有许多杨柳，从什刹湖两岸开始，一路蔓延到山上。

二人进了山后，阿娇驾轻就熟地带着纪九司抄着小路躲入了一处山洞。

山洞很偏僻，洞口布满荆棘，十分隐蔽。

阿娇蹲在地上，昏暗的光线里，她又从袖中掏出三枚龟壳铜钱，朝地上抛掷。

纪九司就在一旁静静看着她。

可这一次，阿娇许久都没有说话，反倒是将铜钱抛掷了一次又一次，脸色隐约难看。

阿娇正要再扔，纪九司却握住了她的手腕，低声道："别扔了。"

阿娇眼睛有些绯红，沉沉地看着他。

纪九司却笑了起来。

十七岁的少年，笑起来的样子深邃俊俏，眉目似玉，隐隐透着邪气。

他讥嘲道："得不到想要的结果，再扔百次千次也是枉然。"

阿娇眼底透出倔强:"我不服。"

纪九司伸手揉了揉她的脑袋,随即站起身来:"他们要抓的是我,我去引开他们,你回京找人救我。"

阿娇猛地站起身来,慌忙拦在他面前:"不可。"

纪九司低笑:"为何不可?这是最优解,没别的选择了。"

她眸光却变得更深:"不,有选择,只是……"

只是她不服。

"罢了,"阿娇终是收回眼,握住他的手就走出了山洞,"跟我来。"

阿娇带着纪九司朝着山腰走去。

此时已是傍晚,天雾蒙蒙的,很是压抑,山中空气泛凉,四周植被茂盛。

再往前走一段路,就能到什刹庙。

只是阿娇突然又停下脚步,她侧头看向纪九司,问道:"纪九司,倘若他日你如愿洗刷了冤屈,你会不会和乔巧成亲?"

纪九司眸光微闪。

阿娇立刻又笑了起来:"我……我只是随便问问,你可以不用回答我。"

她有些慌乱地转身,继续朝前走去。

可陡然间,她的手腕被人拉住。

纪九司已闪身在她身后,淡淡地道:"不会。"

阿娇背对着他无声大笑,双眼明丽得就像蕴着星辰,半晌才佯装平静地回答:"好。"

阿娇又说:"你只要相信我就好了,我说过的话,肯定能做到。"

话及此,阿娇回握住了他的手,和他十指相扣,二话不说便直奔什刹庙。

什刹庙,早已被杀手们包围,明里暗里到处都是眼线。

阿娇带着纪九司从礼佛结束准备下山的行人中,挑了两个打晕,换上了他们的衣衫，乔装之后踏入庙中。

什刹庙的香火鼎盛，只是此时已是傍晚，许多香客都已经陆续离开，便显得有些冷清。

阿娇用眼神示意纪九司去大殿礼佛，自己则去求了支签。

等到解签文时，阿娇暗中塞给那小僧一张字条，小僧脸色有些震惊，可到底没有声张，默默将字条收了起来。

阿娇这才回到纪九司身边，看着眼前的观音大士佛像。

呼吸间全是浓郁的香火气，大殿正中央有无数蜡烛和香火在燃烧跳跃，佛光洒满室内。

阿娇道："什刹庙有主人，两年前被人强行收编了。"

纪九司依旧看着前方："我知道。"

阿娇嗤笑："是啊，这么离谱的事，你肯定知道。不单是你，只怕整个北直隶都传遍了吧。"

纪九司看向她："他很喜欢你。"

阿娇笑道："他喜欢我？不，他只是不想成为被他父亲控制的棋子，所以才假意来追求我。"

两年前，阿娇被父亲安排和南真子上山时，张思竹就发了好一阵子的疯。

当时张思竹听说什刹庙的签灵，便浩浩荡荡地带着侍从前来求签。

但是也不知是发生了什么，他发了好一通脾气，当场就叫人把什刹庙给砸了。

大概是还不解气，他又随意用了些小手段，就把这个寺庙收为己有，成了这座庙的幕后金主。

如今的什刹庙，是他花钱重塑的。

大概是惹怒了神佛，后来张思竹在狩猎时，不小心出了意外，导致他的脚有些不太好了，成了个瘸子。

阿娇大概说了说，纪九司突然打断她："之前在文殊山，你说你曾和友人去那打猎，友人就是张思竹？"

阿娇点头:"对,就是他。"

纪九司眸光微深,不再多言。

阿娇继续絮絮叨叨地说着,说自己是如何和张思竹认识的,幼时又有什么糗事。

她说说笑笑,浑然没有注意到身侧的纪九司脸色有些发冷。

阿娇最后又说:"所以我们躲在这里很安全,那些刺客不看僧面也得看佛面,不敢轻易闯入庙内来的。"

纪九司冷漠地看着她:"代价呢?"

阿娇微愣:"什么?"

纪九司站起身来,拉着阿娇的手就往外走,力气极大。

阿娇惊了惊,作势要拦住他:"这里很安全——"

纪九司却脸色更冷,压根儿不理会阿娇说了什么,径直将她打横抱了起来,运着轻功就出了寺庙。

几乎就在一瞬间,便见昏暗的四处,有无数人影朝着他们无声飞来。

纪九司浑身杀气四溢,他搂着阿娇径直飞身到了一旁的大树上,将她安顿好后淡漠道:"等我,一会儿就好。"

话音未落,纪九司已经飞回地上,和那些黑衣人厮杀成一团。

很快,空气中传来了浓重的血腥味,以及断断续续的闷哼声,阿娇心惊胆战。

她一眨不眨地盯着人群中的纪九司,看着他手起刀落,不知斩伤了多少人。

隐约之间,头顶苍穹又开始落起了雨,从最初的绵绵细雨,逐渐变成瓢泼大雨。

阿娇拼命朝他大喊:"纪九司,快跑啊!"

阿娇的声音在暴雨中显得如此无力,她看着纪九司迅速移动的身影,只恨自己为何没有和师父学些武艺,此时变得如此被动!

阿娇只好一点点沿着树干向下挪动,总好过坐在树杈上坐以待毙。

只可惜雨大树滑,阿娇才刚往下挪了没几米,脚下陡然落空,整个

人就直直地朝着地上摔去,吓得阿娇猛地闭上了眼——

可下一刻,她已被人接入怀里。

阿娇陡然睁眼,便见纪九司已近在咫尺。

他身上的藏青衣衫早已淋湿,浑身透着浓烈的肃杀之气,他搂过阿娇便又运着轻功朝着下山的方向而去。

身后那些刺客始终步步紧逼。

阿娇担心得厉害:"纪九司,你还好吗?有没有受伤?"

她伸手去探,在抚过他的肩膀时,纪九司一声闷哼。

果然,他的肩膀被人划出了一道极深的伤口,汩汩流血。

纪九司沉声道:"先下山!"

阿娇不敢再动,指引着方向总算让他顺利下了山。

什刹庙的山脚下,就是什刹湖。

只可惜她和纪九司前后两次来此的心情,却是截然不同。

上一次是她救了他,这一次却是他在救她。

时间一点一滴过去,纪九司带着阿娇躲在暗处,一边冷眼看着后头那些紧追不舍的刺客。

阿娇抬头看着纪九司近在咫尺的脸颊,听着他急促的呼吸声,眸光逐渐发热。

她抬头看了看天色,又掐指一算,想来时间应该差不多了。

她竖耳细听,果然,除了铺天盖地的雨声,远处还隐约传来阵阵马蹄声。

阿娇悬着的心终于落下,她看着纪九司遍布阴鸷的双眸,心底却越来越空旷。

她轻声说:"纪九司,这是最优解,是最好的解决办法了。"

纪九司依旧只顾着躲避刺客,休息半晌又搂住阿娇运着轻功赶路,许久后才冷声道:"先别说话。"

阿娇却陡然搂住了他的脖颈,径直对着他的嘴唇贴了上去。

纪九司隐约感觉到她脸上的滚烫。

应该是她的眼泪。

纪九司脚步陡然停下,落在地上,眸光深沉地看着她。

身后的刺客们开弓放箭,瞬间有无数利箭铺天盖地地朝他们射来。

纪九司猛地回神,带着阿娇重归枝丫暗处。

纪九司一眨不眨地看着她,眼底有怒气弥漫。

阿娇却笑得极甜:"别担心,援兵到了。"

纪九司抬眼望去,果然见有无数马匹朝着这边驶来,越来越近,一把把火把高举在空中,即将驱散此处阴霾。

纪九司怔住,随即眼中怒气更甚,他重重捏住她的手,沉声道:"张思竹来了?"

阿娇依旧笑得很甜,连眼睛都弯成了月牙:"对,是我通知的。"

阿娇说:"刚进什刹庙的时候,我就给小僧递了字条,让他去通知张思竹。"

"你知道的,整个什刹庙都是张思竹的,"阿娇眼底越来越红,可嘴边的笑意却越来越大,"我就知道,张思竹肯定会及时赶来的。"

纪九司下意识更紧地捏住阿娇的手腕:"所以这就是你的办法吗?"

阿娇陡然挣脱了他的禁锢:"对,这就是我的办法。"

纪九司冷笑:"你应该知道张思竹想要什么,为了我,你愿意做到这个地步?"

阿娇又踮起脚尖,对着他的嘴唇吻了上去。

雨大夜凉,他的嘴唇很冷。

纪九司纹丝不动,任由她吻着,不拒绝也不迎合,只是冷漠地看着她。

半晌,阿娇才离开他的嘴唇,弯眼低笑道:"对啊,你明明早就知道我喜欢你那么多年,我为你做到哪个地步我都愿意。

"心甘情愿。"

话及此,阿娇后退两步,远离他,继续说:"待你洗刷冤屈后,你定能青云直上,前程似锦。"

远处的马蹄声已经由远及近，就在耳边。

那些在雨中前行的火把，也已经近在咫尺，照亮了这方天地。

阿娇转身朝着马匹的方向跑去，便见前方不远处，坐在马匹上为首的男子，正是两年未见的张思竹。

张思竹穿着绛紫色的莲纹大氅，长发以玉冠高束，眉目似星，比起两年前又俊俏了许多。

他高坐在白色骏马上，身上亦已被淋湿，可此时看着站在下头的阿娇，桃花眼中却弥漫出了浓浓笑意，仿若酿着星辰。

张思竹"啧"了一声："两年没见，你怎么瘦成这样？那老不死的虐待你？"

阿娇眼底泛酸，却还是笑道："狗嘴里吐不出象牙，我现在多好看呀！"

张思竹低笑："勉强凑合。"

张思竹眸光微闪，便望见前方那许多的黑衣人，一个个都潜伏在暗处凝视着这边，全都不敢再动。

他身后带了许多侍卫，不过微微挥手，侍卫们便全都拥了上去，和黑衣人们对峙。

张思竹皱着眉道："你从哪里得罪了这么些臭老鼠，发生什么事了？"

阿娇侧头，朝着纪九司的方向看去。

张思竹也顺着阿娇的目光望去，才看到斜前方角落，有一道修长的暗色身影正站在树下。

正是纪九司。

化成灰他都认识。

张思竹脸上的笑意陡然消散："你疯了？跟这种通缉犯在一起做什么？"

阿娇悲切地看着纪九司，声音发酸："他是被冤枉的，我要帮他翻案。"

张思竹翻身下马，微瘸着腿走到阿娇身边，扯着她的手就往回走："别多管闲事，跟我走。"

阿娇却纹丝不动，任由张思竹怎么用力拉，她就是不走。

张思竹看着她抿着嘴的倔强模样，到底冷笑起来。他凑近她，眯着眼道："谢圆圆，真有你的。"

阿娇眉眼愈加悲切，抿着嘴不说话。

张思竹的脸色透出几分阴鸷："两年了，还记挂着他？"

"也不是不行，"张思竹冷声说，"你知道我想要什么，你若是答应，我就帮他一把。"

阿娇眸光深深："我可以。"

张思竹大笑："真的？谢圆圆，你一向心眼多，你若真的答应，我要求这个月内咱俩就大婚，免得夜长梦多，又被你折腾出别的花样。"

阿娇掩在袖下的手下意识地捏住："我、我可以……"

"不用了，"纪九司不知何时已闪身过来，"我自己的事，不劳烦张公子。"

张思竹看着纪九司的眼神透着鄙夷："不劳烦我，就可以劳烦圆圆了？真有你的。"

纪九司讥笑，走到阿娇身边搂住她，轻佻道："阿娇与我两情相悦，自然要和我同甘共苦。"

张思竹看着纪九司搂着阿娇的亲昵模样，脸色更难看，眼中满是压抑的怒气。他一字一句道："放开她！"

阿娇连忙挣扎，想要甩开纪九司的手，可纪九司却陡然捧着她的脑袋，对着她的嘴唇就吻了下去。

猝不及防的吻，让阿娇浑身紧绷，脑子一片空白。

张思竹像疯了似的冲上去，挥出一拳，却被纪九司轻松避开。

纪九司冷笑道："张公子气什么？我和阿娇早已情定终身，她心中怕是根本没有你的位置。"

张思竹气得浑身微颤，指着纪九司强压怒气："抓住他！"

身侧众人连忙向着纪九司拥了过去，作势要抓住他。

阿娇脸色微变，急忙冲到张思竹身边，扯住了他的衣袖，哑声道："别，张思竹，别抓他。"

张思竹怒道："怎么，他这样羞辱我，你还想我帮他？"

阿娇红着眼落下泪来，大哭着说："帮帮他吧，他多可怜啊。"

她哭着的样子还是和小时候一模一样，五官都皱成一团，像个圆球。明明她都已经瘦成这样了，可还是圆滚滚的。

张思竹烦得不行，不耐烦地道："别哭了！"

阿娇连忙止住了哭泣，只眼泪汪汪地看着他，可怜极了。

张思竹挥了挥手："先回京再说。"

话及此，张思竹拎着阿娇就上了马，只留下纪九司依旧冷漠地站在一旁。

张思竹让侍卫给纪九司让出一匹快马，他爱骑不骑，便掉转了方向，带着阿娇离开。

阿娇最后看了眼纪九司，眸光悲切，波光粼粼，似含缱绻。

而那些黑衣人，全都不敢再动，一个个咬牙切齿，眼睁睁看着纪九司也翻身上马，消失在眼前。

大雨早已停下，阿娇和张思竹骑在马上，迎面吹来的冷风让阿娇忍不住瑟缩。

张思竹脸色依旧难看，说话夹枪带棒："你下山来，就是为了帮他？"

阿娇点头："帮他一把不好吗？做好事可以积阴德。"

张思竹冷笑连连："积阴德？我看你是犯贱，上赶着倒贴他，真是让人笑掉大牙！"

阿娇小声说："倒贴就倒贴，横竖我倒贴了这么多年，早就习惯了。"

张思竹更气了："那你还叫人给我传字条做什么？就是存心来气我？"

阿娇抿着嘴不说话了。

张思竹看着怀中少女瘦得只剩下这丁点，心底的戾气终究渐渐散了，过了许久才又说："好了，别气了。"

阿娇依旧不说话。

张思竹一手操控马绳，另一只手稍作犹豫，抚上了她的肩膀，轻声哄着："我错了，别气。"

阿娇这才说："你是首辅之子，你父亲一人之下，万人之上，我只有找你，没别的选择了。"

她的语气已经带上了哭腔。

从小到大，张思竹最烦她哭，每次她一哭，他就束手无策。

张思竹抿着嘴道："帮纪九司洗刷冤屈可以，我说了，只要你答应嫁给我。"

阿娇轻声道："我说了，我愿意的。"

张思竹："这个月就成亲。"

阿娇："先还纪九司清白。"

张思竹又有些恼了："倘若到时你变卦呢？利用完我再将我一脚踢开，我找谁说理去？"

阿娇："我才不是那样的人呢。"

张思竹冷哼道："就算你不是那样的人，可纪九司是不是，就不好说了。"

一想起纪九司吻她的样子，张思竹就气得咬牙："此事没得商量。"

话及此，张思竹显然不想再和阿娇讨价还价，一夹马肚加快了速度，扬长而去。

什刺湖距离京城本该将近一个时辰的车程，可张思竹骑的是快马，不过小半个时辰，便到了天子脚下。

此时已是戌时二刻，城门口却依旧有许多士兵在排查过往行人。

可那些士兵在看到张思竹时，却连拦都不敢拦，径直就放他和侍卫们进了城门。

京州，天子脚下，繁华富庶，戌时的街道热闹依旧。

张思竹行事霸道，骑着马招摇过市，百姓们一边让路一边咒骂纨绔该死。

一刻钟后，张思竹骑着马停在了大景坊前，直奔天字房。

大景坊是京中最贵的酒肆，房间明亮精致，书卷气浓。张思竹开了三间上房，又让下人去采买新衣，这才上热水沐浴。

半个时辰后，阿娇三人已穿戴一新，整洁干净地坐在二楼的雅间内用膳。

阿娇和纪九司已经很久没有好好用膳，此刻终于可以放松下来，好好休息。

张思竹冷眼看着他们狼吞虎咽，讥笑不断。

等用完膳后，张思竹才道："明日我会将你送到刑部，放心，我会派人守着，没人敢加害于你。"

纪九司"嗯"了声。

张思竹："你且在牢内待个几日，此事我需要和父亲商量，让我父亲出手。"

纪九司讥诮："就是不知道张首辅会不会直接拿剑劈了你。"

张思竹大大咧咧道："我爹只有我一根独苗，他舍得杀我？"

纪九司冷笑，不置可否。

张思竹看着纪九司这副样子就气不打一处来，心道这什么玩意儿，死到临头了还在这儿摆谱呢？要不是看在阿娇的面子上，他巴不得纪九司赶紧落网，越惨越好。

张思竹面上依旧文质彬彬："三天内，我会给你一个交代。"

话及此，张思竹又看向阿娇，深情道："阿娇，为了你，我什么都愿意去做。"

阿娇很感动："谢谢……"

纪九司出声打断："最多三日，时间越长，越危险。"

张思竹内心：瞧这贪生怕死的样。

张思竹面上说道："放心，我一定守约。"

张思竹又对着阿娇撒娇,哭诉自己的不容易,哭诉自己顶着多大的压力来帮纪九司,没准还会被自己老爹一刀砍死,吧拉吧拉说了一堆,说得阿娇内疚极了。

纪九司在一旁冷眼看着,眸光逐渐阴沉。

等走出厢房时,张思竹又对着阿娇沉重地说:"我如今是个瘸子,多可怜,如果有谁能扶我走路就好了。"

话音未落,纪九司闪身到了张思竹身边,一把扶住了他。

纪九司:"我扶。"

张思竹嘴角微抽:"你还挺热心。"

纪九司:"应该的。"

纪九司把张思竹架回了房间,把他扔了进去。

张思竹咬牙切齿。

他真想打爆纪九司的脑袋,但想了想,还是忍了下来。

等到第二日,张思竹如约把纪九司送给了刑部。

大约一个时辰后,纪九司被刑部捉拿归案的消息就传遍了整个京城。

阿娇已经回到了自己家中,她父亲谢华一开始时激动得不行,对着自己的乖女儿老泪纵横地诉说着思念之情。

可等纪九司出现在刑部的消息传来后,谢华吓得立马跑去质问阿娇,问这件事是不是和她有关。

毕竟女儿在山上两年多了都不曾回来,这一回来,纪九司竟然也跟着回来了,怎么看都透着可疑!

阿娇倒也不避讳,直截了当地点头承认:"是我带他回来的。"

谢华差点背过气去,他咬牙道:"你疯了?"

阿娇静静地看着父亲:"他是被冤枉的,父亲,我帮他是在做好事,积阴德。"

谢华抽了抽嘴角。

别说阴德了,阳德都快没了。

谢华抹了把脸,什么都没说,径自换上了官袍,转身便要出门。

阿娇眼睛发光:"父亲,您是要去乞求圣上,帮纪九司翻案吗?"

谢华格外沉痛:"为父是去乞求圣上,砍我一个就行,还请饶我儿一命。"

阿娇也很悲痛:"父亲,我知道这桩案子阻力很大,您能不能想个办法,帮帮他?"

谢华:"你糊涂啊!当时判下此案的主审人乃是太子殿下,如今你竟说要翻案,岂不是要当众打太子的脸吗?"

谢华抹了把脸,愈加悲壮:"日后清明冬至的,别忘了给你爹坟前添只烧鸡。"

谢华转身就走,不再理会阿娇在背后的呼唤。

另一头,张府。

张思竹闯入书房时,张岐山正在书案前批阅奏折。

今日是休沐日,张岐山并未去内阁,在家办公。

张思竹正要说话,张岐山头也不抬:"放。"

张思竹赔笑:"还是父亲了解我。"

张思竹走到张岐山身边,抱住了他的腰,沉痛道:"儿子对不住您。"

张岐山终于拿正眼看他,冷漠道:"又把藏书阁烧了?"

张思竹:"不是……"

张岐山:"那就是又拆庙了。"

张思竹:"那倒也不是,我……"

张岐山:"哦,那就是又得罪了哪路郡主,骂人家丑了。"

"不是,"张思竹为自己辩解,"父亲,儿子在你心中,就这样?"

张岐山不耐烦起来:"不说就滚。"

张思竹终于小心翼翼地把要给纪九司翻案的事说了说。

张岐山沉默半晌,站起身来。

张思竹一喜:"父亲,您答应了?"

张岐山:"帮你收拾行李。"

张思竹疑惑:"收拾行李做什么?"

张岐山:"滚出去。"

张思竹:"啊?"

张岐山:"老子就当没你这个儿子,回头我就纳几个妾,再生几个。"

张思竹瘸着腿走到张岐山面前,垂下双眸:"爹,圆圆说了,只要能翻案,她就愿意嫁给我。"

张岐山眼底闪过冷色,眸光阴鸷地看着张思竹:"转过身去。"

张思竹不明就里,可还是照做。

张岐山指着摆在架子上的铜镜,厉声道:"你照照镜子,你如今成了什么样子!"

张岐山一字一句:"为了一个女人,把自己作成了残废,如今还执迷不悟,我怎么生了你这么个废物!"

这话说得极重。

几乎是一瞬间,张思竹清俊的脸上,便弥漫出了难以自持的悲切和难堪。

张岐山看着儿子眼中瞬间弥漫出的湿意,心底的沉痛一阵大过一阵地袭来,亦红了眼眶。

这话说得太重,张岐山有些后悔,连忙朝张思竹走了一步。

可张思竹却仓皇地后退了一步。

他很是狼狈地转过身去,不想让父亲看到自己这副窝囊样子,嘴边却依旧假装轻松:"爹,都是我不好,给您丢脸了,我这就走,不给您添堵。"

他双眼通红,瘸着腿一步一步踏离书房。

张岐山闭上眼,半晌,终是哑声道:"来人。"

心腹老秦马上出现在了他面前。

张岐山微叹:"看住少爷,别真走了。"

老秦也是微微一叹,到底转身退下。

思忖半晌,张岐山换上了官袍,径直去了皇宫。

他就这么一个儿子,总不能真的任由张思竹这样伤心欲绝。

皇宫,御书房。
说来也巧,才刚走到御书房前,张岐山便撞见了谢华。
张岐山和谢华的关系相当微妙。
张岐山身为内阁首辅,权势滔天,谢华虽是刑部侍郎,可比起张岐山,还是人微言轻。
可张岐山却对谢华颇为客气,见面总会叫他一声"谢大人",平日里也是礼让有加,丝毫不摆谱。
谢华每每受宠若惊,一边顶着围观众人的压力,一边对张首辅露出假笑。
没办法,自家儿子爱慕谢华的爱女,他这个当爹的,总得帮儿子一把,所以在面对谢华时,他压根就高冷不起来。
而此时两位大人在御书房前相遇,气氛便又开始微妙。
圣上的贴身太监秦公公来报,说是让两位大人进去。
于是,两位大人在御书房门口顾起了礼数。
谢华做了个"请"的手势:"张大人先请。"
张岐山也做了个"请"的手势:"谢大人请。"
"还是张大人先走。"
"还是谢大人先走。"
两位大人相互礼让,看得秦公公一愣一愣的。
最后两人一齐踏入了御书房。
圣上今年六十有四,年轻时英明神武,如今老了身体每况愈下,耳朵也不太好了。
处理起国事已经很勉强,所以大部分奏折都是内阁在批阅,只有十分要紧的才会交到圣上手里。
也是因为身子越来越不好,所以近段日子,圣上开始考虑将大权交给太子处理。

眼下张岐山和谢华一同面圣，圣上眯着略显混浊的眼睛，询问两位爱卿有何事要禀。

张岐山作势让谢华先说，谢华又作势让张岐山先说，圣上耳朵不好，眼神也不太好使，还以为这两人在跳舞。

圣上拍了拍桌，皱着眉头让两位大人严肃一点。

最后还是张岐山先说，张岐山跪在堂下，先是说了株洲的干旱和江南的私盐问题，最后才把话题拐到了纪府惨案上。

张岐山是这样说的："礼部侍郎纪大人惨死，现场疑点重重，当时事发突然，太子殿下有所纰漏，也是情有可原。"

一旁的谢华一听，眸光微闪，他就说张岐山怎么这么凑巧也来面圣呢，果然也是为了这事。

于是，谢华连忙走出一步，禀告道："正是如此。回禀圣上，刑部曾多次去过案发点，当时确实有许多细节不曾查清。"

圣上有些昏沉，强忍着困意道："此案是由太子负责，若有疑点，尽管去找太子就是。"

谢华微凝，张岐山倒是面不改色："殿下能者多劳，株洲的旱灾，下官擅自做主，将此事交给了殿下处置，只怕殿下一时分身乏术……"

圣上打了个哈欠："那就张爱卿自行定夺吧。"

张岐山谢主隆恩。

谢华也说了些不痛不痒的公事，然后起身告退，和张岐山一齐离开了御书房。

走在皇宫内，谢华对张岐山道："张首辅英明，今日上午纪九司才刚到刑部，您竟这么快就将太子殿下支到了株洲。"

张岐山面不改色："我随口胡诌的。"

谢华："啊？"

张岐山："我现在要去找太子，谢大人可要一起？"

谢华稍作犹豫，点了点头。

于是，两位大人又去了东宫。

入东宫时,太子临沛正在射箭,一射一准,英姿勃发。

临沛的个子不算太高,但长得一张娃娃脸,五官很清秀。

听到宫人来通传,临沛这才收了弓箭,迎接两位大人。

张岐山和谢华对他作揖行礼,临沛喊免礼。

临沛道:"两位大人有何事要禀?"

张岐山道:"株洲旱灾已持续月余,方才下官禀明了圣上,圣上的意思是,让您亲自过去一趟。"

果然是随口胡诌。站在一旁的谢华瞳孔微缩,有点震惊。

临沛闻言,则皱了皱眉。

张岐山老神在在:"殿下应该知道,此事是您立功的好机会。"

临沛当然知道。

他政绩薄弱,这段时间父皇身子不好,一直想要将政务交给他,可朝堂上的老臣反对声并不小,都说太子稚嫩,还需磨炼。

临沛压下心思,又看向谢华:"谢大人?"

谢华连忙将纪九司被关押到刑部的事说了说,末了又道:"只是此案怕是还有疑点,所以是否还需要再查?"

临沛笑道:"若有疑点,自然要查。"

谢华连连应是。

一旁的张岐山则又追问临沛可要接管旱灾案,态度略有几分咄咄逼人的意味。

临沛又瞥了眼谢华,到底是应了下来。

张岐山这才露出欣慰的笑容:"好,还请殿下尽快启程,越快越好。"

临沛又应好。

张岐山这就走了,看都不看谢华一眼,仿佛和他不是一道来的。

谢华作势也要走,却被临沛留下。

临沛笑眯眯地看着谢华,眉眼温和极了,谢华心底却直打退堂鼓。

临沛走近谢华一步,用只有两个人能听到的声音说道:"谢大人,纪家惨案性质恶劣,影响甚大,该如何宣判,想必你应该清楚。"

太子脸颊白皙圆润，眼神却显出几分阴冷。

谢华当即点头："殿下放心，下官明白。"

太子低笑着拍了拍他的肩膀："去吧。"

谢华转身就走。

等谢华和张岐山一走，临沛脸上的笑意陡然失踪。

他命人整理衣衫行囊，打算明日再出发去株洲不迟。

可等他入了书房，心腹岳肖找上门来。

岳肖是临沛的贴身侍卫，也算暗卫，众多秘辛之事，都是由他出头。

岳肖跪在临沛脚边，沉声道："昨日在什刹湖边，刺客们本都能得手了，可不知怎的突然冒出了张思竹。张思竹救走了纪九司，又于今日上午亲自将他送进了刑部大牢。"

临沛气得咬牙："张岐山到底想干什么？今日又逼着本宫去株洲，如此急着要将本宫支开！"

岳肖也很疑惑："张思竹和纪九司，不是一向不和吗？"

临沛冷声道："张岐山那老匹夫，如此诡计多端，本宫还是要小心为上，不能着了他的道。他急着赶本宫去株洲，本宫偏要留在京中。"

临沛道："吩咐下去，本宫突发恶疾，一时卧床不起，怕是不能去株洲了。"

岳肖连忙应是，起身离开。

另一边，张岐山和谢华一齐离宫。

谢华有些困惑地问道："张大人，您如此直截了当地逼着殿下去株洲，就不怕殿下心生厌恶吗？"

张岐山面不改色："随他厌恶。"

谢华对张岐山又佩服了几分，想了想，又追问："倘若他不肯去呢？"

张岐山严肃的脸上露出一丝意味深长的冷笑。

谢华满头问号。

## 第三章
翻案

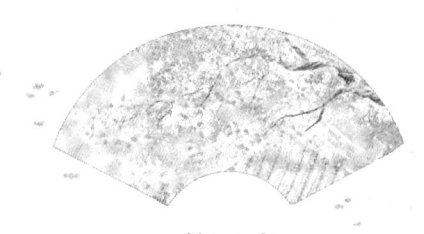

当日下午,有马车停在了东宫门前来接太子去株洲,随行的还有许多官员,浩浩荡荡的,阵仗极大。

可很快地,东宫内有太监跑了出来,哭着说太子殿下突发恶疾,怕是不能去株洲。

众人一听,很是关切,连忙去请了御医,要给太子殿下看病。

东宫的宫人们自然严词拒绝,可谁知拒绝无效。

这几个随行官员中不乏翰林院的文官,文官们纷纷言辞激烈地表示太子不肯接受治疗肯定另有隐情,要么是看不起他们六七品的芝麻官,要么就是病得太重烧坏脑子了。

有病不看医,那是傻子干的事。

现场一时闹得非常激烈,眼看事情越闹越大,宫人们没有办法,只得去禀告太子殿下。

太子正在床上装病,闻言气得不行,一个鲤鱼打挺就从床上跳了起来咒骂那群文官迂腐又爱多管闲事,真是晦气。

太子骂了很久,好不容易出完气了才重新躺回床上,让下人们顺着他们去,他们爱怎么样就怎么样,别拦着。

于是一刻钟后,那几个文官架着太医院的王御医过来了。

王御医仔仔细细把着太子的脉象,脸色讳莫如深。

众人则纷纷围在太子病榻前,皱着眉头等着。

时间一点一滴过去,王御医依旧没有说话。

一众官员也忍不住屏住呼吸。

又过了一刻钟,王御医终于不疾不徐地缩回了手,说道:"太子殿下负担过重,久郁成疾,再加上这两日乍暖还寒,染了病气……"

一旁有个文官打断了他:"很严重?"

王御医和病榻上的太子对视一眼,心领神会:"相当严重。"

躺在床榻上的太子作势咳嗽了两声。

文官们纷纷表示让太子殿下好好养病,一个两个才退出了东宫。

只是离开东宫前,众人把御医留了下来,说是让御医替太子殿下好好调理,务必要在七日内让太子康复,毕竟旱灾不等人,百姓们的性命不等人,时间就是金钱,时间就是生命。

除御医外,还有好几个官员日夜不停地守在东宫,就眼巴巴地看着太子,但凡太子走出房门一步,都会被沉痛地呼喊"殿下注意休息"。

太子很是气愤,但敢怒不敢言。这群文官要名不要命,什么话都敢说,你要跟他上纲上线,人家很乐意欣然赴死,再高呼一句"粉身碎骨浑不怕,要留清白在人间",这种事要是传出去,舆论就没法看了。

太子气得只好转身又回床上躺着。

那几个官员就守在一旁眼巴巴看着,一副痛心疾首的样子。

于是太子就这么被变相软禁在了东宫。


这边太子被困住,另一边,刑部已经着手对纪府惨案重新开始调查。

纪九司被送入刑部大牢的第四天,张思竹才姗姗来迟,捏着大牢钥匙打开了牢门。

张思竹似笑非笑:"恭喜,马上就可以洗刷冤屈,重获自由了。"

纪九司站定在张思竹面前,神情颇为认真:"谢谢。"

张思竹冷哼:"谢什么,我有报酬。"

纪九司眸光微深,并没有接话。

纪九司和张思竹走出了牢房,外头有明丽的日光洒下来,纪九司一时不适,微眯起眼。

放眼望去,就见阿娇站在前方的一棵槐树下,正笑吟吟地看着他们。

阿娇穿着淡紫色的烟罗裙,披着粉色的披帛,衬得眉目娇俏,很漂亮。

张思竹对着阿娇迎了上去:"你怎么来了,我不是让你在家等我吗?"

阿娇又看了纪九司一眼,这才对着张思竹笑道:"还是想亲自来看看。"

张思竹顺势搂住阿娇:"行,走吧。"

张思竹带着阿娇径直朝前走,身后纪九司眉目沉沉地跟上。

京城开了家烤鸭店,张思竹心情很好,要带阿娇去尝尝。纪九司正要跟随,却被身后几个刑部的侍卫拦了下来。

纪九司虽然暂时从牢里放出来了,可也只是特赦,出来后只能待在纪府,不能随意走动,刑部的侍卫们会一直看着他。

纪九司看着张思竹和阿娇的背影,相互交织,如此亲密。

许久,他才收回眼,面无表情地转身朝着纪府走去。

而被张思竹搂在怀里的阿娇,控制不住地回头看去,只见纪九司离去的背影孤独,甚显落寞。

张思竹看在眼里,淡淡道:"舍不得?"

阿娇收回眼来,看着前方:"烤鸭店在哪儿?"

张思竹说道:"现在舍不得不打紧,在你我大婚前,我允许你再看几眼。"

阿娇道:"在城西吗?城西新开了许多铺子,护城河两旁的街道变化极大。"

张思竹道:"等你我大婚后,你便专心在后宅做我的夫人,我此生只娶你一个,你说好不好?"

阿娇有些僵硬地对他扬起一个笑脸:"好。"

张思竹见阿娇终于回应自己,很开心。

二人一路离开了刑部,又往前走了几步,在张府的马车边停下,此处还停着一把轮椅。

张思竹的腿瘸了,走起路来一瘸一拐,不太雅观,速度也慢,所以张岐山为他定做了轮椅,方便他出行。

这轮椅是用金丝梨木所制,雕刻着八仙过海,十分精致。

阿娇扶着他上了轮椅,便推着轮椅朝着城西而去。

她已经两年没有回京,京中变化甚大,愈加繁华。张思竹饶有兴致地介绍着,说着何处又开了什么好吃好玩的新店,要带她都去逛一逛。

二人来到城西那家新开的烤鸭店,店小二分外热情地将他们迎上了三楼雅间。

只是在上楼梯时,张思竹腿脚不方便,一瘸一拐地,走得有些慢。

身后陡然响起一道刺耳的声音:"残废还出门做什么?丢人现眼。"

张思竹身形一顿,阿娇也冷冷地侧头望去,便见身后站着一个男子,穿着上等绸衫,肥头大耳,怀中还搂着一个美人。

京中纨绔甚多,不知死活的纨绔更多。

张思竹瞥他一眼,似笑非笑:"你叫什么名字?"

肥头大耳很是狂傲:"家父江三河,怎么,你还想去家父面前告状?"

张思竹不过是使了个眼色,很快就有很多侍卫从外头拥了上来,把这肥头大耳和他身边的美人押了下去,肥头大耳的脸色都变了,惨白惨白的,毫无血色,显然没料到事态会变成这样。

阿娇扶着张思竹上楼用膳,等吃完烤鸭下楼后,竟然又在大堂遇到了熟人。

当时阿娇去后厨打包了一份烤鸭,等她拎着烤鸭走回大堂时,便见一道窈窕的身影正站在张思竹身边。

乔巧穿着月白色的花鼓裙,绾着芙蓉髻,脖颈白皙修长,五官比之两年前愈显艳色,不愧是京州第一美人。

阿娇脚步慢了下来,她站在角落,看着乔巧蹲在张思竹的轮椅边,眉眼柔柔地说话,只是张思竹的神情略显不耐烦,毫无风度。

阿娇有些愣怔地看着,她似乎从未见过乔巧这样温柔的样子,在她的记忆里,乔巧总是很高冷,就连对着纪九司时也是疏离客套。

她本不想现身,可张思竹却率先看到了她,笑眯眯地对她招手。

乔巧朝她看来,前一刻还温温柔柔的面容,逐渐又变得高冷起来。

阿娇硬着头皮走上前对乔巧打招呼,乔巧回她疏离一笑,又对着张思竹道:"家父在家中等我,我先走了。"又补充,"改日我再登门拜访。"

张思竹淡漠地"嗯"了一声。

等乔巧走后,阿娇这才推着张思竹的轮椅,走出了客栈。

张思竹道:"我和乔巧只是普通朋友,你别误会。"

阿娇:"不会。"

张思竹笑道:"她父亲和我父亲是同僚,两家难免会多些走动,你不会介意就好。"

他将话题从乔巧身上转移。

阿娇看着张思竹坐在轮椅上又变得兴致勃勃的样子,又想起刚才那肥头大耳的挑衅,心里有些复杂,忍不住道:"你的腿,真的治不好了?"

张思竹弥漫着欢喜的眉眼逐渐冷静下来,他淡淡道:"你说呢?"

也是,他父亲可是张岐山,位极人臣,和张思竹相依为命,把他看得比命重。

张岐山一定千方百计想给他治好腿疾,可张思竹直到现在还是个瘸子,就说明这腿怕是无药可医。

大概是见阿娇情绪有些低落,张思竹又仰头对她笑道:"只是一条腿而已,没什么。"

阿娇皱眉道:"没什么?倘若真的没什么,你又何必在乎别人怎么看你。"

张思竹的语气透着淡淡的阴鸷:"谁敢嚼我舌根,活得不耐烦了?"

两年前,在纪九司和乔巧订下婚事后,阿娇心情跌到了谷底,做什么都郁郁寡欢。

张思竹来看阿娇时,无意中从她口中得知什刹庙的签很是灵验,于是也跑去求签。

后来他就把什刹庙给砸了。

大少爷脾气大,明明是他把庙给砸了,回来后反而还难过伤心了好几天,后又找阿娇对她念一些酸不拉几的迂腐文诗,竭尽全力劝阿娇忘了纪九司跟他好。

阿娇始终没有理他。

于是,张思竹又邀阿娇一起出门狩猎,舒缓舒缓心情。阿娇想了想,便应下了,然后二人出发,去文殊山狩猎。

可等入了文殊山后,原本跟在张思竹身边的侍卫们,不知不觉全和他们走散了。

文殊山地势陡峭,山高水深,等入夜后,野兽声不绝于耳,阿娇很害怕,和他相互依偎着过夜。

阿娇对张思竹感情很纯洁,打心眼里把他当兄弟,靠着他肩膀睡觉时也没想太多,因为她又累又害怕,人都快没了,压根儿没心情想风花雪月。

可张思竹就不一样了,张思竹被阿娇依靠了一整晚,心神很荡漾,分外享受这种被需要的感觉。他甚至希望两人一直待这山里就好了,这样阿娇就能一直依靠他。

天亮后,原本两人约好要下山的,可张思竹却变卦了,非要继续留在山里狩猎。

说是狩猎,其实只抓了两只野兔,还被张思竹烤得半生不熟,外焦里生,非常难吃。

阿娇受不了了,非要下山,可张思竹就是不肯。

阿娇拗不过他，只得在山中再待一天，两人继续朝山顶出发。

好不容易快到山顶，二人终于停下。

五月的天，山顶姹紫嫣红，呈现出绝美的景致。各种奇异花卉竞相开放，足以迷人眼。

各种好闻的花粉香不断飘过，层层叠叠的枝叶花朵，在日光的沐浴下，反射着斑驳的光圈，似朦似胧。

这样的美景何其难得，让阿娇有些看呆了，一时忘记了疲惫和烦忧，心情也好了很多。

张思竹见她露出笑颜，也很欣慰，趁着阿娇赏景时，开始弯腰摘花，想让她更开心。

可这花摘着摘着，突然一条色彩斑斓的妖冶小蛇从草丛里闪了出来，对着张思竹的右腿咬了一口。

张思竹疼得直叫，用尽全部力气抓着那毒蛇扔了出去。

要不是刚好路过了一个当地村落的猎人，帮张思竹处理了伤口，逼出了大量毒性，别说是一条腿，只怕他整个人都得去见阎王。

也是那猎人带着张思竹和阿娇走了一条不为人知的隐蔽的羊肠小道，才让他们尽快下了文殊山。

等下山后，阿娇带着张思竹非常曲折地回了京，张岐山第一时间给张思竹请了大夫，可大夫说此毒太烈，无法根除毒性，于是这腿就这么瘸了。

阿娇想着往事，心情愈加沉重。

她叹道："你父亲位高权重，那些人明面上哄着你，谁知道背地里会怎么编派你？"

阿娇推着张思竹的轮椅："倘若有机会，还是想法子将腿治好比较好。"

张思竹抬头看她，认真地问："那你呢？你嫌弃我是个残废吗？"

阿娇也认真道："我希望你能治好。"

张思竹讥嘲道："难道我不想吗？这两年我父亲寻遍世间名医，可谁都束手无策。"

他俊秀的眉眼中透出落寞："已经治不好了。"

阿娇脑中掠过一个思绪,她微抿起嘴,不再说话。

阿娇将张思竹送回张府,这才自己返回家中。

她父亲身为刑部侍郎,这几日在忙着替纪九司翻案。

其实纪九司的案子疑点一直很多,当时太子草草结案,将污名都扣在了纪九司头上,明眼人都能看出来太子是在刻意针对他。

可那又如何。

一条人命而已,哪怕他是国子监的常年第一,高位者想杀他,也不过是一句话的事。

更何况礼部侍郎纪康夫妻已经死了,纪九司就像是那在风中飘零的野草,无依无靠,谁会为了一根野草,去得罪太子呢。

可现在情况却很不一样,毕竟现在想要帮纪九司平反的,可是张岐山。

有张岐山撑腰,翻案便是举手之劳。

当日夜里,谢华就从太平山带回了重要物证。

他在纪康夫妇死亡时的房间内发现了两枚暗器,还在窗户上发现了残留的微量迷药。

那暗器格外特殊,上面刻着独特的花纹。谢华身为刑部侍郎,查案无数,这种花纹他认识,和一个杀手组织有关。

这足够说明纪康夫妇的死,绝对是他人有意谋杀,然后再栽赃嫁祸给纪九司。

三个月前案发当日——

谢华正在陪着太子狩猎,突然就听远处传来尖叫声。

众人闻声赶去,就见纪康的房间内,纪九司手握弯刀,一脸迷茫地站在血泊里,而在他的脚边,他的父母暴瞪着双眼,已然惨死。

太子震怒,当场调查此案,并断定是纪九司杀父弑母,丧尽天良。

断案之后,太子下令捉拿纪九司,可纪九司武艺高强,当场逃入深山,拒不归案。

也就是从那天起,太子下令让刑部发布了通缉令,全国范围内高额赏金通缉纪九司。

谢华从回忆中回过神来,回到府中后,将这两日调查到的证据和阿娇说了说。

阿娇十分高兴,当场递给谢华一只鸭腿当作犒赏。

谢华啃了两口鸭腿,看着阿娇欲言又止,犹豫着说:"为什么张岐山无缘无故会插手此事?你和张思竹……"

阿娇依旧笑眯眯的:"我答应张思竹啦。"

谢华啃鸭腿的动作微顿:"答应什么了?"

阿娇笑道:"我答应嫁给他了。您不是总说思竹这孩子对我好吗?我嫁给他,您也会为女儿感到开心吧?"

谢华如鲠在喉。

他想起前几日和张岐山在宫里相遇,怪不得当时张岐山对他的态度又温和了三分。

原来是因为快成为亲家了。

谢华意味深长道:"为父开不开心并不重要,重要的是你开不开心。"

阿娇笑得更深了:"我当然开心。"

谢华拍了拍阿娇的肩膀:"你开心就好。"

当夜,阿娇又蜷缩在母亲胡氏身边,不肯回自己房间。谢华只得给她们娘俩让出位置,自己去书房睡。

纪九司之案平反得非常快,刑部和大理寺一起调查,很快就还了纪九司清白。

等调查结束后,谢华又握着卷宗去见了圣上,将此案细节一并说给圣上听。

圣上依旧身体不太好,昏昏欲睡,眯着眼睛批阅奏折的样子,仿佛在打瞌睡。

等谢华说完,圣上许久才说:"既是如此,那就给那孩子翻案吧。"

谢华心中大喜："圣上英明！"

圣上挥挥手，让谢华退下。

谢华刚走出御书房，迎面就遇到了张岐山。

张岐山分外客气地喊了声"谢大人"，谢华依旧受宠若惊，也回了个礼。

等张岐山走入御书房后，谢华想了想，干脆站在门外不走了。

圣上见张岐山来了，又问爱卿有何事要禀。

张岐山负手而立，眉眼略沉："方才谢大人可曾和圣上禀了纪家惨案一事？"

圣上见张岐山这般架势，瞌睡消失了，清醒了不少。他点头："是有此事。"

张岐山沉叹："圣上可有何看法？"

圣上想了想："太子处理政务到底时短，稚嫩难免。"

圣上："少不得要爱卿多多提携。"

张岐山眉目愈沉："提携？老臣倒是想提携，却又恐老臣僭越！前几日老臣曾和圣上提过株洲干旱一事，太子本该早早前往株洲处理此事，可他却突然抱恙，至今还在东宫躺着养病。"

说到后面，张岐山开始甩脸子了。

圣上这下彻底清醒了，皱着眉不说话。

张岐山沉目："太医院的太医说，殿下并无大碍，稍作休息便可恢复。可他迟迟不肯启程离京，不知是有何打算。"

张岐山："纪府惨案是殿下亲自断案，如今一番彻查，竟是误断，圣上，老臣着实惶恐！"

话及此，张岐山对着圣上跪了下去。

圣上也很沉重："太子确实稚嫩。"

他亲自走下高座，弯腰将张岐山扶起："张爱卿，辅佐太子，还需你多多操劳。"

张岐山沉痛道："老臣定不辱使命，只愿天子明君，大周昌盛！"

圣上也颇为激荡，重重拍了拍张岐山的肩膀。

张岐山离开御书房后,一眼就看到了站在门外等着自己的谢华。

两位大人结伴出宫,一边说着话。

谢华道:"张大人,据说太子殿下抱恙,您看,殿下他果然没有听您的话,乖乖去株洲。"

张岐山面不改色:"所以本官刚刚在圣上面前参了他一本。"

谢华的瞳孔又震了震。

最近因为太子没去株洲处理旱灾,所以舆论四起,到处有太子殿下不肯吃苦,逃避责任的言论在传播。

谢华总算明白那日张岐山脸上那抹意味深长的笑到底是什么意思了,敢情早就挖坑等着太子跳呢。

谢华对张岐山的钦佩又多了几分,他压低声音说:"只是……只是圣上如今身子已不太爽利,太子殿下迟早是要继承大统的,您就不怕……"

张岐山淡淡道:"日后的事日后再说,先顾当下,莫要自寻烦恼。"

谢华闻言,更钦佩了,心道张岐山不愧是首辅,能走到这个位置果然非常人能比。

二人一路走出了宣武门,谢华亲自送张岐山上了张府的马车,张岐山十分温和地说:"改日带着圆圆,来我家中用膳吧。"

谢华连连应好。

张岐山又说:"那就后日晚上,本官派马车来接。"

张岐山这才钻入马车走了。

谢华想了想,笑了两声,也踏上了回家的马车。

而谢华才刚到家没多久,皇宫那边就传出了消息,圣上下了圣旨,让太子即刻启程去株洲,不可再延误。

看看,张岐山果然手段了得,什么都被他算计得恰到好处,想必太子现在已经在收拾行李准备出发了。

谢华将这些消息告知了自己的女儿,阿娇高兴极了,下意识就朝着门口跑去。

可跑了几步却又停下,她有些落寞地站在原地,怔怔地望着斜对面不远处的那座府宅发呆。

那里就是纪府,只要她想去,近在咫尺。

她最终还是收回眼来,又重新走回谢华身边,笑道:"爹爹辛苦了,我去给您做您最爱吃的红烧鱼。"

谢华看着阿娇比哭还难看的笑脸,微微叹气。

等用了晚膳后,阿娇坐在自己的院子里发呆。头顶星辰璀璨,月凉如洗,良辰美景,她心中却空落落的。

她想起当时在什刹山山洞内摇的卦象,忍不住讥笑起来。

卦象显示,九死一生,而这唯一的一生,得求人。

什刹庙是张思竹的地盘,所以该求谁,不言而喻。

师父说得对,命里有时终须有,命里无时莫强求,她和纪九司,注定是孽缘,有缘无分的。

阿娇坐在院子里有些伤春悲秋,丫鬟小阮也感染了几分悲切,去酒窖拿了几壶果酒来给她喝,又为她准备了烧鸡、烧鸭、卤肥肠和花生米吃。

阿娇一口果酒一口肉,无意识吃着喝着,等她反应过来时,才看到烧鸡、烧鸭都被她吃了大半。

她陡然把手中啃了一半的鸡腿扔了,有些惊吓:"我竟然吃了这么多肉!"

小阮疑惑:"小姐,您之前都是这么吃的呀。"

阿娇脸色染上了微醺的红:"我现在不一样了,我好不容易瘦下来,不能吃太多肉的。"

小阮失落又心疼:"可是小姐,您现在这样瘦,身子也单薄,奴婢还是想您多吃点,像从前那样圆乎乎的,多可爱呀。"

阿娇正要说话,就听身后陡然响起了一道男子的声音:"是该吃胖点。"

她猛地回头看去,就见纪九司不知何时竟站在了她身后。

夜色凄清,阿娇怔怔地看着他:"你、你怎么来了?"

小阮悄无声息地退下，空旷的院子里转眼只剩他们两个人。

纪九司道："来看看你。"

他走到她面前坐下，径直端起酒瓶仰头喝了一大口酒。

迎面有夜风吹来，仿佛一路吹到了阿娇的心底，让她心底乱成一片。

她举起酒杯看着纪九司："恭喜你洗刷冤屈，重回自由身。"

纪九司低笑一声，狭长的双眸中透出几分温和："谢谢。"一边说，一边高举酒瓶与她碰杯。

阿娇仰头将酒杯内的酒一饮而尽，别开眼去："既然已经洗刷了冤屈，今年年底的司考大典便可参加，没人可以再阻拦你。"

纪九司眸光深深地看着她："那你呢，你打算什么时候嫁给张思竹？"

阿娇淡声道："我的事，就不劳纪公子多问了。"

纪九司讥笑起来："送我回京的路上，你口口声声喊着我'夫君'，说你是我的未婚妻，怎么如今到了京城，就翻脸不认人了？"

阿娇的脸色更红，仿佛抹了最艳色的胭脂："所以当时你一到晚上就变成傻子，是你伪装出来的？"

纪九司弯着眼睛看着她："前三个晚上是真的，后面才是装的。"

阿娇气鼓了脸："卑鄙！"

纪九司冷笑道："你用玄铁大锅偷袭我，你就不卑鄙了？"

阿娇抿着嘴道："我是为了你好。"

纪九司："谢谢。"

阿娇被堵得说不出话来，气鼓鼓地别开眼去。

纪九司看着她的模样，倒是隐约有几分以前圆滚滚的样子。

他放柔声音道："我会在考试中力争上游。"

阿娇这才又看向他："好，加油考试。"

纪九司沉默许久，又说："真的要和张思竹成亲？"

阿娇轻声道："这就是交换的条件，他诚心待我，我不能辜负他，更不能耍弄他。"

纪九司眸光幽深:"并非真心喜欢的交易婚姻,难道不是另外一种耍弄吗?"

阿娇垂眸:"我会努力喜欢他的。"

纪九司站起身来,声音有些冷漠:"但愿你能成功。"

等阿娇再抬头时,纪九司已经不见了踪影,和来时一样悄无声息。

阿娇笑了起来,仰头将杯中的果酒一口饮尽,接着一杯又一杯。只是果酒而已,竟也会让人沉醉至此。

她伸手擦掉眼角的湿润,嘴边的笑却越来越大:"没什么好难过的,谢圆圆,你做得很对,现在这样皆大欢喜,大家都有了美好的结局。"

只是眼角的湿润却止不住,不知不觉已泪流满面。

翌日一大早,刑部就发布了纪九司洗刷冤屈的昭示,还了纪九司一个清白。

这消息一出,整个京州又掀起了一阵血雨腥风的讨论。

有人同情纪九司,爹娘惨死,自己还受了冤屈,在外头逃亡了好几个月,真是个可怜人。

也有人感慨纪九司峰回路转,也算是命硬,日后怕是前途无量。

坊间说什么的都有,但最多的还是对太子的骂声,先是株洲旱灾,太子抱恙不及时前去处理,如今又断错了案,使人蒙冤,实在是离谱。

一时之间,民间对太子的支持下降到极点,坊间舆论很不好听。

昨天傍晚圣上的旨意一出,太子的病陡然就好了,腰不酸了腿也不疼了,连夜就跟着钦差官员们踏上了前往株洲的路。

纪九司翻案的消息很快就传到了太子的耳中,当时太子正在路边小憩,密卫在他耳边小声禀告,气得太子当场站起了身,眸光极寒。

他负手而立,对密卫用仅彼此能听到的声音道:"那就想办法让他尽快死,知道吗?"

他又小声嘱咐了几句,这才让密卫退下了。

今日日光无比炎热,四月的天气已经隐有初夏氛围。太子淡漠地看

着远处的大好风景,嘴角忍不住上扬。

当日傍晚,等谢华下值后,张府的马车已经恭候多时,谢华稍作休整,便带着夫人胡氏和阿娇去张府做客。

去的路上,谢华看着穿着得体的阿娇,问道:"你当真决定了?"

阿娇笑道:"父亲,您已经问了我好几遍啦。"

谢华:"婚姻大事不可儿戏,为父怕你后悔。"

阿娇倚靠在胡氏怀中,柔声道:"父亲放心,女儿不后悔,女儿一直很清醒。"

谢华点头,不再多说。

过了半晌,他突然又说:"太子似乎很针对九司,你可知道缘由?是不是九司曾不小心得罪过他?"

阿娇道:"关于这个,纪九司和我提起过。可纪九司说他和太子并没有什么交集,甚至连面都不曾见过几次。"

谢华皱着眉头:"这就麻烦了。"

他又说:"倘若知道缘由,那还好办,想办法解决就是了。可现在这样无缘无故,那就棘手了。"

阿娇严肃起来:"还有,纪九司不是杀害他父母的凶手,那真正的杀人凶手会是谁?"

谢华道:"这案子还在调查,已经有线索了,很快就会水落石出。"

胡氏看着阿娇的脸色,便知她又在担心纪九司。胡氏心底微叹,面上则柔声安慰:"这个案子是你父亲在办,别担心,肯定会有好结果。"

阿娇对着胡氏扬起一个大大的笑脸,一边撒娇应好。

一家三口说话间,马车已经停到了张府门前。

三人下了马车,进入府中。

张岐山是内阁首辅,权势逼人,府邸门楣却修葺得很低调,并不算大。踏入正门,里头却别有洞天,珍惜花卉,假山怪石,处处透着文人风雅,小桥流水,柳烟花雾。

前厅内，只见入目的所有家具，甚至包括厅内的几根圆柱，都是黄花梨的。

谢华心底震惊于张岐山的实力，面上却并未显露一分，笑着和等在厅内的张岐山打招呼。

张岐山让谢家一家三口入座，并让下人们开始上菜。

张岐山幼时家境贫寒，吃了很多苦，是真正的从底层一路摸爬滚打，才坐到了如今这个位置。

他的原配在张思竹五岁时就去世了，这么多年他也没有另娶，独自将张思竹拉扯到现在。

谁都知道张思竹是张岐山的宝贝儿子，张岐山虽然看上去很严厉，可对自己的儿子其实很溺爱，以至于张思竹如今十七岁了，毫无功名，而且性子天真烂漫，还有些"恋爱脑"。

比如此时，两家人围在一起用膳，多少算是正式的场合，他却非要站起身走到阿娇身边，非常殷勤地给阿娇夹菜，一边乐呵呵地说"多吃点"。

胡氏干笑道："思竹这孩子还是这么热情。"

张岐山觉得老脸有点挂不住，带着警告地递给张思竹一个眼刀，这才道："这孩子确实很懂礼貌。"

明面上还是选择维护张思竹。

一顿饭吃下来，只有张思竹笑成了一朵喇叭花，大人们和阿娇都保持着相对沉默的矜持。

等用完膳后，张岐山又让下人们端上上好的白毫银针，开始谈正事。

张岐山亲自给谢华倒了茶，这才表示既然两个孩子的感情如此深厚，那还是赶紧先定下亲事，毕竟思竹马上就到十八岁，阿娇也快十六了，彼此都拖不得。

谢华自是小心地应好。

张岐山显然早就做好了准备，当场拍了拍手，马上就有下人送来一份名册。

张岐山将名册递给谢华,谢华接过,只见名册上密密麻麻地写着各种物件,正是聘礼单。

每一样都相当昂贵。

张岐山道:"倘若谢大人没有异议,便按照礼单上的来?"

谢华当然没有异议,又连连应是。

大概是怕此事横生枝节,张岐山要求下月,也就是四月二十这日先将婚事定下。

虽然急是急了点,可谢华和胡氏大概也能理解几分。

张岐山又看向胡氏,笑道:"还请夫人去华严寺合个大婚的好日子,此事就麻烦您了。"

胡氏也笑着说好。

等双方将定亲的事宜都谈妥后,谢家三口人这才离开了张府。

离去前,张思竹对着阿娇傻笑,显然已经高兴得不行。

回府的路上,谢华叹道:"张思竹这孩子哪里都好,就是他……"

胡氏对着谢华递了个眼色:"好了,这是大喜事,女儿马上就要定亲了,就别提其他的了。"

谢华瞥了眼阿娇寂寥的神情,到底闭了嘴,不再多说。

两年前,阿娇一心只对着纪九司上头,对张思竹的示好视若无睹,让谢华愁坏了。

虽然张思竹也不是很好的人选,可他再不好,也比纪九司要好些。毕竟纪九司可是连正眼都没看过阿娇一眼,就算真的嫁过去了,也很被动,容易受伤。

其实在谢华心里,张思竹这个人吧,虽然父亲是张岐山,可他自己却并不争气,既不考取功名,又没什么长处,只会天天围着阿娇转,可见这人其实没什么大志气。

他最大的优点就是他爹是张岐山,没别的了。

更何况后来他还瘸了腿,直到现在这腿疾还没治好,以后怕是也治不好了,所以说实在的,谢华对这个女婿,其实是不怎么满意的。

可架不住女儿已经答应了,还能怎么办?如果现在反悔,张岐山明天就能把谢家给抄了,他相信这事张岐山绝对能干得出来。

当天晚上,谢华和胡氏躺在床上,彼此分享了心里话。

胡氏哪会没想到这些,说道:"思竹这孩子虽说没什么进取心,可他对圆圆是一片真心。我反倒觉得没进取心也不是坏事,他现在这样就挺好,一心就只挂念着咱们圆圆。你且看看吧,圆圆嫁过去,肯定享福。"

谢华不置可否。

男子和女子的想法全然不同,胡氏看重婚后宝贝女儿过什么样的日子,谢华则是更看重日后张思竹的发展前途。

夫妻二人絮絮叨叨了一会儿后就睡着了,另一边闺房内的阿娇则失了眠,躺在床上发呆,直到天快亮了才昏昏沉沉睡去。

等到第二日,胡氏非要拉着阿娇去华严寺,她将阿娇和张思竹的八字给了住持大士,最后算出来今年八月十八是大婚的好日子,胡氏很欢喜,拿着刚求来的日子回了家。

一切都进展得有条不紊,转眼便过了大半个月,张思竹三不五时地就来寻阿娇玩,带着她抓鱼、赏花、划船,招摇过市,高调示爱,恨不得让所有人都知道阿娇马上就会是他老婆。

纪九司在谢华的举荐下,回了国子监读书,依旧次次都考各科第一。

偶尔阿娇和纪九司在家门口相遇,阿娇对他微微颔首便算打了招呼,礼貌又疏离,连一句多余的话都没有再和他说。

仿佛彼此已是陌路,仿佛他们一起回京的那段经历,只是一场苦涩的梦。

谢华依旧在追查纪康夫妇惨死的真相,随着线索一路摸索,其实真相已经快要浮出水面。

现场寻到的暗器就是最好的物证,谢华破案无数,这暗器上的花纹类似碧玉莲,相当独特,如果没猜错,应该是飘霜阁的手笔。

所以谢华前几日派人潜入了飘霜阁,想要查清楚是谁在向飘霜阁买纪康夫妇的命,可谁知谢华的人才刚派出去没两天,就被杀死了。

飘霜阁是民间的杀手组织,性质相当恶劣,朝廷早就对它恨之入骨,一心想早些将它铲除。只是之前总是苦于证据不足,所以这么多年了,一直都没有动得了它,反而任由它越做越大。

大概是嚣张久了,所以此次做事竟如此粗心大意,竟然在凶案现场落下了这么重要的物证,可见飘霜阁已经猖狂到了极点。

刑部的卧底被杀了,谢华差点气死,在家中忍不住发脾气:"这狗屁玩意儿,老子就不信了,这次非得扒了你的皮不可!"

阿娇端着刚做的败火汤走了进来,好奇道:"父亲,发生什么事了,竟如此生气?"

谢华将过程大概说了说,这才缓和了脸色,温声道:"还有十天就是你的定亲日,你就在家好好待着,这些事不需要你操心。"

阿娇眸光微闪,轻声道:"是,父亲。"

等到傍晚,张思竹又来找阿娇去郊外放风筝。

张思竹亲手做了只鸭子风筝,鸭子胖乎乎的,憨态可掬,莫名喜感。

傍晚风大,阿娇趁着偏东风起,举着风筝努力跑着,没一会儿便将风筝放到了天上。

这片空地草长莺飞,远处还盛开着大片的玉兰花,景致绝佳,因此在此放风筝的贵女公子们并不在少数。

阿娇笑眯眯地看着手中的鸭子在天上飞,张思竹便在一旁看着她,满脸都是宠溺。

只是没一会儿,便见不远处有道窈窕身影款款走来,她穿着水红色的襦裙,披着淡绿的披帛,走起路时摇曳生姿,仿若步步生莲。正是乔巧。

她手中也提着一只风筝,是一只漂亮夺目的孔雀。在丫鬟小雅的帮助下,她一路小跑着也将孔雀风筝放到了高处。

在场的公子哥不少,乔巧一出现,便轻而易举吸引了众人目光,时不时便有风流公子给乔巧加油打气,惹得其余放风筝的男女频频看来。

可好巧不巧,一阵风拂来,乔巧的孔雀风筝和阿娇的鸭子风筝,就这么纠缠在了一处。

然后,齐齐坠落。

身旁不知有谁讥笑地讽刺道:"丑鸭子也敢和孔雀争艳吗?"

阿娇微滞,下意识地看向乔巧,却见乔巧也在看着她。

乔巧对着阿娇微微颔首,声音清冷:"撞了谢姑娘的风筝,还请姑娘莫怪。"

阿娇微微抿唇笑道:"无妨的。"

她们二人一齐走上前去,将各自的风筝捡了起来。

弯腰捡风筝时,二人靠得极近,突然乔巧说道:"谢姑娘,我父亲说你快要和思竹定亲了?"

她的语气淡淡的,仿若透着哀愁。

阿娇看着她笑道:"对,再过十天,就是我们的定亲日。"

乔巧靠近阿娇一步,压低声音道:"可是谢姑娘,据我所知,你喜欢的不是九司吗?为何会答应和思竹定亲呢?"

她的眉眼中透出探究。

阿娇很意外她会这样问,反问道:"那你呢?之前乔姑娘不是和纪九司定亲了吗?虽说纪九司一出事,姑娘便第一时间和他解除了婚约,可如今他已经恢复清白之身了,姑娘难道不打算和他再续前缘吗?"

乔巧面不改色地淡声道:"解除婚约,乃是我父亲做的决定,我也很抱歉。"

阿娇也淡淡道:"巧了,我也是父亲做的决定。"

扔下这句话,阿娇转身就走。

乔巧有些出神地看着阿娇转身的背影,忍不住抿紧了唇。

阿娇走到一旁,张思竹朝着阿娇迎了上去,见她脸色微凉,只当是刚才那几个多嘴的蠢货惹了她不开心。

张思竹眼底闪过阴鸷,轻笑道:"怎么不玩了?不好玩吗?"

阿娇提着风筝在张思竹身边坐下："歇会儿。"

张思竹连连应好，也陪着阿娇休息。

不远处那几个说风凉话的公子哥直到现在才看清这鸭子风筝的主人，竟然是阿娇。

这段时间张思竹高调示爱，走到哪儿就把阿娇带到哪儿，别说是这几个公子哥了，估计现在就连在桥头卖白菜的老大爷都认得她。

他们想起刚才自己的出言不逊，顿时冷汗涔涔，全都对着张思竹围上来，说着讨好的虚伪话。

可张思竹一概不理，任由他们说着，连眼神都没有给他们一个。阿娇也是一副沉默的样子，并没有理会他们，直到耳边突然响起一道颇为熟悉的声音："谢阿娇。"

这声音……

还在发呆的阿娇陡然清醒，她下意识地抬头看去，便见纪九司正负手而立在他们面前。

纪九司穿着绣着修竹的大氅，气宇轩昂，俊美如玉，他才刚出现，就有许多贵女在偷偷打量他。

阿娇还没说话，身侧的张思竹已从轮椅上站起了身，和纪九司四目相对："你怎么来了？"

纪九司似笑非笑地瞥了张思竹一眼，又看向阿娇："还想要那口锅吗？"

阿娇眼神一亮："难道你取回来了？"

纪九司："既然想要，就跟我走。"

阿娇不由自主地扬起笑来，起身就要跟纪九司走，却听到身侧的张思竹陡然寒声道："圆圆，你确定吗？"

阿娇顿时停下了脚步，她转身看向张思竹，软软道："我去取点东西，很快就回来。"

身侧的公子哥和贵女们，全都用探究的眼神看着他们，各个眼中都透出浓重的玩味。

张思竹平日眉眼总是笑吟吟的，此时却格外阴郁，他冷冷地道："我说了不准去。"

阿娇怔怔地看着他，半晌才点头："好，我不去就是了，你别气。"

阿娇又看向纪九司："还是烦请纪公子，将那口锅送回谢府吧，麻烦了。"

这一刻，纪九司在看着她，张思竹也在看着她，就连那些围观的人，也全都在看着她。阿娇脸颊火辣辣的，她重重地捏着手中的鸭子风筝，觉得有些喘不过气。

她有些难堪地走回张思竹身边，伸手去拉他的手："我们走。"

张思竹顺势将阿娇搂在怀中，低笑着看向纪九司："纪公子，日后还是少出现在圆圆面前，她不想见到你。"

张思竹有些暧昧地抚过阿娇耳畔的乱发："圆圆，你说对吗？"

阿娇脸色更红，僵硬道："我们走吧。"她挣开张思竹的怀抱，扶着他重新坐回轮椅上，这才推着轮椅转身走人。

纪九司没有再说话，只用一种讥嘲的眼神看着他们慢慢走远。

可还没走出几步，轮椅突然撞到了什么，整个往一边倾斜倒了下去，张思竹猝不及防就摔倒在了地上。

在场这么多人，愣是无人敢发出一声嘲笑，全都屏住呼吸看着这一幕。

阿娇脸色一变，作势要去扶，可突然眼前掠过一道身影，下一秒，纪九司已经将张思竹拎了起来。

张思竹嫌恶地甩开纪九司的手，颇为狼狈地后退两步："离我远点。"

纪九司脸上的讥嘲更甚，他又走到阿娇身边，凑近她耳边低低说了句什么，说完后还抚了抚她的脑袋，这才走了。

纪九司的动作怎么看怎么暧昧，让张思竹快要发疯。

他也顾不得轮椅了，一瘸一拐地走到阿娇身边，抓着她的手就离开了这片草地。

张思竹捏着阿娇手腕的力气极大，一直走到城边的一条隐蔽弄堂内才终于放开她。

阿娇揉着发红的手腕，依旧努力笑道："张思竹，别气了，我和他没什么的。"

可张思竹看她的目光依旧可怕，透着浓烈的占有欲和卑微的扭曲。

他红着眼，一步一步朝阿娇走去。

阿娇心生惧意，忍不住一步一步后退，很快就退到了墙壁上。

张思竹站定在她面前，将她锁在自己的怀里，他红着眼问她："他和你说了什么？"

阿娇心底在发颤，面上却笑道："他说今晚就把锅还给我。"

阿娇补充道："我下山的时候带了我师父传给我的一口玄铁锅，当时带纪九司回京时我嫌碍事，所以把锅寄存在了东州的一农户家里。"

阿娇："纪九司一定是派人去将锅取回来了……"

"别说了。"张思竹冷声打断她，眼底猩红一片。

阿娇瞬间紧闭起嘴，不再说话。

张思竹看着阿娇柔软的眉眼，红润饱满的嘴唇，她身上有好闻的香气，就像春日枝头桃花的花粉香，这般好闻。

他想起了他和她过往的点点滴滴。

他想起他十二岁时看着她在树下笨拙却专注于刺绣时的认真样子；想起十三岁时他和她一起去摘莲蓬却不小心摔落河里，她浑身湿透，身上曲线若隐若现，脸色酡红迷人的样子；又想起十六岁时他已经深谙男女之情，每夜每夜在梦里和她亲密无间的样子。

这一刻，他脑中闪过了这么多东西，可最终画面定格在不久前的那个雨夜，纪九司当着他的面吻了她。

那个画面就像带着咒术，不断在他眼前闪过。

心底的戾气越来越重，他伸手捏住她的下巴，俯身作势亲吻她。可阿娇却猛地别了脑袋，带着哭腔道："张思竹，别这样！"

张思竹的动作陡然停下。

他看着她微颤的身体，讥讽道："很怕？谢圆圆，你是不是忘了我们马上要定亲了？"

阿娇看着他眼底的猩红,明白自己刚刚反应太过,她干巴巴地解释:"我、我一时没有适应……"

张思竹将她抱住,哑声道:"没关系的,没关系的,圆圆,我会给你时间。"

他抚摸阿娇脊背的手有些颤抖:"你会忘记他的,对不对?"

阿娇却久久不言。

张思竹微微松开她,像是在说服自己:"我相信你会忘记他的。"

阿娇抬头看着他,迷茫极了:"可是张思竹,我也不确定我能不能做到。"

"如果,我是说如果,"阿娇说,"如果我能治好你的腿疾,你能不能取消我们的……"

张思竹面色阴沉地打断她:"不能,别再说了,我不想听。"他有些狼狈地向后退去,"我的腿疾无药可医,别再说下去了,谢圆圆。"

他瘸着腿狼狈地转身逃开,丝毫不敢再停留。

阿娇回到家中时,果然看到自己的铁锅已经摆放在了前厅里。

她有些失神地看着这口铁锅,久久无言。

倒是等用了晚膳后,纪九司又悄无声息地飘入了她的院子里。

阿娇皱着眉头:"你又来做什么?不请自来很没礼貌。"

纪九司自来熟地坐到她身边:"有正事找你。"

纪九司道:"你可知道,飘霜阁?"

阿娇道:"当然知道,江湖杀手组织。怎么,你在调查飘霜阁?"

纪九司看着她:"要不要和我一起调查?"

阿娇心念一动,正要应下,可话到嘴边硬是转了个弯:"我……我要留在家中等定亲。"

纪九司嗤笑一声,突然伸手将阿娇搂在怀里,在她耳边嘲弄道:"这么期待成为张夫人吗?"

他说话时的温热气息全都喷洒在她的耳畔,让她满脸通红。她挣扎着从他怀中离开，含怒地盯着他。

纪九司不再捉弄她，起身道："明日戌时一刻，我在我家门口等你。"

话音未落，纪九司运着轻功回了纪府，回了自己的卧室。

自从他爹娘出事后，整个纪府早就人去楼空，之前伺候他的书童、下人和管事早就卷着纪府的家当各自亡命天涯。

所以前些日子他刚从牢内出来时，纪府空无一物，十分萧索。

可现在已经截然不同。

他眸光淡漠地踏入卧室，只见房内一切都一丝不苟，黄花梨木家具，上好的碧螺春，新的书童恭恭敬敬站在前方，垂首叫他主子。

不过才回来半个月，那人将整个纪府都整理得井井有条。

他坐在书桌后看书，书童随侍在一旁，一言不发，只时不时地替他磨墨，规矩得很。

纪九司写了两篇文章，又读了一遍《治国》，这才道："明日我要办事，国子监暂且不去了。"

身侧的书童应道："可要和主子知会一声？"

纪九司淡淡道："不用了，有的是人通传。"

书童应是，继续沉默。

纪九司躺在床上歇息。

没过多久，窗外又响起了刀剑碰撞声，是太子的人又来暗杀他了。

从他回到纪府的第一晚，就不断有刺客闯入纪府想要暗杀他，一开始他尚且担忧，可那人留给他的暗卫一个比一个武功高强，根本就用不着他自己动手，太子派来的刺客就都被处理得干干净净。

别说是尸体，就连一点血迹都没有留下，老练得让人害怕。

没过多久，窗外的声音果然低了下去，然后消失，一切就像没有发生过一般。

纪九司讥诮一笑，闭眼入睡。

等到第二日，纪九司只留在府中看书，等快到戌时，才换了一身黑色劲装，踏出门去。

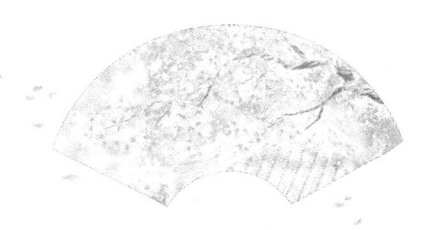

## 第四章
飘霜阁

月明星稀，乌鹊南飞。

纪九司在门口站定不久，便见不远处有道黑色身影蹑手蹑脚地朝他走了过来。

正是阿娇穿着黑色的夜行衣，做男子打扮朝他走来。

夜晚的京城依旧繁华热闹。

二人沉默地离开天安街，朝着主干道走去。天安街这一片都是住宅区，基本都是官员们的宅了，是按照品阶大小分配下来的。

一直等二人上了主干道，大街上的行人越来越多，人流也越来越密集后，阿娇才松了口气。

纪九司当然知道她是溜出来的，也不揭穿，只淡淡道："知道飘霜阁总坛地址在哪里吗？"

阿娇下意识道："你问我，我问谁？"突然又意识到不对，"慢着，既然你不知道地址，你将我带出来干吗？"

纪九司："逛街。"

阿娇满脸疑惑。

纪九司带着阿娇直接去了城北。

穿过城隍庙，再穿过两条街，就能到达城北最大的夜市，涂北夜市。

这个夜市靠近城北贫民窟，卖的东西糙价廉，相当便宜，所以深受穷人喜欢，每个晚上都人满为患。

这里卖的东西也很杂，只要你想要，只要你有银子，什么都能买到。

夜色里，夜市上的各个摊位前都点着薄纱灯，将这一片夜色点缀得亮如白昼，仿佛误入银河，不太真实。

街道上人山人海，吆喝声和售卖声不绝于耳，热闹非凡。

纪九司紧紧拉住阿娇的手，二人也挤入了街道，跟着人潮朝前走去。

阿娇下意识地看了眼二人紧握的手，有些出神。

纪九司的声音传来："跟紧我。"

阿娇恍然回神，疑惑道："你带我来这儿做什么？"

纪九司不说话，只微微颔首，示意阿娇继续跟他走。

夜市很长，一眼望不到头。二人一路朝前走去，一直等走出一炷香左右的时间后，就看到前方有个摊子，黑漆漆的，没有点灯，摊子上也没摆出售的物品，而是只摆放了一只青瓷花瓶，花瓶里插着几朵暗红色的花，正是墨牡丹。

这摊子的前后左右都十分热闹，只有这个摊子孤零零的，十分冷落。

纪九司拉着阿娇走上前去，伸手从花瓶中抽出了一朵花来，这才继续朝前走。

阿娇有些看不懂，疑惑道："你拿这花做什么？"

纪九司的声音淡淡传来："等会儿就知道了。"

阿娇跟着纪九司继续往前走，等到又走了一炷香左右的时间后，便见前方左手边出现了一条黑乎乎的弄堂，很窄。明明夜市上的摊位都是相互连接一个紧挨着一个的，可这个位置，就像是硬生生被人拿刀劈开了一条小路。

纪九司作势要朝着弄堂走去，阿娇却觉得诡异极了，弄堂旁边是一家卖零嘴糕点的小铺子，老板娘是个年纪不大的女子。

阿娇走上前去问道："老板娘，请问这条弄堂，是谁设置的？"

老板娘给别的客人打包好绿豆糕后，才瞥了眼隔壁的弄堂，无所谓道："哦，这条小道是一直都有的，也能方便客人们离开夜市嘛。"

压根儿问不出什么。

纪九司回头催她："快跟上。"

阿娇朝着他追了上去，这边的光线陡然昏暗，让她忍不住捏紧了纪九司的衣袖。

沿着弄堂走到底，纪九司最终在一座府宅前停下。

府宅外表看上去平平无奇，正中央的牌匾上，只写着"林府"二字，字体都已经淡得快看不出颜色。

纪九司走上前敲门，很快门开，门后的人目光幽冷，冷冷地看着他们。纪九司将刚才得到的墨牡丹递了上去，淡淡道："有求。"

那人这才敞开了门："进来吧。"将纪九司和阿娇一路迎了进去。

谁知等入了大门，里头竟别有洞天。

府宅内的布置根本就不是传统的宅子，前厅被布置成了类似客栈大堂，有个巨大的柜台，而柜台上方密密麻麻地挂满了写着名字的木牌子。木牌子悬在空中，微微摇晃，一眼望去，多到数不过来。

有个掌柜打扮的中年男子站在柜台后头，正在看账本。大概是听到脚步声了，他抬起头对着阿娇和纪九司看来，脸上浮现出了热情的笑意："二位，来飘霜阁是要买命啊，还是报复人啊？"

这话说得就跟寻常饭店的"打尖儿还是住店"似的。

纪九司面色淡淡地走上前去，也不急着说话，而是看了眼悬挂着的众多木匾，然后才似笑非笑道："我确实想杀一个人，只是那人位高权重，不知道你们有没有能力能把他杀了。"

掌柜笑道："说来听听，只要你银子出得足够多，且不是当朝太子，普天之下任何人的性命，就没有飘霜阁办不到的。"

纪九司弯起眼来："那就最好了。"

纪九司："我要杀的人，官拜二品。"

掌柜有些诧异："二品？"

掌柜伸出两根手指："二品大官，是这个数。"

纪九司："二十万？"

掌柜："两百万。"

纪九司当即从口袋中掏出一沓银票，放在柜台上。

掌柜嘴角笑意愈深："好说好说，你可以自己从这些木牌中挑合适的杀手，也可以让我们飘霜阁安排杀手。"

纪九司："你们安排就好。"

掌柜点头，提起毛笔："对方的名字？"

纪九司："王淳丰。"

掌柜握着毛笔的手陡然停顿，他缓缓抬起头来看向纪九司，眼神莫名阴森。

阿娇始终站在纪九司的身后，在听到"王淳丰"三个字时，阿娇也忍不住脸色猛地一变，抬头看向纪九司。

王淳丰，太子太傅，还是圣上宠妃王贵妃的父亲，纪九司好端端的，杀他做什么？

掌柜又笑了起来："你要杀王淳丰，理由呢？"

纪九司依旧淡漠："怎么，向飘霜阁买命，还需要理由？"

掌柜笑得更深了："我这是随便问问，还请客人别往心里去。"又说，"小的这就去安排杀手，还请客官稍等片刻。"

掌柜转身朝着后院走去。

阿娇用疑惑的眼神扫向纪九司，可纪九司并不说话，只是沉静地看着前方，连一个字都没有对她说。

只是掌柜去了许久也没有回来。整个大堂都安静极了，阿娇和纪九司并肩站在前厅内，周围静得只剩下他们彼此的呼吸声。

阿娇突然觉得有些不太妙，忍不住凑近纪九司一步，低声道："你觉不觉得，有点怪怪的？"

纪九司低笑一声："别吓着你就好。"

阿娇："啊？"

阿娇的话音还没落下，一支利箭突然破空而来，直直地射向他们，透着凛冽的杀气。

阿娇的瞳孔猛缩，她甚至连"小心"都来不及喊出口，整个身体就猛地一轻，等她回过神来，已经被纪九司整个搂着，闪身到了一边。

而下一刻，又有无数利箭朝着他们飞射而来，铺天盖地，宛若潮汐。

纪九司依旧紧紧搂着阿娇，在她耳边极快地说了句"抓稳了"，便带着阿娇运着轻功迅速避开，速度快得就像飞入云端，差点让阿娇吐出来。最后，他带着她，从窗户飞了出去，直接落到了前院里。

阿娇此时才看到前院内竟然站满了密密麻麻的黑衣人，他们之中有许多弓箭手，正不断射出利箭。

阿娇吓得头皮发麻，看着眼前这一幕目瞪口呆。纪九司倒是十分淡定，搂着阿娇站定在这群杀手面前，眯着眼冷笑道："怎么，这么迫不及待地想杀了我吗？"

弓箭手们停止了射箭，有一道人影从众人之中走了出来，停在了纪九司面前，正是刚才的掌柜。

掌柜看面相就是个心狠手辣、阴险凶恶之人。

阿娇瞥了眼掌柜，然后默默后退了一步躲到纪九司的背后。

纪九司默不作声地将阿娇护在身后，对着掌柜似笑非笑："怎么，这就是飘霜阁的待客之道吗？"

掌柜大笑，眼中是毫不掩饰的杀气："纪公子，天堂有路你不走，地狱无门你非要来。既然你自己都送上门来了，那就别怪我不客气了。"

话音未落，掌柜陡然挥了挥手，身后的众杀手瞬间朝纪九司围了上去，吓得阿娇连忙捏紧了纪九司的胳膊，一颗心提到了嗓子眼！

可谁知，纪九司却只是拍了拍手，很快，竟有无数身着暗红色侍卫大氅制式的人从天而降，将纪九司和阿娇团团围在了正中间，然后就和飘霜阁的杀手们打成了一团。

阿娇属实是看傻了,许久才回过神来,震惊地道:"原来你是有备而来!"

纪九司径直握紧了她的手,温热的手掌直接将她的手整个包在手中,低笑道:"那是当然。"

纪九司搂着阿娇闪身到了一旁,尽情围观前院的厮杀,嘴角的笑意越来越大。

阿娇是彻底蒙了,她仔细观察这些凭空出现的侍卫,才晕乎乎地道:"这些是哪里的侍卫?我怎么……好像从来没见过?"

纪九司似乎心情相当愉快:"宫里的。"

阿娇皱眉:"你怎么会……"

纪九司:"说来话长。"半晌,又说,"等过些日子,你就知道了。"

见纪九司不想多说,阿娇也不再问,暂且将疑惑压进了肚子里。

而随着时间一点一滴过去,院中两拨人的厮杀终于从白热化,逐渐变成了由侍卫们占据上风。杀手们倒地的越来越多,空气中的血腥气也越来越浓,耳边不断响起闷哼或是惨叫声。

纪九司这才看向阿娇:"去刑部叫人。"

阿娇转身就走。

半个时辰后,阿娇带着刑部的侍卫们赶到现场,而此时前院内倒地的杀手黑压压一片,竟是……全军覆没了。

跟着阿娇前来的王叔乃是刑部主事,纪九司的案子就是由他主审。

王叔一看眼前这阵仗,吓了一跳,连忙看向独自站在前院的纪九司,问道:"这些人,都是你伤的?"

纪九司淡淡道:"当然。"

王叔震惊不已:"没想到你的功力如此深厚,果然是英雄出少年!"

纪九司摆摆手,非常不客气地自谦了一下:"还行吧。"

王叔挥挥手,刑部的兄弟们连忙开始收拾残局。纪九司指了指躺在地上血泊里的掌柜,说道:"他是掌柜,好好查,肯定能问出幕后主使。"

纪九司的父母就是死于飘霜阁的杀手之手,所以问出到底是谁在向飘霜阁买纪九司父母的命,这点很重要。

只有揪出了这个人,才算是真的结案了。

王叔带着残存的杀手们离开了,又留下了几个人查封飘霜阁。

只是离开前,王叔忍不住又震惊地看向纪九司:"你是如何知道飘霜阁就在这儿的?我们刑部可是追查了好几年都不曾查到。"

纪九司道:"一个江湖朋友说的。"

王叔:"能问问是哪位江湖朋友吗?"

纪九司:"不能。"

王叔抹了把脸,转身走人。

纪九司这才带着阿娇回家。

此时已经是亥时二刻。二人沿着弄堂往回走,又回到了夜市。

夜市里的人已经少了很多,月明星稀,迎面吹来的风也透出深夜的凉气,吹散了炎热,还挺舒服。

二人并肩走着,谁都没有说话。阿娇忍不住偷偷抬眼看他,看他近在咫尺的脸颊,看他漂亮的眉眼,近得就连长长的睫毛都能看得一清二楚。

过了半响,她才有些慌乱地别眼去,心脏跳得极快。

眼看夜市就要走到尽头,纪九司突然道:"真的想好了?"

阿娇微微愣神:"什么?"

纪九司看向她:"真的要和张思竹定亲吗?"

阿娇回避了他的眼神,努力平静道:"当然。"

纪九司低笑道:"恭喜你。"

阿娇:"谢谢。"

二人之间又恢复了沉默,沿着街道往前走。

离开夜市后,越往城南走就越寂寥,大街上已经没有什么人,两边的商铺也都已经打烊,只有几家客栈还亮着灯,偶尔有人出入。

纪九司和阿娇的身影被月光拉得极长,相互交叠,看上去似乎很亲昵。

阿娇觉得难挨极了，努力让自己把注意力从纪九司的身上转移开。

可就在她愣神的工夫，纪九司突然拉着她直接闪身到了一旁的一条暗色胡同里。

他把她禁锢在墙壁上，离她极近。

阿娇忍不住心脏漏跳一拍，面上却努力摆出不悦的样子："怎么了？"

纪九司眸光深深："没什么，就是想看看你。"

阿娇挣脱开他的禁锢，继续往前走。纪九司却看了眼斜对面的天悦客栈，微微眯起眼，可到底没有再拦她。

二人一前一后各回各家，纪九司看着她的背影，直到她踏入了谢府大门，才收回眼来。

他又想起自己刚刚看到的天悦客栈内的那对人影，脸上的讥诮更甚，一边也回了自己府中。

回到院子里时，有个人正在等他。

这人穿着暗红色的蟒袍，精致华贵，一双眼笑眯眯的，明明已经上了年纪，眼角满是皱纹，可因为下巴上没有一根胡须，所以透出一股又年轻又苍老的腐朽怪异。

见纪九司回来了，秦公公急忙朝他迎了上来，躬身用关切的语气道："小主子，您没出什么事吧？"

纪九司道："没事。"

秦公公这才松了口气："没事就好，可吓死老奴了。"

纪九司神色淡淡，看不出喜怒。

秦公公道："小主子，接下去可得好好读书，顺利参加年底的大考，就是最要紧的事了。"

秦公公有些唠叨："等您过了大考，圣上一定会注意到您的，到时候属于您的荣光，才是真的到来了。"

纪九司眸光有些深邃："倘若我没有考上呢？"

秦公公哀叹道："所以小主子，您必须得努力才行啊，大考是您最好的机会了，务必要把握住才好。"

纪九司"嗯"了声,想了想,又道:"公公,你可知天底下谁的医术最好,能治顽疾?"

秦公公道:"那必然是南真子大师。只是南真子一直待在深山里,深居简出的,很是难寻。"

纪九司:"有办法找到他吗?"

秦公公:"有啊。"

纪九司眼前一亮。

秦公公:"谢家小姐不就是他的徒弟吗?小主子直接问她就是了。"

纪九司:"我并不想惊动她。"

秦公公:"那就没办法了。"

纪九司懒得再理他,转身朝着自己的卧室走去。

半个月前,他洗刷了身上的冤屈后,秦公公就出现在了他的眼前,告诉了他一些所谓的真相。

秦公公是何许人也,他是圣上的贴身公公,跟了圣上大半辈子,就连天潢贵胄见到他,都要客客气气地喊上一声"秦公公"。

就是这么一个人,突然就从天而降出现在他的面前,告诉了他为什么太子会把他视为眼中钉,肉中刺。

原因也相当狗血,和十八年前的一桩宫廷秘事有关。

当时的圣上还正值壮年,后宫争宠正是最腥风血雨的时候。

如今的王贵妃在当时是最受宠的王妃,宠冠六宫,风头无两。

好巧不巧的,王妃和张皇后同时有了身孕,两人一起养胎,一起养身子,最后成功怀胎十月,隔了几天开始分娩。

王妃率先发动,一天后生了个小公主,被圣上赐名安宁公主。

两日后,张皇后也发动了,当天晚上就生下了小皇子,圣上龙颜大悦,当场封那孩子为太子。

说到这里,纪九司忍不住打断秦公公,这和他有什么关系?

秦公公却哀叹一声,继续说着,当时的王妃原本整日想着母凭子贵,可谁知自己肚子不争气，竟然生了个小公主，且生产时间太长，着实是伤了身子，只怕日后都很难再有孕了。

就算又有孕了，只怕也要难产，一尸两命。

王妃倒是明白自己肚子不行了，便提前防着张皇后，早早就物色好了人家，只等着张皇后的肚子发动，随机应变。

而王妃物色好的那户人家，正是纪康。

彼时纪康还不是礼部侍郎，而只是个小小的礼部郎中。

官小，好拿捏，纵使事情败露，也可直接将他们全都处理了，神不知鬼不觉。

纪康的儿子才刚落地三日，用来狸猫换太子，再好不过。

王妃暗中派人盯着赵氏，另一边则派人盯着张皇后。

等张皇后孕肚发作，产房内的男婴落地后，王妃便命人将纪康的儿子抱出来，和张皇后诞下的小皇子调了个包。

等圣上看到那个婴儿时，其实已经是掉包后的假皇子了。圣上对此一无所知，搂着假皇子又亲又抱，当场就封了太子。

…………

秦公公一边泪眼婆娑声嘶力竭地和纪九司说着这一切，一边狼狈地擦眼泪。

纪九司听完后，大为震惊，适时地提出了自己的疑问："照你所说，这一切发生得极为隐秘，你又是如何知道的？"

秦公公擦掉眼泪："哦，当初可是咱家亲手掉的包，咱家当然比谁都清楚。"

纪九司："……你倒是有勇有谋。"

秦公公："王妃的父亲是王淳丰王大人，当时王大人可是内阁首辅，在朝堂上可谓是一手遮天，就连圣上对他都多有忌惮。

"只有咱家有令牌，能随意出入皇宫，王妃这才找上了咱家，逼着咱家犯了这等滔天大罪，"秦公公感慨，"幸好王淳丰在十年前被圣上削弱了权力，成了太子太傅，空有官阶，并无实权，如今风烛残年，不足为惧。咱家总记挂着此事，内心惶恐难安，如今您终于回京了，老奴这便第一时间来找您。"

秦公公看着纪九司，说得非常真挚。

但他心中到底是怎么想的，那就不得而知了。

纪九司冷不丁地问："你为何不在我父母出事前就来找我？"

秦公公："因为奴才之前始终没有勇气。"

纪九司："现在有勇气了？"

秦公公："现在有了，奴才觉得还是要努力做一个勇敢的人。"

纪九司忍不住抽了抽眉梢。

秦公公继续掏心挖肺地哭着说："殿下，您知道奴才这么多年是怎么过来的吗？您知道奴才有多悔不当初吗？"

秦公公吧拉吧拉说了一堆，又眼巴巴地问："殿下，您能原谅老奴吗？"一边说，一边迫切地看着他，"您不原谅老奴，老奴就长跪不起。"一边说一边对他跪了下去，姿势非常熟练。

纪九司："……起吧。"

秦公公热泪盈眶："殿下原谅老奴了，老奴高兴啊！"

大概是浸淫宫廷太久，秦公公拍马屁的功夫非常娴熟，夸他长得俊俏，夸他个子高挑，还夸他命大有后福。

夸完之后，秦公公这才一步三回头地走了，走之前还留下了许多宫廷内的暗卫，专门保护他。

这半个月来，纪九司总觉得不太真实，没想到自己摇身一变，竟然成了皇子。

怪不得太子将他视为眼中钉，肉中刺，原来是因为鸠占鹊巢，不得不除。

他至今难忘父母双亲死在他面前的惨状，浑身鲜血，双眸暴瞪，死不瞑目。倘若他们在九泉之下知晓杀死他们的是他们的亲生孩子，不知该有多难过。

夜色渐深，夜风吹散热气，飘霜阁被捣毁，终于没有杀手再闯入他的院子想刺杀他，而他也终于可以暂时放下心事，睡一个安稳觉。

而刑部那边也有了新进展。

几乎就在刑部将飘霜阁的杀手们缉拿归案后没多久，翰林学士张冠峰大人就跑到了刑部自首，说是他向飘霜阁买凶杀人。

刑部大为震惊，当即质问张冠峰为何要这样做，杀人动机是什么。

张冠峰当场冷着脸道："本官去年曾和纪大人有过摩擦，本官不过是向他讨要一幅乌伤居士的古画，没想到竟被纪大人当众侮辱，说本官不懂乌伤居士，让本官如此丢了颜面。"

张冠峰骂骂咧咧，眉眼阴鸷，看上去充满戾气。

此事动静太大，刑部连夜去了谢府将谢华请来。谢华一听，脑子也清醒了，睡意跑了个精光，慌慌张张换了官袍赶到了刑部，连夜审问张冠峰。

谢华问他："仅仅只是一幅古画，你就如此恶毒地杀了他们夫妇，甚至还嫁祸到他们的孩子身上？"

张冠峰冷冷道："无毒不丈夫，本官就是看纪康不顺眼，看纪康家的臭小子不顺眼。"

谢华痛心道："张大人，你也有个差不多大的儿子，你竟然做得出这种心狠手辣的事……"

张冠峰更生气了，冷厉道："别提我儿子！"

谢华被吓了一跳，一时没回过神来。

张冠峰突然就哭了，号啕道："我那儿子整日只知吃喝嫖赌，凭什么纪康的儿子就能年年都拿国子监的第一，我不服！"

谢华头疼得不行，对着身边的侍卫递了个眼色，侍卫瞬间领命，上前将发疯的张冠峰直接拖了下去。

谢华看着空荡荡的审讯室，心里也有些空落落的。

**飘霜阁的杀手们前脚刚落网，张冠峰后脚就跳出来认罪了，简直不要太巧合。**

可是罪已经认了，再往下查也已经查不出什么来，谢华无声叹了口气，下令结案。

于是在飘霜阁被捣毁后的第二天，刑部正式发出了告示，将此案昭告天下。

而这个消息一出，整个京城一片哗然，心疼纪九司的呼声变得越来越大，几乎所有人都开始同情起这个父母双亡自己还被污蔑清白的少年郎。

而最意外的是，乔巧竟然被推上了舆论的风口浪尖。

许多人都咒骂乔家和乔巧，骂乔家简直狗仗人势，出了事就第一时间和纪九司解除了婚约，落井下石，背信弃义。

乔家保持着沉默，不动声色，只是乔府上下更低调了，早出晚归，遇到人都避着走。

这日傍晚，纪九司从国子监下课回到院中，就见秦公公又出现在了院子里。

不等纪九司说话，秦公公已然冲到他面前，躬身道："殿下，您前儿个问奴才南真子的下落，说来也巧了，竟真的有消息了。"

秦公公："适逢先帝忌日，届时南真子会入京，作法祈福，以慰先帝在天之灵。"

纪九司眸光微闪，附耳在秦公公耳边低声说了两句，秦公公连连点头，这才退下了。

今日已是四月十八，还有两天就是谢圆圆定亲的日子了。

谢家早就已经在做各种准备，整个府邸上上下下都忙碌起来，大门口的灯笼上也贴上了双喜字。

纪九司远远看着，半晌才收回眼来，转身走人。

酉时三刻，天色将暗未暗，大街上人来人往热闹依旧，各个商铺鳞次栉比，生意兴隆。

纪九司沿着街道往长安街走，最终在回民巷拐角处停下，隐于暗处。

等张岐山从内阁下值回来时,天色已经全黑。

角落里突然传来一道声音:"大人且慢。"吓得张岐山脚下一滑。

他皱着眉头看向来人,才看到站在角落里的正是重获清白的纪九司。

张岐山穿着绛紫色官袍,浑身透出上位者的威严,他看向纪九司的眼神算不上友好,眸光微沉:"你找本官?"

纪九司从暗处走上来,微微作揖,说道:"在下有事要和大人相商。"

张岐山稍有不耐烦,但并未发作。

纪九司:"在下能洗刷冤屈,多亏令公子相帮,在下心存感激,因此特来向张大人报恩。"

张岐山低笑:"你打算如何报恩?"

纪九司眸光深深:"令公子腿疾缠身,多有不便,我认识个高人,擅长治顽疾。"

张岐山眼中的不耐烦瞬间消失,厉色看着他:"你确定?"

纪九司:"可以一试。"

张岐山:"是谁?"

纪九司:"南真子。"

张岐山恶语讽刺:"南真子?南真子如今不知在何处云游,就连他徒弟谢圆圆都不清楚他的去向,你一介凡夫俗子,凭什么觉得能联系到他?"

纪九司面不改色:"在下有办法。"

纪九司:"且只有我有办法。"

纪九司说得平静又淡漠:"倘若大人想治好张思竹的腿疾,可以随时找我。"

张岐山眸光深深:"条件呢?"

纪九司低笑道:"条件,我以为张大人应该知道我想要的是什么。"

纪九司:"后日就是张公子和圆圆的定亲日,留给大人考虑的时间可不多。"

话及此,纪九司又对着张岐山作了作揖,转身就走。

张岐山阴沉地看着纪九司离去的方向，眼中有浓烈的情绪翻滚。

回到张府后，张岐山远远就看到张思竹正坐在院子里，看着几个小厮踢蹴鞠。

哪个小厮踢得好了，他还会兴奋地拍手，发出喝彩声。

张岐山站在门口，看着自己儿子坐在轮椅上狼狈的样子，眸色渐渐暗淡。

曾几何时他最爱的就是蹴鞠，鲜衣怒马少年郎，在烈日下奔跑，整个人透着勃勃生机。而不是像现在这样，只能坐在轮椅上，又或者局促地拄着拐杖艰难行走，忍受着旁人的冷眼旁观。

张岐山站在暗处，心底像是憋了口气，过了许久才缓缓走上前去，让小厮们都散了，自己则亲自推着儿子的轮椅回了正厅。

第二日晌午，纪九司正在国子监午休，突然有人来传唤，说是有位大人要见他。

纪九司跟着宫人左拐右绕，最终站入了一处偏房内。

房内光线极暗，半晌才看清前方的椅子上，正坐着一个人，正是张岐山。

等纪九司从偏房走出来的时候，已经是一炷香后。

他最后又回头看了身后偏房一眼，这才似笑非笑地大步离开。

当日傍晚，纪九司按照往常那般下课，回家，从国子监到纪府两点一线，和往常没有什么区别。

而斜对面的谢府，大红灯笼高高挂，门口还多了好几串极长的鞭炮，高高挂在府门口，静待良辰。

纪九司不过瞥了眼，就收回眼来，面无表情地踏入自己的家。

谢府内，阿娇坐在院子里，双手撑着下巴，怔怔地看着头顶的星辰。

今晚月色很美，星辰遍布，宛若珠玉，镶嵌在夜色里。

迎面有凉凉的风吹来，总算让天气不再闷热。

她静静坐着，眼睛却不由自主朝着院门口看去，也不知道自己到底

在期待什么。

一直等到夜深了,小阮走上前来,小声道:"姑娘,休息吧,很晚啦。"

阿娇最后看了眼院门方向,扬起一个怅然若失的笑意:"是啊,很晚了,还是洗洗睡吧。"

别胡思乱想了。

她任由小阮拉着自己转身回了房中,沐浴之后上床睡觉。

夜色凄清,耳畔万籁俱寂,阿娇心底却扬起一阵一阵的空旷,仿佛要将她淹没。

她有些生气,又有些悲切,一边擦眼泪一边自言自语道:"路是自己选的,你得对张思竹负责,不能辜负他啊。"

哭什么,有什么好哭的。

阿娘说得对,在爱她的人和她爱的人之间,还是应该选择嫁给爱她的人,这才是最正确的选择。

不然穷其一生都在追随别人,等着别人的施舍,活得多卑微啊。

她才不要那样。

阿娇在心里给自己建了一堵高高的围墙,这才躺下,闭眼入睡。

等到第二日,她早早起身,换上了特意准备的孔雀纹红综裙,又让小阮给她盘起长发,化了时下最流行的梅妆,便去了前厅,等着张府来定亲。

谢华和胡氏坐在高座上,阿娇坐在次座,茶桌上早就准备好了干果茶点和刚泡好的热茶,等着客人上门。

下人们也一个个都换上了新衣,喜气洋洋地探出府去,想看看姑爷什么时候来。

谢家大门门口更是围满了人,全都在等着谢家分发喜糖。毕竟谢家女要和内阁首辅张大人的独子定亲一事,早就传遍整个京城了,就凭这段时间张思竹对谢圆圆的宠爱做派,还有谁会不知道这两家好事将近?

很快,各官员的贺礼陆续送来了谢府,上到内阁阁老,下到七品芝麻官,几乎整个朝堂的文武百官全都送了贺礼过来,各式各样的礼物堆放在一起，硬是在前院堆出了一个小山丘。

可文武百官的贺礼都送到了，唯独今天的主角还没到场。

眼看时间一点点过去，从清晨等到了晌午，张岐山父子却始终没来。

众多聚集在门口的百姓们也逐渐开始议论纷纷，低声讨论着为何还不见男方现身。

谢华和胡氏的脸色越来越差，阿娇小心翼翼地看了他们一眼，从他们的脸上看出了怒气。

阿娇不敢说话，只低着头缩着脖子，也保持着沉默。

很快，时间又从晌午逐渐到了未时。

张岐山父子依旧没有出现。

站在门口围观的百姓们也逐渐散了，只剩下谢家人和下人们一个个沉默着。院子里的贺礼堆积成山，在此时看来也显得格外讽刺。

这一天，本该是谢家独女谢圆圆定亲的好日子，如今她却成了整个京城的笑话。

谢华脸色已经阴沉得不行，他猛地站起身来转身就走，胡氏和阿娇对望无言，胡氏对她使了个眼色，便自己朝着谢华追了上去。

只留下阿娇怔怔地坐在原地，大脑一片空白，不明白到底发生了什么事，为什么好端端的，张思竹会反悔。

小阮也走上来，红着眼睛小声道："姑娘，咱们回院子吧，奴婢给您烧点好吃的，饿到现在，可别饿坏了。"

阿娇回到院子，卸了妆，换了衣衫，又坐在院子里发呆，心里空落落的。

小阮只当阿娇伤心了，怕她胡思乱想拼命逗她开心，见阿娇总算露出笑来，才终于松了口气。

等到傍晚，阿娇正在后院浇花，突然就听到父亲的书房里发出愤怒的吼声，像是气到了极点。

阿娇吓得下意识朝着书房走去，可谁知还没走到书房，就被父亲手下的管事拦了下来，管事笑眯眯地说大人在商议公事，让她回去。

阿娇虽然好奇，可到底是走了。

等到了晚上，小阮的情绪也不太对劲了，竟然一个人站在回廊下偷偷抹眼泪，吓得阿娇急忙问她出什么事了，可小阮只是摆摆手，只说眼睛进了沙子，有些不舒服。

再晚些的时候，母亲胡氏也带着枕头来了，非说要和她睡一屋。

入夜，胡氏将阿娇搂在怀里，说道："圆圆，你是全天下最好的女孩子，那浑蛋不娶你，是他有眼无珠、禽兽不如。"

说到最后八个字的时候，颇为咬牙切齿，仿佛透着浓烈的恨意。

阿娇从未见过母亲这样，连忙从她怀中抬起头来看着她："母亲，别生气了。"

昏暗里，阿娇似乎看到母亲的眼睛有些泛红，她心底一紧，鼻尖也弥漫出些许酸楚："张思竹今日爽约，一定有他的理由。等问清楚缘由了，母亲您再骂他吧。"

胡氏被阿娇这句话整破防了，眼泪是再也控制不住了，她搂着阿娇哑声哭着说："好孩子，你这样善良，事到如今还替他说话，真是为娘的好孩子。"

阿娇也抱着胡氏，一下一下抚着胡氏的背部，沉默着不说话。

阿娇想，大概是因为她不爱他，所以就连他爽了婚约，她都可以做到无动于衷吧。

可她并没有将这句话说出口。

翌日，阿娇想要出门，可小阮却百般阻拦，实在是异常。

于是，阿娇趁着小阮不注意的时候，沿着后门溜了出去，直奔附近的一家老字号，买点零嘴糕点吃。

也正是这一买，她终于明白为什么昨日会听到父亲那般发怒的厉喝，为什么母亲会那般伤心，为什么小阮会偷偷抹眼泪，还非拦着不让她出门。

原来整个京城都在盛传，张思竹之所以悔婚谢家独女谢圆圆，是因为谢圆圆八字克夫，靠近她的男人会变得不幸。

张记点心铺内，阿娇听着整个大堂前后左右都在高谈阔论着自己的事迹,甚至把她克夫这点说得有板有眼的,整个都让她觉得……离大谱……

前桌说张思竹的脚伤就是她克的;后桌说纪九司一家之所以出事,就是因为距离谢圆圆家太近;左边那桌说前几日他和谢圆圆擦肩而过,下一刻就扭伤了脚;右边那桌说三年前他有幸见了谢圆圆一眼,结果眼睛就不太好了……

眼看越说越邪乎,阿娇突然站起身来,对着在场的所有人阴森森一笑,幽幽道:"是吗,这么巧,我就是谢圆圆……"

此话一出,全场震惊。

所有人都瞪大了眼睛看着她,随即,一个个都跟见了鬼似的跑了出去,一眨眼的工夫,竟然整个大堂都……都空了。

最后点心铺老板非常晦气地把她赶了出去,一边哭着求她别再来了,她要多少钱尽管开口,只要他能做到。

阿娇想了想,到底还是没有为难他,转身走人,干脆利落。

等阿娇回家后,胡氏和小阮全都在前院小心翼翼地看着她。

阿娇手中还拎着许多的吃食,见状,叹气:"我都知道了。"

胡氏又红了眼:"阿娇别怕,你父亲已经去了张府,给你讨个公道。"

阿娇淡定极了:"母亲,既然他们毁约,那便罢了,女儿不强求。"

胡氏见阿娇心情似乎没有想象中的糟糕,也露出了笑意来:"对,就是如此。他们悔婚,咱们还不稀得嫁呢!"

阿娇猛点头。

等到傍晚时分,谢华回来了。

只是他的表情透着几分心虚,又透出几分沉重,最后把目光投向阿娇时,又变成了一丝丝的讨好。

阿娇挑眉看着他。

谢华努力悲伤,可是眼角眉梢都透着一丝喜气:"圆圆,父亲已经替你骂了张家。"

阿娇:"谢谢父亲。"

谢华："不客气。"

阿娇眉头挑得更高。

当日夜里，胡氏又搂着枕头来和阿娇睡觉。胡氏很生气，搂着阿娇凄凄哭着，说女儿命苦，说自己瞎了眼，嫁了个狼心狗肺的东西。

阿娇越听越迷糊，左右逼问了胡氏一把，才知道原来父亲今日去早朝的时候，竟然升职了，刑部侍郎兼内阁学士。

怪不得父亲今日看上去又悲伤又高兴，敢情是因为有好事发生。

胡氏气不过，又咒骂谢华，说谢华踩着女儿的名声往上走，算什么玩意儿，说了一大堆，把谢华骂了个狗血淋头。

阿娇自是劝母亲别气，又安慰说这婚她其实结了也不会快乐。胡氏看着阿娇说话时安静乖巧的样子，到底是也沉默了，半晌，哀叹一声，紧紧地把她搂在了怀里。

从四月二十那天，张思竹悔婚开始，阿娇就再也没有见过他。

外头的风言风语也从一开始的疯狂传播，到如今逐渐平息了下来。

时间转眼就从四月不疾不徐地晃到了八月份。京州的夏天格外炎热，阿娇便躲在家中，一是避暑，二是图个清静，两耳不闻窗外事，一心虔诚向道，时不时地六爻占个卜，八字算个命，夜观个星象，丰富自己和府内众人的业余时间。

这边阿娇在府中闭关，那边纪九司也没闲着，日日在国子监埋头苦读，在最近几次的月考里，次次都夺了魁首，学霸依旧。

随着时间越接近年底，全天下的学子们都愈加刻苦，全都想在年底腊月十八的司考大典考个好名次，好光宗耀祖。

而远赴株洲处理旱灾的太子临沛也早在七月份就回来了，待在东宫继续做他的太子。

时间来到八月初八这日，京城发生了一件不大不小的事。

这日乃是先帝忌日，没想到南真子大师竟下山来京城了，要亲自给先帝作法祈福。

南真子是世外高人，能知过去，卜未来，预测天机；还能治病救命，疑难杂症也不在话下；综合来说就是个全能型大师，啥都会。

这日清晨，还没未亮，满朝文武就全都聚集在宫殿前的汉白玉广场，为南真子的祈福法阵献上自己的光和热。

高台上，南真子和司天监的官员一起作法，旁边还有好几个道士一齐念经，文武百官则跪在地上，现场颇为肃穆。

祈福一直持续到巳时一刻才结束，等结束后，许多官员都驻足在宣武门，想着要见南真子一面。

可谁知官员们在这边苦苦等着，南真子却早就从皇宫内的一个狗洞偷偷溜走了，算是等了个寂寞。

南真子这人，其实还很年轻，不过才四十岁，再加上他保养有方，不近女色，至今还是个高龄童子身，所以看上去是真的不显年纪，白里透红毫无皱纹，皮肤饱满得不行。

南真子伸能主持国事，屈能爬狗洞，有非常人之魄力。

钻出皇宫后，他直接就去了谢府找自己的乖乖徒弟。

谢府下人们一见到他，连忙将他毕恭毕敬地迎入了阿娇的院子。阿娇正巧在给小阮看手相，锻炼自己的业务能力，听到有人来了，下意识抬眼望去，就看到一个穿着花衣服的帅气家伙正站在不远处笑吟吟地看着她。

南真子又高又瘦，五官清秀，仙风道骨，只是常年喜欢穿绣着芍药的衣衫来彰显自己的帅气，可穿得花花绿绿的也不显俗，反而连大红大紫的芍药都被衬托出了点仙气。

南真子整日笑眯眯的，他走到阿娇身边，让阿娇继续看小阮的手相，自己则在一旁听着。

阿娇磕磕巴巴地大致说了说。

南真子听罢，非常感慨："没关系，勤能补拙，再跟为师回山上修炼个三五十年，你一定也能达到为师的水平。"

阿娇抽了抽嘴角。

南真子在阿娇的房内和她说了会儿话，又去见了谢华，留下享用了一顿晚膳后，便踏着夜色离开了谢家。

只是没走出几步，南真子脚下一拐，就朝着斜对面的纪府走了进去。

夜色凄清，八月份的夜风已经透上了凉气。

南真子进入纪九司的院子时，纪九司已经在院中等候多时，秦公公也在，垂着脑袋守在一旁，十分恭敬。

纪九司对着南真子颔首："见过大师。"

南真子上下打量着他，眼中生出赞许之色："天庭饱满，眉高神足，不错，不错。"

纪九司淡淡一笑："谢大师夸赞。"

南真子道："生辰八字。"

纪九司正待说，可一旁的秦公公已率先将纪九司的生辰八字报了出来。

秦公公对纪九司躬身赔笑："这才是您的出生时辰，您是乙巳日生的，奴才可是记得清清楚楚啊。"

南真子掐指一算，脸色微微震惊，再看向纪九司时已带上了一丝敬意："紫微帝相，百年难得。"

纪九司半信半疑，直接把这句话视为"画大饼"。

南真子对纪九司拱手道："不知殿下找我，是为何事？"

纪九司道："还请大师帮我一个忙。"

南真子："但说无妨。"

纪九司上前轻言，南真子答应得倒是爽快，二话没说就应了下来。

南真子又上下打量他许久，目光越看越热烈，让纪九司有些招架不住。

最后，南真子倒也没再说别的，抹了抹鼻尖转身走了。

秦公公欣慰道："小殿下，看来南真子大师对您很满意啊。"

纪九司看向他："太子最近可有找你麻烦？"

秦公公嘴巴一撇，作势要落泪："当然找了！还请殿下日后替奴才做主啊！"

纪九司:"那就别待在这儿浪费我的时间了。"

秦公公马上滚走,也是,办正事要紧。

当夜,南真子离开纪府后,直接就去了张府。

自从张家悔婚后,张思竹再未出门示于人前,和阿娇一样整日都待在府里,连一步都不曾踏出门。

张岐山听到下人来报说是南真子来了,急忙一溜烟似的冲上前去相迎,亲自将他迎到了张思竹的面前。

南真子见到张思竹,吓了一跳,有些不敢置信地道:"张大人,您儿子都五十岁啦?"

张岐山眼角一抽,干笑道:"犬子不过才十八岁,只是……只是没刮胡子。"

张岐山沉下脸,对着身侧人使了个眼色,下人连忙惶恐退下,帮傻傻地坐在轮椅上的张思竹去打水来洁面。

张思竹穿着黑色的衣服,头发脏得不行,下巴上的胡子都快到胸前了,毫不夸张地说,大概是从悔婚那日开始,一直邋遢到了现在。

他也不说话,也不吃饭,整日就这么傻傻坐着,看着前头,要靠张岐山每日都来骂一骂他,他才会吃下几块糕点。

整个人形容枯槁,瘦得都快脱相了。

张岐山陪着南真子在外室候着,房内响起嘹亮的杀猪声,是张思竹在抗拒下人们替他洁面沐浴。

张岐山丢人得不行,垂着脸不说话,脸色铁青。

直到半小时后,干干净净的张思竹才重新出现在南真子面前。

南真子看着他,心道这人多好的面相,非要自作孽闹绝食,硬是让面相破了好几分。

看破不说破,南真子走上前开始端详他的脚伤,又替他把起了脉。

张思竹依旧不肯配合,南真子轻飘飘道:"我徒儿不喜欢蠢货。"

几乎是一瞬间,张思竹的脸色就变了,震惊地看着他。

南真子趁机仔细把脉，片刻后才收回手去，继续道："我徒儿也不喜欢残废。"

南真子："你这腿疾若不医治好，只怕我徒儿是不会多看你一眼的。毕竟谁会想嫁给一个残废呢？"

南真子又看向张岐山："张大人，您说本道说得在理否？"

张岐山点头如捣蒜："非常在理。"

南真子又笑了起来，眼睛却上下打量着张思竹："又孱弱又残废，还不爱干净，张公子，你确定这样能娶到媳妇儿？"

张思竹脸涨得通红："我、我——"

可南真子却懒得再和他多说，只示意张岐山借一步说话。

张岐山非常急迫："不知大师能否治好犬子顽疾？"

南真子不疾不徐："当然可以。"

张岐山眼睛发光。

南真子低笑："虽然麻烦了点，但既然是纪九司公子亲自请求本道，本道自然会全力以赴。"

张岐山松了口气，连连道谢，又亲自送南真子离开。

等南真子走后，张岐山脸上的笑意逐渐消失，脸色变得凝重起来。

纪九司。

他到底是什么身份，为什么当初太子会如此厌恶他，将他视为眼中钉肉中刺，非要置他于死地？

当时飘霜阁被铲除后，他曾第一时间去刑部大牢，质问了飘霜阁残余的杀手们，可那群废物，一问三不知，真是让人厌恶。

如今纪九司竟然还能说动南真子来给张思竹看病，真是让人震撼……

想当初纪九司找上他，说要和他等价交换时，他还存疑不太相信，可没想到纪九司竟然真的做到了！

纪九司说他能让南真子给张思竹治腿疾，交换条件是让张思竹悔婚，最好再传播点阿娇克夫的谣言，真是有够缺德的。

当然了，反正受到伤害的是谢圆圆，所以他非常干脆利落地答应了下来，当晚就命人去散播谣言去了，怎么损人怎么来，毕竟日后真要追究起来，那也是纪九司的错，他张岐山也是被逼的。

张岐山越想心里越没底，总觉得纪九司这人不太简单。他想了想，干脆叫来了暗卫，让人暗中调查纪九司的底细，且必须是事无巨细地调查一遍。

南真子此番入宫后，一时半会儿是不走了。

圣上的身子愈加不好了，而南真子则被圣上留在了皇宫内，当起了司天监的荣誉国师，主要是协助调理圣上的龙体。

圣上也很宠爱他，不但在皇宫内赐了座院子给他，改名叫"南真道观"，还赏赐了一块令牌，让他可自由出入皇宫，谁都不得阻拦。

南真子住进了皇宫内，文武百官又沸腾了，一个个都派小厮守在各个城门口，都想请大师回家帮忙看看顽疾。

可各个城门明明都被人挤满了，却依旧没人能捉到大师，因为大师只钻狗洞，主打的就是一个出其不意。

眼下，南真子提着从太医院配好的药材，又直接去了谢府。

阿娇早就知道了师父如今成了国师的事，高兴得不行，笑眯眯地祝福他。

说完了废话，南真子才正色道："乖徒儿，为师有件事要交给你去办。"

阿娇眨眨眼："师父请吩咐。"

南真子："去文殊山摘一味药。"

阿娇："什么药？"

南真子交给阿娇一张字条，上面画着一朵……非常愚蠢的粗笔花，简陋得就跟闹着玩似的。

阿娇："这……"

南真子："七瓣花，花瓣颜色又红又黑还透着一丝猥琐的紫，大概就长得和这图案差不多。"

阿娇抹了把脸:"我尽量吧。"

南真子非常真挚:"为师相信你!"

南真子:"此去有些艰辛,为师还为你找了个帮手,让你上路不孤单。"

说实话,这话听上去怪怪的。

但阿娇还是答应了下来,甜甜地应了声"好"。

南真子又交代了些细节,还给了她一个应对蛇毒以防万一的瓷瓶,这才笑眯眯地走了。

第二日上午,阿娇准备好了行囊,又背上了铁锅,便独自驾驶着马车而去。

胡氏不放心,非要让她带几个侍卫,可阿娇独行惯了,并没有理会。

她驾驶着小马车,直直地朝着城西城门而去,等出了城门的时候,果然看到有道身影正在城门外的官道上等她。

只是这背影修长,莫名眼熟,让阿娇不由得怔了怔。

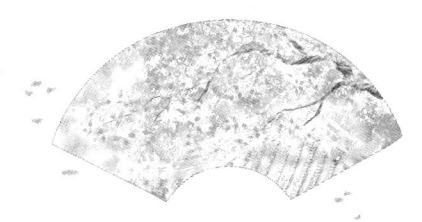

## 第五章
### 司考大典

♦
◇

阿娇驾着马车停在了纪九司身边。

他倒是不客气,径直跳上了马车,连一句客套话都没有。

阿娇瞥了他一眼,也不说话,继续驱着马车往前走。

二人就这么沉默着,只剩下马车辘轳的转动声和马蹄声交织在一起,透出几丝风尘仆仆的意味。

此时已经是秋日,官道两边的树木枝丫都开始泛黄,有树叶不断落下,快要铺满两边的空地。

文殊山就在京郊,之前阿娇和纪九司回京的时候,就曾在文殊山度过两晚。

阿娇将马车驱得很快,等到天快黑时,倒是刚好赶到了文殊山脚下。

入山后气温更凉,头顶也飘起了秋雨,伴随着山内晚风,相当寒冷。阿娇有些后悔没带厚衣衫出来,忍不住搂紧自己的肩膀,抚了抚身上的鸡皮疙瘩。

此时,身后沉默了一下午的人总算说话了:"冷吗?"

阿娇看他一眼,抿着嘴干巴巴道:"不劳纪公子关心。"

纪九司正斜倚在一旁的树干上,低笑道:"一段时间不见,阿娇对

我似乎变得冷淡了呢。"

他穿着墨色的衣衫，衣摆上绣着暗红色的团花，身形颀长，眉眼俊俏，是真的越来越好看了。

阿娇瞪他一眼，不愿多说，转身就去抓鸡。

纪九司默默跟上，始终和她保持一定距离。

阿娇努力忽略他，心底却在抱怨为师父要让他来给自己当帮手，多尴尬啊……

她几乎已经默认自己和纪九司是过去式了，自从被张思竹悔婚后，她就看透了很多，想开了很多。也许她之所以迷恋纪九司，只是觉得不甘心罢了，又或者只是想给曾经的自己一个交代。

她真的已经努力过了呀，阿娇想。纪九司就是不喜欢自己，所以当初自己要和张思竹订婚，他可以做到毫无反应。

非但毫无反应，甚至还亲自准备了一份贺礼，让纪府的小厮送过来。

那份贺礼被埋在那礼物堆里，还是小阮先发现，这才被送到了她手里。

包装精美的礼物盒，上面画着紫色的花锦。再将盖子打开，里面是一本《道德经》。

阿娇转身就把那本《道德经》放到了库房，根本不想再看第二眼。

她坐在石板上，心里想着事，十分沉默。纪九司则点了篝火，又做了叫花鸡。

等到入夜，天气愈冷。

阿娇蜷缩在马车里，没想到纪九司也钻进了马车，坐在了她身边。

马车本来就小，纪九司一进来，瞬间显得逼仄极了，她甚至能隐约闻到他身上传出的石兰香气，透着一丝清冽的苦涩，却莫名提神。

阿娇脸色微红："男女授受不亲，纪公子是不是太轻浮了？"

可话音未落，纪九司却又逼近她，甚至伸手将她搂在怀里。

阿娇浑身僵硬，沉着脸道："纪九司！"

纪九司却捏住她的手腕，低声道："别说话。"

阿娇果然怔住，压低声音道："怎么了？"

纪九司比了个"嘘"的手势，一边将她搂在怀中。

她如今变得愈加小巧，手腕又细又红，腰肢也更细了，倒是显得胸脯鼓鼓的。

她的手透着寒气，鼻子也冻得通红，可见是快要冻坏了。

他不动声色地打量着，嘴上却道："有人来了。"

阿娇竖耳听去，似乎确实听到了一些脚步声。

可她此时和纪九司的姿势实在是暧昧，他的手臂搂在她的腰肢上，两个人几乎没有任何空隙地紧贴在一起，她甚至能感受到纪九司身上的灼热不断透过衣料传到自己身上。

别说，她现在是真的一点都不觉得冷了，反而浑身都发烫起来，连脸都被烧了个通红。

阿娇浑身更僵硬了，咬牙道："放开我。"

纪九司却低声道："为什么要放？我和你不是早就私定终身了吗？你忘了？"

阿娇更气了，冷着脸道："那种戏言，也能当真吗？"

纪九司眸光沉静地回望她："戏言？也许对你来说是戏言，可我却当真了……你说该怎么办呢？"

阿娇胸膛内的心脏猛地一跳，她惶惶然别开眼去，已是不敢多看他。

马车内又陷入了沉默，万籁俱寂，马车外头的脚步声却变得越来越清晰，已经距离他们越来越近。

纪九司陡然搂过她的腰肢，运着轻功就飞出了马车，朝着上山的方向而去。

山中夜风带着寒凉，深秋的夜，又开始飘落小雨，整个空气都湿润润的。

纪九司带着阿娇运着轻功往前飞了许久，最终停在了一棵大树的树干上。

光线昏暗，纪九司和阿娇倚靠得极近，近得仿佛能听到彼此的心跳声。阿娇抬头看向纪九司的侧脸，看着他线条流畅的下颌和俊俏的眉眼，心底渐渐地，渐渐地，像是又空缺了一大片。

这几个月以来，她好不容易建起的心理防线，在此时轰然倒塌，前功尽弃。

纪九司像是感受到了她的注视，他看向她，猝不及防和她四目相对。

黑暗里，他的双眸却亮晶晶的，就像含着万千星辰："为何这样看着我？"

他的声音如此温柔，就像羽毛轻抚她的心扉，让她耳朵发烫。

阿娇惶然别开眼去，结巴道："我、我才没有。"

纪九司嘴角的笑意愈大："那就当是我看错了吧。"

阿娇抬头看天，假装没听到他语气中的调侃。

时间一点一滴过去，二人在树上相互倚靠，阿娇不知不觉就靠在他的肩膀上睡沉了过去。

头顶的雨已经逐渐停下，只剩下寒凉的风阵阵传来。纪九司脱下了自己的外套，轻轻披在她身上。

他低头打量着她，看着她恬静的睡颜，也忍不住轻笑起来，对着她的额头印了个轻轻的吻。

等清晨的光线透过层层叠叠的树叶洒下来，阿娇总算睁开了眼。

纪九司早已在树下摘好了野果等着她。

等吃完了早餐，纪九司和阿娇继续朝着山顶而去，一边沿途寻找七色花。

只是阿娇很迷惑："昨天那些人，是杀手吗？"

纪九司语气淡淡地道："谁知道呢。"

阿娇微叹："看来太子还是想杀了你。"

她微微眯起眼："你到底做了什么，让他这么恨你，竟然三番五次派杀手来杀你？"

纪九司无辜地看着她："我也不知道。"

阿娇可真是心疼坏了，她突然握住他的手，真挚道："别怕，我会保护你的。"

阿娇："还有三个月就是司考大典，等你考上后，我师父也会帮你。"

纪九司瞥了眼阿娇握着自己的手，嘴角弥漫出一丝低笑："好。"

阿娇总怕那些杀手还在，因此拉着纪九司拼了命地往小路走，越崎岖越好，真是一点都不嫌辛苦。

只是又找了一天，依旧没能找到那朵花。

眼看天又要黑了，阿娇忌惮那些杀手，便提前找了个山洞，又准备好了烧鸡，这才将山洞口用枯树枝堵得严严实实。

忙完这些后，她才终于松了口气，转过身对着纪九司傻傻地笑着。

纪九司眸光深深地看着她，也不知他在想些什么。

半刻钟后，阿娇撕下鸡腿，两人一人一只啃着。

阿娇饿坏了，大口吃着，一边含混不清道："如今你都已经恢复清白身了，乔巧可曾来看过你？"

纪九司淡漠道："她为何要来看我？"

阿娇疑惑地道："你们曾是未婚夫妻，来看看你，也是理所应当的吧……"

纪九司嗤笑一声："和我退亲，是她求之不得的事，她恨不得离我远点才好，又怎会来看我？"

阿娇是彻底怔住了，她愣怔地看着他，久久没回过神来。

纪九司伸手抚过她耳边的一缕碎发："愣着做什么？"

她低着头，有些心虚地有一口没一口啃着鸡腿："她……她不是很喜欢你吗？当初在什剎湖，她还舍身救了你不是吗？"

纪九司挑眉："你怎么知道她在什剎湖救了我？"

阿娇心底不由得一阵"咯噔"，涨红了脸辩驳道："是、是很久之前，乔巧对我说的。"

纪九司假装恍然大悟："原来如此。"

他看破不说破："可惜她心仪之人另有人选，当初和我定亲是迫不得已，如今好不容易解除了婚约，她对我自是唯恐避之不及。"

阿娇是彻底蒙了——

乔巧不喜欢纪九司吗？怎么可能，她要是不喜欢纪九司，又怎么会各种刻意出现在自己面前？

而且每次乔巧的丫鬟都会阴阳怪气地讽刺她，说她圆得像颗球；说她胖得很别致；还说她癞蛤蟆想吃天鹅肉，竟然也敢肖想纪九司。

如果乔巧不喜欢纪九司，那么乔巧的丫鬟为什么会对自己敌意这么大？

阿娇疑惑极了，脑子有些转不过来。

纪九司又弹了弹她的脑门："别胡思乱想。"

阿娇回过神来，怔怔点头。

等夜深后，阿娇倚着墙壁睡着，纪九司为她盖好衣被，转身钻出了山洞。

今夜并未下雨，头顶星辰明亮，将夜空点缀得美不胜收。纪九司走到山洞不远处的一棵树下，很快，便有一道身影跪在他脚边。

纪九司手中玩弄着一株野草，面色沉静地淡淡道："找到了吗？"

黑衣人垂首："目前并未找到，正在抓紧时间搜寻中！"

纪九司手中的野草已被揉捏得破碎不堪。他低笑道："抓紧时间。"

黑衣人："是！"

想了想，纪九司又侧头对着黑衣人附耳低语几句，这才挥了挥手，让黑衣人退下了。

纪九司将手中的野草轻飘飘扔掉，负手而立望着远方星辰，似笑非笑地自言自语："再等等吧，天很快就要亮了。"

好半晌，他才转身，重新走入了山洞。

等到第二日，阿娇拉着纪九司继续上山找花朵。

文殊山挺大的，要想找一朵花，其实并不容易。

他们二人在山中足足找了四天，可依旧没能找到那朵花。

阿娇甚至开始怀疑南真子的专业能力，怀疑是她师父一时兴起随手涂鸦了一朵花,就打发她出来找,没准实际上根本就没有这种莫名其妙的东西。

阿娇将想法说给纪九司听,纪九司相当认可,点头道:"既是如此,不如我们下山回京吧?"

阿娇很心动:"真的可以吗?"

"当然可以。反正你师父想要治的那个人,我一点都不喜欢。"

阿娇:"我师父想要用这朵花治谁?"

"张思竹的腿疾。"

阿娇无语凝噎。

纪九司作势就去拉阿娇的手:"走,下山。"

阿娇干笑道:"我师父其实也不是那么不靠谱,我觉得我们还是再找找比较好,哈哈哈。"

她一边说一边埋头朝前走,压根儿不敢看纪九司的眼睛。

纪九司则跟在她后头,沉默地看着她。

眼看时间从上午慢慢到了傍晚,又一天过去,可依旧没能找到那朵花。

阿娇有些气馁,坐在一棵大树下发呆。

纪九司陡然道:"很想帮张思竹治好腿疾?"

阿娇点点头:"我希望他好好的。"

纪九司:"喜欢他?"

阿娇沉默半晌,才说:"我和他从小一起长大,他似乎在我身上用尽了喜欢。可我回应不了他的这份喜欢。"

阿娇抬起头看向他:"可我至少该为他做点什么,你说对不对?"

纪九司揉了揉她的发髻:"对。"

阿娇对他粲然一笑,眉眼弯弯,皎洁似月。

纪九司微愣,方才别开眼去。


二人一边躲避着杀手,一边埋头找着花朵,过得很艰难。

一直等到第六天的傍晚,眼看又要度过一日,阿娇气馁极了,也觉

得有些委屈，拼了命地埋头寻找，连停下来喝口水都害怕浪费时间。

只是走着走着，突然就听到纪九司低声道："你看，那是什么？"

阿娇抬头顺势看去，就看到前方的某处峭壁上，果真长着一朵七瓣花。

更诡异的是，这朵七瓣花长得竟然和她师父画的简笔画一模一样。

还有花瓣的颜色，也果然是如她师父说的那样，又红又黑，还透着一丝猥琐的紫。

阿娇：……就离谱。

不等阿娇说话，纪九司已陡然一个飞身，去将峭壁上的那朵七色花摘了下来。

阿娇高兴极了，下意识地抱住了纪九司的腰，飞扑到了他怀里。

纪九司眸色深深地看着她，阿娇这才发现自己此时和他的姿势有多暧昧。她脸色一红，连忙松开了搂着他腰的手，仓皇地后退一步。

她干声道："我……那个，我……"

纪九司已经提起她的衣领："走吧。"

今天已经是出门的第六天，实在是耽误得太久了。

阿娇将那朵花小心翼翼地放好，这才欢欢喜喜地跟着纪九司朝着下山的路而去。

只是谁知才刚走出一段路程，突然就见角落里跳出了许多黑衣人，将他们层层包围。

阿娇脸色大变，沉声道："纪九司，小心！"

下一秒，这群黑衣人已经不由分说直接朝着他们举着长剑而来，一招一式，尽显杀机。

纪九司一手护着阿娇，一手对抗着，十分被动。

黑衣人源源不断拥来，纪九司几乎寸步难行，刀光剑影中，只听纪九司发出一声痛苦的闷哼声，已是中剑了。

就在此时，黑衣人突然掉落了一件信物，阿娇眼疾手快将那玩意儿捡了起来，揣在了怀里。

说时迟，那时快，纪九司突然发力，搂住了阿娇的腰肢，运着轻功用最快的速度飞身离开。

这一刻似乎很快,可又似乎慢极了。阿娇怔怔地看着纪九司阴沉的眉眼,鼻尖处越来越浓郁的血腥味,让她快要眩晕。

纪九司带着阿娇去了之前走过的那条羊肠小径,那条小径十分隐蔽,没有本地人带路,很难寻到。

纪九司落地后,阿娇惊恐地搀扶住他,强忍眼泪道:"纪九司,你没事吧?伤得很重对不对?"

纪九司整个人都朝着阿娇倒去,倒在了她的怀里。

他的肩膀上中了一剑,很长一道伤口,正不断往外流着鲜血,浸湿了他的暗色衣衫。

纪九司脸色有些发白:"我怀中有药。"

阿娇深呼吸让自己冷静下来,这才从他怀中取出了药,又解开了他的衣衫。用水简单冲洗伤口后,她为他敷上了药,再用自己的衣衫撕成条状,将伤口包扎上。

纪九司躺在她怀中闭眼睡着,像是虚弱极了,阿娇为他把了把脉,脉象虚弱,是失血过多引起的。

恐慌在她心底蔓延,她在他耳边颤声道:"别怕,别怕,马上就能下山了,等回京后,他们一定不敢靠近你……纪九司,别晕,求你了。"

少女的声音透着强烈的惊骇,就像受惊的蝴蝶翅膀,抖动不停。

纪九司嘴边微微浮起一抹极快的笑意,但很快就消失不见。他低声道:"好,我不晕。"

他们蜷缩在一个上坡的后头,相互依偎,相拥相抱,就像一对亡命的鸳鸯。

眼看夜色当空,纪九司浑身开始发烫,阿娇不敢再耽误,当即咬牙扶着纪九司的胳膊,便朝下山的路艰难走去。

迎面寒凉的风吹来,阿娇怕吹得他发烧加剧,作势脱了自己的衣衫,往他身上套去。

可纪九司却陡然搂住她的腰肢,又运着轻功直直地往下山方向而去。

阿娇吓得失声:"你受伤了,还在发烧,快别再用轻功了……"

纪九司搂着阿娇腰肢的手灼热又滚烫,透过衣衫一路烫到了她的心底去,他哑声道:"别说话,抱紧我。"

阿娇双眼濡湿,可到底没再多说一句话,抿着嘴唇紧紧地抱住了他。

纪九司的轻功运得飞快,如此高的文殊山,不过短短半个多时辰,二人就到了半山腰。

他们的马车就停在半山腰,阿娇扶着纪九司绕着山腰找了许久,总算找到了马车,她扶着他上了马车,驾着马车就朝着下山的路疾驰而去。

一路疾行,总算在亥时前赶回了京城。

阿娇带着纪九司回了纪府,只是她正要扶着纪九司进去,却被一个书童装扮的少年拦下。

书童一边谢过阿娇,一边神色慌张地将纪九司扶进了府去。纪家的大门合上,阿娇被拦在了门外。

她怔怔地收回眼来,可很快又笑了起来,自言自语道:"他的下人一定能照顾好他的,别胡思乱想啦。"

她忍不住又抬头看了眼头顶匾额上苍劲的"纪府"二字,半响,才收回眼神,重新上了马车,将怀中的七瓣花给南真子送过去。

另一边,纪九司被书童搀扶着回到后院,他脸色倒是恢复了很多,脚步也没那么虚浮了,甚至还能自己独立行走。

纪九司淡淡道:"秦公公呢?"

书童小李躬身道:"在院子里等着您。"

纪九司快走几步,进入了自己的院子,果然看到一道略显臃肿的身影在等着他。

秦公公一看到纪九司,便急忙朝他走来,担忧道:"小殿下感觉如何?那杀千刀的是不是下手太重了?伤口是不是划得太深了?"秦公公一边说,一边领着纪九司走入房内。

而房内,早就有一位太医在等候着他。

太医为纪九司重新整理了伤口，又仔仔细细地包扎妥当，一边道："万幸，小殿下的伤口并不深，乃是皮肉伤，将养几日，莫要剧烈运动，便可恢复。"

秦公公一听，这才松了口气。

等太医退下后，纪九司道："最近太子可有动静？"

秦公公愤愤道："太子和王贵妃狼狈为奸，在后宫作威作福，真是糟糕透顶！"

秦公公语气分外悲壮："小殿下，只盼小殿下能尽快回宫，将真相昭告天下啊！"

纪九司："辛苦公公。"

秦公公抹了抹眼泪，这才和纪九司含泪告别，又通过密道回宫去了。

秦公公这个人，大概是个人才。

他竟然从皇宫内挖了一条密道出来，直通向纪府的茅房……旁边的小院子。

几个月前，纪九司正在小院子里的木桩上练功，谁知一转头就看到秦公公刚好从密道里爬出来。

他手脚并用地钻出地面的样子，像极了狗熊，非常笨拙且滑稽。

纪九司当场就惊呆了。

秦公公说，自从小殿下被他亲手换到了纪府后，他就每日夜不能寐，因此暗中集合了心腹来开挖地道，但也由于这件事是极度隐蔽的，所以这么多年过去了，事情始终进展得相当缓慢。

也是在堪堪两年前，这条隐秘的地道才终于被挖通。

纪府距离皇宫并不算远，走密道的话一炷香的时间就能到。

所以秦公公在皇宫和纪府之间往来还是挺频繁的。

圣上病重，如今整个后宫几乎是太子和王贵妃的天下，秦公公身为圣上身边的公公总管，也不能幸免。

前些日子王贵妃不知抽什么风，非要养猫。那只黑猫也是随了贵妃的跋扈性子，见人就咬，秦公公就被咬了好几次，偏偏又投诉无门，只

能打落牙齿和血吞。

可也不敢和圣上说，王贵妃是宠妃，一个太监去和圣上告宠妃的状，除非秦公公活得不耐烦了。

还有太子也是跋扈，整个后宫太子一手遮天，有谁敢和太子唱反调？嫌命长吗？

大概也是基于此，秦公公期待纪九司回宫的心，日益迫切。

等秦公公走后，纪九司躺在床上专心养伤，脑中却不由得浮现出阿娇担忧的面容，忍不住低笑了起来。

没关系，再过一段时间，他就能和她光明正大地在一起。

是了，那些在文殊山的杀手，其实是他自己亲手安排的一场苦肉戏。

杀手掉落信物，当然也是故意设计的。

至于这么做的原因嘛，那可真是好处多多……

纪九司嘴角微挑，狭长双眸中满溢阴柔的光。

而另一边，阿娇已第一时间去了张府，将花朵呈了上去。

张岐山亲自迎接的她，还连连道谢，态度非常诚恳。

阿娇忍不住抹了把眼泪，说道："为了得到这朵花，纪九司受了重伤，流了好多的血，其实大人您真正要谢的人，是纪九司。"

阿娇哭得一把鼻涕一把泪，说着纪九司的功劳，说纪九司如何如何英勇，亲手摘到了这朵花，又是如何如何悲催地被杀手围攻，又如何如何凶险地杀出重围，成功下山。

张岐山听得脸色非常凝重。

张岐山肃然起敬道："没想到竟是纪公子摘到的！本官明日就亲自去纪府探望他。"

阿娇抹着眼泪，一边猛点头："好，张大人您去看看他吧，他也太可怜了。"

张岐山眉头皱紧："那些凶手是什么人，为何会想要杀纪公子？"

阿娇突然想起了什么，连忙擦掉眼泪，从胸前拿出了一件信物，递给张岐山。

阿娇:"这是那些杀手掉落的,被我发现捡到,张大人请过目。"

信物是一枚令牌,张岐山接过令牌一瞧,脸色微变。他猛地将令牌收起,沉声道:"此事你可曾和别人说起过?"

阿娇摇摇头:"并不曾。"

张岐山:"此事交给我来调查,剩下的你无须多管。"

阿娇隐约感受到了此事的严重性,呆呆地点头。

张岐山派人护送阿娇回谢家,自己则大步去了后院,给张思竹熬药去了。

如今有了最重要的一味药引,治好他的腿疾指日可待。

张岐山命府内的大夫连夜熬了药,让张思竹喝下。

一直等张思竹将一大碗黑乎乎的汤药喝得一滴不剩后,张岐山才负手而立,沉声道:"竹儿,这药可是纪九司拼了命才取到手的!从此他就是你的救命恩人!"

张思竹一听,当场就要用手抠喉咙,想把药吐出来。

当然这也换来张岐山的一顿毒打。

张岐山颇为恨铁不成钢:"明日跟我一起去纪府探望纪九司。"

扔下这句话,张岐山转身走了。

张思竹趴在床上捶胸,气不过地自言自语:"明明是他欠我人情才对,怎么一转眼变成小爷欠他人情!真是该死!"

这么一来,当初张思竹请求父亲帮纪九司翻案的人情,是彻底还清了。

他再也不能拿这件事做文章,去逼阿娇嫁给自己。

张思竹越想越亏,心疼得抱紧了自己,躺在床上不知不觉睡了过去。

只是睡到半夜,他突然觉得自己的脚有点发痒,还有点麻,他忍不住提了提脚,翻了个身。

下一秒,他猛地睁开眼,彻底清醒了。

他不敢置信地坐起身,又试探着提了提自己本该瘸了的脚。

竟然,真的产生了感觉。

本来早已毫无知觉的左小腿和脚踝，此时此刻，不断产生酥麻感，仿佛在刺激着再生。

张思竹心如擂鼓，连忙站起身来，尝试着走了一步，可身体瞬间斜斜地倒在了地上。

可是，左小腿的知觉，却变得越来越明显，越来越汹涌。

夜色凄清，张思竹抱着自己的左腿，无声大笑。

翌日清早，张岐山已在书房内办公多时。

在他脚边跪着的，乃是之前派出去调查纪九司的暗卫。

暗卫将这段时间调查到的资料尽数整理成册，交给张岐山过目，又道："纪府周围有无数高手在暗中保护他，属下曾派人去和对方交过手，看武功路数，应该是大内侍卫……"

张岐山看着手中的资料，脸色越来越凝重。

暗卫："属下派人潜入纪府任职，发现圣上身边的秦公公，与他往来颇密……"

过了许久，张岐山才从资料中抬起头来，心底已有一个答案呼之欲出，只是这个答案太过荒诞，荒诞到让人觉得可怕。

他又拿出昨夜阿娇交给他的令牌仔细看着，只见这令牌上雕刻着麒麟，乃是东宫的图腾。

所以那些杀手，是太子派出的。太子是有多厌恶纪九司，几次三番要置他于死地？

他挥挥手，让暗卫退下，自己则去宫中上早朝去了。

等早朝结束后，张岐山并不急着走，而是守在门口等人。

谢华走到他身边时，张岐山还没来得及打招呼，谢华已经冷哼一声，对着他翻了个白眼，大步朝前走去。

张岐山受了冷眼，也不生气，在心里劝导自己想开点，毕竟是自己家悔婚在先，谢大人生生气也是应该的。

一直等到小半个时辰后，张岐山总算等到了秦公公。

他拦在秦公公面前,似笑非笑地看着他。

秦公公躬着身体赔笑:"张大人有事?"

张岐山:"有事。"

一刻钟后,张岐山和秦公公已经走在了宫闱内的某条羊肠小道上。

二人并肩走着,非常低调。

张岐山眸光深深:"秦公公最近,似乎和纪家小子走得很近。"

秦公公脸色瞬间变了:"咱家有吗?张大人您大概是看错了……"

张岐山从怀中掏出那枚麒麟令牌,打断他:"这是刺杀纪九司的杀手们掉落的,秦公公应该认识这是什么。"

秦公公当场就落了眼泪,拉着张岐山去了自己的偏殿,一把鼻涕一把泪地说得诚恳:"张大人,有些事可实在是瞒不住了,还请张大人替小殿下做主啊!"

张岐山眸色陡然深邃:"小殿下?"

众所周知,当今圣上只有太子一个儿子,哪儿来的小殿下?除非……

果然,就见秦公公对着张岐山跪了下去,将十几年前自己在王贵妃和王淳丰王大人的威胁下,将太子和纪府小儿掉包的事都说了出来。

张岐山当场就吓蒙了。

过了许久,他震惊道:"当时是你亲手掉的包?"

秦公公猛点头:"迫于淫威,不得不从。"

张岐山:"王贵妃和王大人,就没想过杀你灭口?"

秦公公:"杀了,怎么没杀?这么多年,咱家活得有多辛苦您知道吗?"

秦公公一边说,一边落下悲怆的眼泪。

一开始王贵妃和王大人绞尽脑汁给他下毒,逼得秦公公时刻将太医带在身边,凡是自己要接触的东西,全都仔细检查一遍。

后来他们又派杀手来杀他,秦公公就自己培养了一批大内死士,现在在纪府保护纪九司的死士,就是他培养出来的。

大概是见下毒毒不死他,杀手也杀不死他,那段时间王贵妃和王大人开始绞尽脑汁想污蔑他作风有问题,并以此作为把柄,好让他闭嘴。

但秦公公也是浸淫深宫大半辈子的老油条,办事谨慎得很,总之到目前为止,并未中对方的圈套。

张岐山听完后,保持沉默。

过了许久,他才眯起眼来:"此事除了你我,还有谁知?"

秦公公:"咱家的贴身太医知,咱家的死士也知,还有大师南真子也是知道的。"

张岐山无语,知道的人还挺多。

张岐山:"此事需极度保密,接下去该如何做,听我差遣。"

秦公公猛点头,一边落下悲怆的眼泪:"有张首辅辅佐小殿下,咱家也能放心了。"

张岐山眯着眼,又吩咐了几句,这才满腹心事,告辞离开。

而等张岐山走后,秦公公瞬间收起悲伤,擦掉眼泪,笑眯眯地看着张岐山的背影。

小殿下说得没错,阿娇果然会将捡到的令牌交给张岐山,张岐山迟早会意识到此事不对劲,对小殿下开启调查。

甚至在张岐山的人调查小殿下时,他故意留下了诸多线索,就是为了方便张岐山窥得其中秘辛。

张岐山到底是内阁首辅,倘若能得到他的支持,那才是真正的如虎添翼。

秦公公心中对纪九司的钦佩又多了几分,一边啧啧感慨,一边回到圣上身边伺候去了。


等到下午,张岐山拎着张思竹去纪府看望纪九司。

纪九司身为皇子,竟然还能为了张思竹的腿疾以身犯险,光是这一点,张岐山就对纪九司生出了几分佩服来。

父子二人走入纪九司的房内,张岐山一改之前对纪九司傲慢的态度,此时对着他又是躬身又用敬语,真挚道:"多亏纪公子摘得七瓣花,犬子的腿疾才有了回旋的余地。"

一旁的张思竹震惊地看着自己老爹——这还是那个狂霸跩的首辅大人吗？

这是不是太卑微了一点？

纪九司躺在床上，脸色依旧发白："无碍，是我应该做的。"

纪九司笑着："若不是张公子相助，我的冤屈也不可能会真相大白。"

张岐山柔声说道："还纪公子清白，不过是本官的举手之劳，无须挂齿。"

纪九司："总之有劳张大人。"

张岐山："纪公子无须客气。"

张岐山暗中瞪了张思竹一眼，又拉过他，用眼神示意他说几句话。

张思竹负手而立："七瓣花的事，确实要谢谢你。但是咱俩顶多算扯平了，你我到底谁能抱得美人归，还不一定呢。"

纪九司低笑："张公子说得有道理。"

张思竹还想再说，旁边的张岐山已经重重踩了他一脚，疼得他龇牙咧嘴。

张岐山让纪九司好好休息，一边拉着张思竹就走。

父子二人上了回府的马车后，张岐山无比严肃，冷声道："我会给你物色一门合适的婚事，别再想着谢圆圆。"

张思竹定定地看着张岐山："爹，您比谁都清楚我有多喜欢圆圆。"他眼睛绯红，"我只娶圆圆一人，若是娶不到她，我宁可出家做和尚！"

张岐山怒道："那你就去做和尚，明天就去。不要再肖想谢圆圆，她不适合你。"

张思竹别开眼，抿着嘴不说话。

张岐山也不再多说，一时间，马车内的气氛降到了冰点。

等回到张家后，张岐山当场就下了令，将张思竹软禁在家不得出门，让他专心读书，准备年底乡试。

当然了，张岐山也不指望他能考上，但是好歹得给他找点事干，万一会发生奇迹呢？多尝试尝试总没错。

时间过得不疾不徐，朝着年底缓缓流逝。

这段时间，阿娇在大街上支了个摊子算卦，为了防止有人砸场子，还特意在摊子布上注明了"十卦九不准，算卦结果仅供参考"。

纪九司则在伤口恢复后，更努力地起早贪黑地读书，为年底的司考大典做准备。

张思竹被他爹软禁在院子里，瘸掉的腿日渐恢复。也大概是因为脚离地了，体内毒素被清了，聪明的智商又占领高地了，纨绔子弟张思竹，竟然也开始努力读书了，这让张岐山欣慰极了。

秦公公在宫中努力保全自己，太子和王贵妃似乎越来越不能容下他，开始费尽心机要置他于死地。

南真子则日日在宫中为圣上诵经祈福，教圣上练八段锦，努力为圣上调理身体。

而太子和王贵妃依旧狼狈为奸，蛇鼠一窝，在宫中过着作威作福的痛快日子。

腊月初一，京州下了第一场雪。

白雪皑皑，漫山遍野，将世间万物都覆上了一层厚厚的白。

还有五日就是司考大典，京州城内，到处都是从全国各地聚集来的书生们，整个京城挤得水泄不通。

几乎大大小小的客栈，都被书生们挤占完全，不管走到何处都能听到书生们"之乎者也"的读书声。

今年司考乃是由张岐山和另外六位内阁阁老亲自监考。因此，最近这段时间，张岐山忙得很，日日早出晚归，披星戴月，差点连吃饭的时间都没有了。

而由于张思竹这几个月表现优异，张岐山总算不再软禁他了，让他恢复了自由身，只是他去到哪儿，依旧有人跟着他。

阿娇这段时间偷偷为纪九司绣了护膝，却不敢直接送给他，而是指派了一个下人,让他给斜对面的纪府送过去,并吩咐别说是她送的。

那下人一口应下,立即就将护膝送了过去。

等到傍晚,阿娇正在院子中算卦,突然就见一道修长的身影站在她面前,正眸光灼灼地看着她。

纪九司的眉眼愈加成熟,愈显俊美。

他总是时不时溜到她院中来看她,阿娇已经逐渐习惯。

纪九司道:"谢了。"

阿娇有点心虚:"谢什么?"

纪九司低笑:"谢谢你陪着我。"

阿娇脸色涨红:"我陪你什么了?"

纪九司挑眉道:"我以为你将算卦摊子支在国子监旁边,是为了陪伴我。"

阿娇干笑:"你很幽默嘛,纪九司。"

纪九司看着她,但笑不语。

阿娇逐渐收了假笑,别开眼小声道:"考试加油啊,纪九司。"

纪九司:"好。"

想了想,阿娇又说:"就算考不好也没关系,你还这么年轻呢。"

纪九司弯起眼来:"好。"

等阿娇一抬头,才发现纪九司已经闪身在她面前,距离她很近。

阿娇脸色猛地涨红,身体猛地朝着一边倒去。纪九司眼疾手快捞住她,将她带到自己怀中。

二人身上的气味相互交织,弥漫在彼此的口鼻间。

阿娇脸颊滚烫,挣扎着从他怀中起身,有些狼狈。

纪九司道:"等考试结束,我会送你一份礼物。"

阿娇迷茫地看向他:"什么礼物?"

纪九司:"到时候你就知道了。"

阿娇点点头。

纪九司:"乖乖在家等我回来,不准靠近别的男人。"

阿娇又点点头。

可又觉得这话有点怪怪的,她反驳道:"我的事,就不劳纪公子费心啦。"

纪九司嗤笑一声。

阿娇转过身去:"纪公子管好自己就行,还是多操心操心考试吧。"

可并没有人回应她。

阿娇转身一瞧,只见身后哪里还有纪九司的人影。

她怔怔地看着空旷的院子,怅然若失。

时间转眼就到了司考大典前夜。

这场考试会持续整整三日,考生须一直待在考场里,直到三日后结束所有考试,才能从考场里出来。

考生们入考场时,阿娇想去送纪九司,但她并没有露面,而是站在角落远远看着,直到纪九司入了考场,她才收回眼来。

这几日京城始终在下雪,阿娇沿着街道从考场走回家,心情无比复杂,七上八下的。

她正走着,突然听到后头有人在叫她。

她转头看去,便见身后人正是张思竹。

他披着大氅,长发用玉冠束起,显得神采奕奕,桃花眼透着多情。

他大步朝她走来,脚步又快又稳,可见腿疾已是好全了。

阿娇高兴极了:"你的腿疾!太好了!"

张思竹一眨不眨地看着阿娇,忍不住也笑了起来:"我的腿好了,你喜欢吗?"

阿娇脸上的笑容微僵。

张思竹搂着阿娇,上了停在路边的马车。

马车不疾不徐,朝着城郊而去。

阿娇疑惑道:"你带我去哪儿?"

张思竹静静地看着她:"去什刹湖看雪景。"

阿娇应了声，便自顾自地看着窗外景色。

一路上，二人谁都没有再说话。

这段时间张思竹被他爹软禁在家，直到前段时间才放出来，算起来，阿娇已经将近四个月没有见到他了。

他眸光深深，看上去似乎稳重了很多。

一个时辰后，马车停在了什刹湖边，张思竹带着阿娇下了马车，直奔什刹湖旁的亭子。

亭子内，竟早已布置好了点心和热茶，小炉燃烧正旺，上面的茶壶不断弥漫出热腾腾的蒸气。

阿娇疑惑地看向张思竹。

张思竹则始终笑吟吟地看着她。

他不过拍了拍手，亭内的下人们便全都退了下去。

一时间，整个凉亭内，只剩下他二人。

张思竹拉着她走到亭边，指着前方完全结冰的什刹湖，柔声道："好看吗？"

阿娇点头："好看是好看，就是怪冷的。"

张思竹连忙脱下了身上的大氅，披到她身上。

下一秒，张思竹正色看着她，柔声道："阿娇，嫁给我。"

阿娇蒙了。

他一眨不眨地看着她："我们定亲吧，明天就定亲，定亲礼我都已准备好了，只要你答应，下午就能抬到你家去。"

阿娇彻底冷下脸来，她脱下身上的大氅扔回给他，转身就要走。

张思竹低声道："圆圆这是要拒绝我？"

张思竹："为什么要拒绝我，又是因为纪九司？"

阿娇猛地转过身来，怒视着他："张思竹，到底之前是谁悔婚了？我那些克夫的传闻到底是怎么流传出去的？难道我没有给过你机会吗？如今你竟如此责怪我！"

张思竹面无表情地看着她："之前为什么悔婚，是因为纪九司找了我爹，他用治疗我的腿疾做交换，逼我放弃和你的婚事。"

张思竹眸色发红："是他卑鄙无耻，使手段阻拦了我们的婚事。"

阿娇怔住，喃喃道："那、那我克夫的传闻……"

张思竹："天杀的纪九司，自己不敢上门提亲，就抹黑你的名声，让别人也不敢娶你，这样心机深沉的人，多可怕！"

阿娇更怔了，她是真没想到真相会是这样。

她忍不住就低笑了起来，心底竟然有点美滋滋的。

纪九司这是什么意思，难道他也对她动心了？

张思竹气得不行："你笑什么？"

阿娇努力地控制住自己上扬的嘴角，说："我不是，我没有，我可生气了，哼！"

张思竹说道："所以嫁给我吧。让纪九司看看，咱俩才是真正的情比金坚。"

阿娇想了想："张思竹，天太冷了，我们先回京好不好？"

张思竹："你不答应，我就不走！"

阿娇转身："那你留下来清醒一下，我先走啦。"

张思竹急忙叫住她："慢着。"

他又走上前，拦住了阿娇的路。

他的眼神有些阴狠："阿娇，别忘了，这次大考主考官是我爹。"

张思竹："倘若你想让纪九司上榜……阿娇这么聪明，应该明白我在说什么。"

阿娇怔怔地看着他，脸色逐渐僵硬。

张思竹伸手抚过她耳畔的乱发："今天就定亲吧，我会好好对你的，谢圆圆。"

阿娇一眨不眨地看着他："你在威胁我。"

张思竹低笑："对，我在用纪九司威胁你。是不是很卑鄙？"

张思竹缓缓抚过她的脸颊，哑声道："卑鄙也认了，只要能得到你，我在所不惜。"

可阿娇一把打掉了他抚摸自己脸颊的手,她冷冷道:"你变了。"

张思竹却将她搂在怀中,紧紧禁锢:"我是变了,那又如何?"

司考大典这三日,京城内发生了两件大事。

第一件事,是张思竹竟然又和谢家的独女定亲了,这一对也是奇葩,前前后后拉扯了这么久,没想到最后还是在一起了。

对此,京城百姓的态度是:尊重,嘲笑。

而第二件事,则是和司考大典有关——有考生作弊。

这件事闹得很大,最开始从考场内传出来的消息声称,作弊的正是纪府的公子纪九司。

一时间,坊间舆论甚嚣尘上,众人怒骂纪九司竟然作弊,可见平日里在国子监内的众考第一也是靠作弊得到的?真是知人知面不知心,如此下作。

众人聚集在一起怒骂,一副要将纪九司彻底踩在脚底的架势。

这件事的传播速度实在是太快了,仿佛背后有人在推波助澜一般。阿娇不过是出门买点甜点,便将这些流言蜚语听了个彻底。

她实在是气不过,当着众人的面便和那些乱嚼舌根的人吵了起来,最后是丫鬟小阮拼尽全力将她拖回了家,一边让她消消气。

可等到了下午,事情就出现了反转。考场内又传出了新消息,说作弊的并不是纪九司,而是一个叫秦修丝的考生,因为名字和纪九司特别像,所以听错了。

只可惜造谣一张嘴,辟谣跑断腿,辟谣的人喊了一圈又一圈,都抵不过谣言的传播速度快。

阿娇气得不行,干脆暗中出了点银子,雇了好些人在各大客栈和夜市辟谣,这才总算让纪九司的清白恢复了些。

等到大考结束的这天傍晚,阿娇只敢躲在马车内,远远地看着无数考生从考场走出来。

一直等到纪九司也从考场走出来后,阿娇终于忍不住笑了起来。

暖黄的夕阳下,纪九司身姿挺拔地走下台阶,面似白玉,狭长双眸中波光暗涌,散发着运筹帷幄的自信。

这样出众的男子,她一眼就能在人群中找到他。

她深深地看着他,直到纪九司也上了纪府的马车,她才惶惶收回眼来。

一旁的小阮有些伤感,湿润着眼睛轻声道:"小姐,您……您若是没有定亲,您和纪公子之间,会不会有别的结局呢?"

阿娇别开眼去,眼角有泪滴落下,嘴边却笑道:"傻小阮,我和纪九司,是不可能的。

"这辈子都不可能了。"

她想起三天前在什刹湖边,张思竹对她说的话,眸光暗淡,垂眸道:"回了吧。"

当日夜里,阿娇正在院中发呆,突然便见眼前多了一道修长的身影。

他穿着氅袍,上面绣着艳色的牡丹,可不显女气,反而平添傲色。

正是纪九司。

他的脸色并不好,漂亮的眉目中透出隐隐邪气:"你定亲了?"

语气直白,开门见山。

阿娇看着他,眸色平淡无波:"对,我定亲了。"

纪九司一眨不眨地看着她,过了许久,却又笑了起来:"为何如此急着定亲?"

阿娇道:"张思竹向我求婚,我想了想,似乎没有拒绝他的道理,于是便答应了。"

纪九司微微眯眼:"所以,你之前说的爱我,与我的海誓山盟,都是假的?"

阿娇:"是真的。"

她的语气平淡得可怕:"只是时光匆匆,岁月亦逝,人的心也是会变的。你说呢?"

纪九司一步一步走近她,眼神深邃又幽暗。

阿娇回望着他,毫不退缩。

他站定在她面前,陡然伸手搂住了她的腰肢。他笑得有些蛊惑:"所以人心会变,只有权势不会背叛我,是这样吗?"

阿娇怔怔地看着他,只觉得这样的纪九司,莫名有些可怕。

纪九司靠近她,在她耳边低声道:"乖乖等我,我很快就来接你。"

他说话时,邪气四溢,语气无端暧昧。

阿娇有些惊慌地后退一步,转过身去慌乱道:"你在说些什么啊,我、我已经和别人定亲了,请你自重!"

她心底的一池死水,被他轻易搅弄得波澜四起。

可她身后只剩下满室的静谧,她缓缓转头看去,只见身后空空如也,哪里还有他的身影。

等到第二日,张岐山亲自带着张思竹上门来了。

张岐山看上去很生气,阴沉着脸十分恐怖,直说要见谢华。可谢华还在刑部当值,并未回来,因此是阿娇亲自接见的他们。

张岐山对阿娇开门见山:"这门婚事算不得数,还请姑娘收回。"

阿娇看向张思竹:"这是你的意思,还是你爹的意思?"

张思竹对阿娇赔着笑脸:"阿娇放心,我绝不和你退婚!"

话音未落,张岐山抬脚就对着张思竹重重踹了一脚。

张思竹疼得龇牙咧嘴。

阿娇将张思竹拦在身后,对着张岐山沉静道:"亲事已经定下,为何张伯父要三番五次与我悔婚?可是在玩弄我谢家?"

阿娇:"倘若张伯父执意要退婚,那就请户部来评一评理吧,看看这婚事到底能不能退。"

张思竹在一旁帮腔:"就是!怎么能想退亲就退亲,未免也太不尊重谢伯父了!"

张岐山自知理亏,彻底黑了脸,又扯着张思竹的耳朵离开了谢家,将他扯上了回府的马车。

回府之后,张岐山对着张思竹厉声道:"你明知那纪九司的真实身份，竟还要做这种蠢事，是嫌日子太好过了不成？"

张思竹蹲在地上，讥嘲一笑："正是因为知道纪九司的真实身份，我才有了胜算。"

正是因为纪九司是皇子，阿娇才会彻底对他死心，和他保持距离。

他从小和阿娇一起长大，实在是再了解她不过。阿娇绝不会甘心进入宫闱之中，成为一只被豢养的金丝雀。

她是南真子的徒弟，她比谁都要向往自由。

在纪九司和自由之间，很明显，她会选择后者。

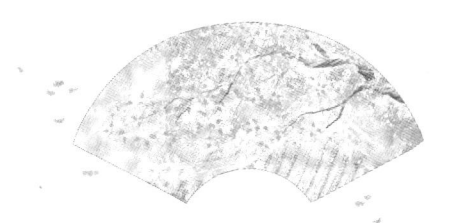

## 第六章
### 司天监

由于张思竹擅自和阿娇定亲，张岐山在面对纪九司时，格外心虚。

等到司考放榜这一日，张岐山亲自去了纪九司府上报喜，恭喜他夺得魁首。

可纪九司满脸的似笑非笑，看上去阴森森的，搞得张岐山心理压力很大。

报完喜后，张岐山灰溜溜地离开了纪府，只觉得自己这么多年首辅的傲气，在这一刻都被粉碎了个干净。

于是，他对自己那不争气的儿子的怒气更上一层楼，回府后又对着张思竹发了好一通脾气。

而纪九司这边，张岐山前脚刚走，秦公公后脚就来了，擦着眼泪对纪九司表示了感动，絮絮叨叨地说了一大堆，末了又道："五日后便要入宫进行封赏，还请小殿下继续努力，争取在圣上面前留下个好印象。"

纪九司自是应好。

秦公公这才满足地走了。

大考结束了，纪九司难得空了下来，不用再看书，也不用再去国子监上学，总算有机会做点其他的事。

他走出门，直接就去了斜对面的谢府，熟门熟路地入了阿娇的院子，就看到阿娇在院子里发呆。

他闪身到她面前，笑吟吟地看着她。

阿娇吓了一跳，干巴巴道："你又来做什么？"

阿娇又皱起眉："你总是这样直接闯进来，真的很没礼貌。"

纪九司点头："我确实不是一个有礼貌的人。"

阿娇抽了抽嘴角："你倒是很诚实。"

纪九司抬头看了眼天色，今日日光很好，寒冬腊月天，难得出了大太阳，照在人身上暖洋洋的。

他提议道："随我去一趟什刹庙。"

阿娇疑惑极了："去什刹庙做什么？"

纪九司："还愿。"

阿娇："纪公子自己去吧，我……"

纪九司从怀中掏出一袋银子："我要算卦。"

"我一定跟上，"阿娇不动声色地将银子收了，脸上扬起了热情的笑容，"您要算什么？"

纪九司转身朝门口走去："算前程。"

阿娇提着裙子快步跟上。

一刻钟后，二人已经坐上了前往什刹庙的马车。

今日是放榜日，整个京城都在谈论榜上的名次。纪九司夺得魁首一事很快就传遍了整个京城。

之前那些质疑纪九司作弊的人，倒是都消失不见了。

阿娇道："恭喜你摘得榜首，果然皇天不负苦心人。"

纪九司眸光温温地看着她："只是这样恭喜吗，是不是太敷衍了？"

阿娇一愣，随即有些不自在地别开眼去："你想要什么？"

纪九司的眼神莫名让她脸颊发烫，使她不敢再看。

纪九司轻笑："我想要什么，你就给什么？"

阿娇:"只要在能力范围内。"

纪九司:"那就和张思竹退婚吧。"

阿娇怔住,心跳如擂,脸逐渐涨得通红。

她哑声道:"日后还请不要再说这种莫名其妙的话了。"

她别开身,伸手拉开窗帘,看向窗外飞速后退的风景。

一路上,二人谁都没再说话。一直到了什刹庙,二人下了马车,并肩入了庙内。上香,还愿,烧经。

末了,阿娇让纪九司写下生辰八字,又让他抽了签,再一齐递给她。

阿娇接过签文,又看了眼生辰八字,半晌,脸色越来越怔。

之前在什刹湖边,张思竹就和她提起过纪九司的身份。如今再看他的生辰八字,还真是……出乎她的意料。

纪九司在她身边负手而立,微微眯眼:"怎么了?"

阿娇愣了半晌,才低声道:"没、没什么。"

她转身率先上了马车,可依旧有些发呆。

等纪九司也上了车,阿娇才意味深长道:"紫微帝相,百年难遇。纪公子何必再算前程,你的前程,你不是早就运筹帷幄了吗?"

纪九司嗤笑一声,不置可否。

张思竹说得对,她和纪九司是不可能的。她根本就不适合纪九司,她过不了那种生活。

而他,也给不了她想要的。

阿娇深呼吸,努力压下心底涌出的苦涩,嘴边却露出了释怀的笑意。

没关系,她已经和张思竹定亲了,来日方长,时间一定能慢慢抚平一切。

阿娇倚靠在座位上胡思乱想,纪九司却突然让马车停下,非要拉着阿娇去什刹山的半山腰看蜡梅。

今日日头好,可迎面吹来的风还是冷寒无比。他们二人走在蜡梅树下,看着在寒风中簌簌摇摆的艳色梅花,倒也别有风情。

阿娇抬头看着蜡梅,却没注意到纪九司在温柔地看着她。

风很大，她的脸颊被冻得微红，比蜡梅还要好看。

纪九司陡然道："我说过，等考试结束，我会送你一件礼物。"

阿娇这才回过神来："你要送我什么？"

纪九司闪身到她身边，伸手摘下落在她发髻上的一瓣花瓣。

他身上的气息又将她完全笼罩，阿娇的脸色又开始发红。

她紧急后退一步，佯怒道："纪公子是不是忘了我已经定亲了？日后你我还是别靠得这么近，像什么样子……"

可话音未落，纪九司突然就伸手搂过阿娇，带着她飞身上了身旁的一棵树干。

阿娇正要发出惊呼声，就被纪九司眼疾手快捂住了嘴，将她嘴中的声音遮挡了个严严实实。

他将她搂在怀中，姿态暧昧。阿娇瞪他一眼，正待挣扎，可纪九司却无声地指了指地面方向。

阿娇一愣，才听到远处似是有几道脚步声传来。

阿娇脸色猛地涨红了，心道这是什么意思，难道他们是在偷情吗，所以见不得人？有人来了又怎么样，他们又没做什么亏心事，有什么见不得人的啊！

阿娇又想说话，可纪九司又指了指地面。

她一眼扫过去，便见……便见一对男女正朝着树下走来。

最重要的是，这对男女可真是，眼熟。

正是张思竹……和乔巧。

只是张思竹的眼神很复杂，而乔巧则娇娇地看着他。

乔巧的声音透着淡淡的悲切："可是思竹，你已经和圆圆定亲了，那我呢，我该怎么办才好？"

张思竹走到她面前，伸手揉了揉她的脑袋，安慰道："乔巧，你爹可不会允许你做妾，我觉得你最好还是另觅良缘，忘了我吧。"

乔巧却一头扎进了张思竹的怀里，声音已然带上了哭腔："倘若我能轻易忘了你，我又何须活得如此痛苦？"

乔巧一边说，一边悲伤地落着眼泪，精致漂亮的面容就像易碎的琉璃："张思竹，你说过不会伤害我的，你明明说过的！"说到最后，已经带上了几分歇斯底里。

张思竹显然也很痛苦："可我从小就喜欢阿娇，我也没办法。"

乔巧突然又抓住了他的手，悲伤的眼神中弥漫出了一丝希望："不如你娶了我，让我和圆圆妹妹做平妻好不好？我不介意和圆圆妹妹共同服侍你……"

张思竹吓了一大跳："啊？这不太好吧？"

躲在树干上的阿娇也吓了一大跳，差点摔下去，幸好身边的纪九司抓得够牢。

树下还在继续。

乔巧擦掉眼泪，突然又破涕为笑起来："张思竹，你从小就事事都依顺我，这件事你也会顺着我的，对不对？"

她抓住了张思竹的手："我相信你一定不会辜负我的，对不对？"

张思竹一脸吃瘪的表情，嘴唇紧抿，并没有反驳。

乔巧这下是彻底开心了，她笑吟吟地拉住张思竹的手，朝前走去："走吧，我们回京。"

乔巧拉着张思竹缓慢走远。

等他们的背影彻底消失了，纪九司才带着阿娇从树上飞身下来，落回地上。

纪九司淡淡地道："天色不早，咱们也该回京了。"

阿娇现在的心情相当复杂，她甚至觉得自己的脑袋上突然多了一顶绿油油的大帽子。她沉默不语地跟在纪九司身边。

纪九司安慰她："看来张思竹确实是个好人，对喜欢他的女人做不到完全拒绝，不忍心伤害对方。"

纪九司："你倒是有福气。"

阿娇翻了个白眼："谢谢夸赞。"

哼,这话越听越像是在讽刺。

纪九司嘴角泛着低笑:"恭喜你了。"

阿娇:"闭嘴吧你。"

纪九司弯着眼,似乎心情很好。

等回到家后,阿娇前脚才踏入院中,后脚张思竹就来了,手中还提着阿娇最最喜欢吃的桂花糕。

阿娇看着他的眼神格外复杂。

张思竹抬手在她面前挥了挥:"怎么了,为何傻乎乎地看着我?"

犹豫半晌,阿娇问他:"下午你去哪儿了?"

张思竹微微停顿,才笑道:"我在家看书呢。"

阿娇默然。

张思竹作势要拉阿娇的手朝屋内走去,却被阿娇不动声色地躲了过去,让张思竹扑了个空。

他感觉阿娇今天怪怪的,但也没多想,依旧和她说着今日自己看书如何如何枯燥,如何如何无聊,要不是只有读完两本书才能出门,他铁定坚持不下去,吧啦吧啦地说了一大堆。

阿娇静静听着,无波无澜。

然后,张思竹又带阿娇出门,去城西一家新开的牛肉馆用晚膳。

说来也巧,等用完了晚膳,二人在街边逛街时,就撞见了乔巧。

乔巧又变成了娇媚温柔的样子,穿着雾紫色烟罗裙,丝毫不见下午时的悲伤脆弱。

阿娇和乔巧四目相对一眼,就很快别开眼去。

张思竹皱皱眉,也不和乔巧打招呼,直接拉着阿娇的手就绕过乔巧往前走。乔巧却陡然道:"谢姑娘,前头新开了一家水粉店,可要一起去逛逛?"

阿娇连忙从张思竹手中抽出手来:"好啊,一起去看看!"

于是,阿娇和乔巧并肩在前面走着,张思竹在后头跟着,大冬天的,额头竟然隐约冒出了汗。

阿娇和乔巧在新开的这家水粉店内相互分享着流行的色号，阿娇夸乔巧脸色红润有光泽，乔巧夸阿娇唇红齿白貌如花，竟然相当和谐。

以至于张思竹一时之间恍惚生出一种错觉，这是他的后宫在团建吗？

两位小姐一通大扫荡，将店内新品都拿了个遍，后头的张思竹头皮发麻地结了账。

店门口有好几级台阶，等两人下台阶的时候，突然间乔巧一个不稳，整个人滑下了台阶。

事情发生得太快，等阿娇和张思竹回过神来时，乔巧已经身形狼狈地摔在地上，发髻散了，步摇也歪了。

可就算是这样狼狈的乔巧，依旧美得惊人。

一时间现场气氛非常尴尬，乔巧双眸含水，悲情又忧愁地从地上作势站起身来，轻声道："我真是太笨了对不对？竟连走楼梯都会摔倒呢。"

张思竹愣着发呆，阿娇则快步走上前将她扶起，一边道："一定是我的裙摆不小心绊到了你，才让你摔倒的。乔姑娘，真是抱歉。"

乔巧连连摇头："怎么会呢，明明是我自己不小心。"

阿娇非常内疚："不，是我的错。"

乔巧："不，是我自己不小心，我真是太笨了。"

阿娇有些生气："明明就是我绊到你了。"

乔巧脸色涨红："我说了不关你的事！"

两位姑娘争着争着就要骂起来，围观的路人都用探究八卦的眼神偷偷瞥过来。

张思竹弱弱地插嘴道："别别——别争了，都都……都是我的错行了吧？"

乔巧和阿娇齐刷刷地瞪了张思竹一眼，随即各自朝着街道两边走去。一个向左，一个向右。

只留下张思竹站在原地丁瞪着眼。

他看看这头，又看看那头，到底是朝着阿娇的方向追了上去。

另一头的乔巧停下脚步，转头看去，就看到张思竹朝着阿娇追上去

的样子。

她眼中涌出泪水,抿紧嘴唇,已然心碎。

入夜后,阿娇躺在床上,眼前不断浮过乔巧扑到张思竹怀中悲切哭泣的样子。

她不明白,倘若乔巧喜欢的是张思竹,为什么当初会和纪九司定亲?

她翻来覆去地睡不着觉,干脆又起身坐在院子里发呆。

等到了后半夜,气温骤然下降,夜空中又开始洋洋洒洒地飘落雪花。

即使今日撞见了张思竹和乔巧幽会,她也连一丝生气都没有,只有对乔巧的感同身受。

她看到乔巧,就像是看到了自己。当初她就是这样卑微渺小地追随着纪九司,在感情中迷失了自我,毫无尊严。

不过没关系,她想,时间能抚平一切,比如现在,她已经可以不动声色地控制自己的情感,她再也不是当初那个犯傻的少女了。

三日后。

这日清晨,本次大考中金榜题名的考生们全都入了朝议殿,开始殿试。

殿内早就摆设成考场模样,众人鱼贯而入,按照考试名次坐在各自的桌前开始奋笔疾书。殿试由圣上亲自主监考,内阁各位大人辅助监考。

两个时辰后,由内阁的乔其宗大人亲自收卷,上交批阅,而考生们则在殿外焦灼等候。

御书房内,圣上坐在龙椅上眯着眼打盹,内阁众位则分秒不停地批阅考卷,气氛非常紧张。

又过了两个时辰,首辅张岐山将考卷按照商议好的名次依次排好序号,放在了圣上面前,让圣上定夺。

当然了,圣上身体不好,所谓的定夺也就是大概看一眼,走走过场。

果然,圣上眯着眼大概翻了翻,点头道:"好,不错。"

摆在最上面的卷子乃是纪九司的,这卷子的文章写得好,文风犀利,说治国得改革，得知贤，还得内检廉洁，明里暗里讽刺了一通朝内官僚主义盛行，到处都有蛀虫，得抓贪官。

圣上很欣慰："我大周江山代有才人出，未来可期。"

说完后，圣上又觉得纪九司这个名字有点耳熟，又问了一句："纪九司是何背景，为何朕觉得有点耳熟？"

张岐山非常公正地说："纪九司正是之前被太子殿下冤枉他弑父杀母的可怜孩子，前礼部侍郎纪康的独子。他在国子监常年第一，是一个非常出色的人啊。"

圣上深受震撼："不错，此子可堪大用！"

张岐山："圣上英名。"

这一日，圣上当众公布了殿试成绩，纪九司又夺魁首，一时风头无两。

等到出宫的时候，纪九司和太子临沛在汉白玉广场碰了个正面。

临沛穿着绛紫色的东宫朝服，上面绣着精致威风的麒麟，气势汹汹。他负手而立，眸光深深地看着纪九司，嘴角的笑意怎么看都透着挑衅。

纪九司十分镇定，面不改色地对他行了一礼，末了，便要绕过他往前走。

可临沛却脚下一拐，又拦在纪九司面前。

临沛似笑非笑："恭喜纪公子夺得魁首，张大人似乎格外欣赏你。"

纪九司不卑不亢："能得张大人喜欢，是草民荣幸。"

临沛走近他一步，压低声音道："就是不知道父皇会不会喜欢你，你说，父皇会给你安排什么职位？"

纪九司面色依旧平静："圣心难测，不敢妄自猜测。"

临沛眸光阴鸷地看着纪九司，过了半晌，才发出了一阵低笑，绕过他大步走了。

纪九司也无声讥笑一声，甩甩袖子走人。

翌日早朝，新科进士们跟随着文武百官入宫上早朝，浩浩荡荡。

等百官们说完正事，便开始给新科进士们安排职位。

第一个就轮到纪九司。

圣上眯着眼睛,有些昏昏沉沉地说:"张爱卿,私以为给纪九司安排何职为妥啊?"

张岐山走出一步,禀道:"回圣上,纪九司身为魁首,才华无可限量,不如入翰林做个学士,下官可亲自带他。"

圣上点点头,正待说话,就见站在一旁的临沛突然走出来一步,躬身说道:"且慢。"

张岐山微微眯眼,看向临沛。

临沛对着圣上作揖,说道:"纪九司确实才高八斗没错,只是他的父母才逝不到一年,按照道理,本该要满孝期一年,才可参加大考。"

张岐山眸光愈深。

临沛:"是张大人给他开了先例,免了他的守孝期限,可论说起来,此举是不是太过不孝了?"

果然,这话一出,高座上的圣上顿时就皱了皱眉。

文武百官也开始频频低声议论。

支持张岐山的官员们,上前一步,表示支持张岐山的决定,不用那么死板,毕竟规矩是人定的。

也有几个支持太子的,也站出来一步,表示忠孝礼义,要讲廉耻,规矩怎能说破就破,吧啦吧啦。

倒是纪九司本人一副气定神闲的样子,似乎根本就不在意。

整个朝议殿吵得嗡嗡响,就跟一群苍蝇到处飞一样,让圣上烦得不行,他皱着眉头道:"别吵了。"

众人瞬间噤声。

圣上看向临沛:"那太子有何高见啊?"

临沛:"虽说纪九司此举略有不孝,可到底是有几分真才实学的,依儿臣看,不如就先让纪九司去司天监当个监丞,既能为亡父亡母祈福,又能磨炼自己,岂不是一举两得。"

圣上眯着眼点了点头,显然非常认可自己儿子说的话。

张岐山在一旁沉声道:"让一介书生去司天监观察天气研究气象,像什么样子!"

临沛笑眯眯的:"南真子不是在宫中吗?南真子是大师,让南真子教教他不就是了?"

张岐山阴沉着脸还想反驳,就听高座上的圣上说道:"不错,此法甚妥。"

圣上眯着眼道:"纪九司。"

纪九司这才从百官中走出步。

圣上:"朕就封你暂去司天监任监丞一职,你可愿意?"

纪九司淡定极了:"微臣领旨。"

圣上:"若有不懂的,可随时去向南真子请教。"

纪九司陡然道:"南真子大师要帮圣上调理,微臣不敢叨扰大师。"话及此,话锋一转,"据微臣所知,南真子有个徒弟,亦是擅长天象玄学,不知微臣可否向南真子的徒弟取经?"

圣上想都没想就答应下来:"准奏。"

一旁的谢华脸色一惊,正待走出来禀明圣上万万不可,就见圣上已经打了个哈欠:"好了,朕乏了。余下进士们,且听张爱卿安排就是。"

话及此,圣上已经在旁边秦公公的搀扶下,晃晃荡荡地起身走人。

就此退朝。

谢华一脸菜色。

广场上,谢华抹了把脸,急忙冲到纪九司面前去,质问他为何莫名要将自己的女儿拉扯进来。

可纪九司的脸皮显然比他想象的要厚多了,只听纪九司回:"因为我是故意的。"

谢华气得够呛:"纪九司!你竟是如此厚颜无耻之人!"

纪九司点点头:"我就是。"

谢华更无语了,听听,这是人说的话吗?

张岐山也走上来了,沉着脸压低声音道:"纪大人,且暂时在司天监待着，本官会想办法。"

纪九司点头："好。"

谢华依旧很生气，对张岐山道："张大人，阿娇乃是思竹的未婚妻，怎能整日和外男拉拉扯扯，不清不楚啊？"

张岐山看了谢华一眼："无妨，九司不是外人。"

谢华瞳孔震惊。

张岐山走在纪九司身边，甚至还贴心地帮他理了理身上的官服。

然后，二人并肩走了，好像他们才是亲父子一般。

谢华瞳孔再次震惊——敢情小丑是我自己。

后宫。

临沛又去了王贵妃的景阳宫。

他今日心情好，进入殿内时也是笑眯眯的，让王贵妃忍不住提了提眉。

王贵妃是个年近四十的女人，保养得当所以并不显年纪，反而透出熟女的气息。

王贵妃道："今日太子似乎很开心。"

临沛低笑着走到她身边："当然开心。"

他抬起王贵妃的下巴，一张娃娃脸笑得阴森森的："本宫成功让纪九司去司天监数星星去了，你说本宫开不开心？"

王贵妃嗔怪地捏住了他捣乱的手，一边娇柔道："太子开心就好。"

临沛弯腰，对着王贵妃的耳边吹了口暧昧的气息，压低声音道："后续本宫的计划，便可派上用场。"

他眯起眼："贵妃，等纪九司死了，你我总算能去块心病。"

王贵妃脸色红红，眉眼娇滴滴的："谁说不是呢，本宫可是日日盼着那一天，还请太子别让本宫失望……"

临沛弯腰就将王贵妃打横抱起，低笑道："失望？自然不会让贵妃失望……"

王贵妃故作挣扎："等会儿安宁要过来的，可不能这样。"

临沛："那就让嬷嬷陪安宁出宫玩去。"

说话间，临沛已经带着王贵妃上了床榻，床幔之下，满床春光。

另一边，纪九司出宫之后，直接就去了谢府找阿娇。

纪九司来的时候，阿娇正在院子里为自己算卦，只是说来也奇怪，连摇了三个卦象，都是怪异的上上签。

难道她今日足不出户，还会有好事发生不成？

就在阿娇疑惑时，一抬头就看到纪九司如鬼魅般站在了她面前，吓得她差点栽倒在地。

纪九司开门见山："圣上亲令，让南真子的徒弟辅助我入司天监当值。"

阿娇怔怔地看着他，久久不能回神。

当然也是因为这句话中的信息量实在是太大了。

南真子的徒弟，辅助，司天监当值。

阿娇猛地回过神来，皱眉道："你入了司天监？"

阿娇："你一个书生，去司天监？"

纪九司点头："司天监监丞。"

七品芝麻官本官。

阿娇"扑哧"笑出了声，只是笑着笑着，是再也笑不出来了："你去司天监，为何要我辅助？"

纪九司："圣上亲令，不如阿娇去宫中问问圣上？"

阿娇气得不行，什么上上签？这是好事吗？这难道不应该是下下签吗？

她半信半疑，干脆亲自去刑部找谢华确认。

谢华放下公务来见她，心情也很沉重："女儿，为父已经尽力了，可实在是无力回天……"

阿娇的心情瞬间也沉重起来，抹起了眼泪："罢了，女儿明白了，是女儿命苦……"

此时路过一位大人,他震惊且小心翼翼地问道:"谢大人丧偶了?"

谢华:"滚。"

阿娇彻底认命了,满怀心事地回了府。

只是她嘴角却忍不住笑了起来,可理智又告诉自己不能笑,于是只见她又哭又笑,又笑又哭,看上去就跟疯了一样,让小阮非常担心她的精神状态。

翌日一大早,纪九司果然来接阿娇去司天监当值。

一刻钟后,纪九司和穿着男装的阿娇正式踏入了司天监的大门。

司天监位于皇宫不远处,前有水后有树,乃是风水宝地。

二人入门后,先后参见了总监少监,又分别见过春夏秋冬四正官,这才开始一天的工作。

总监云伯仲是个很和蔼的老头,留着长长的山羊胡。他眯着眼睛打量着纪九司和阿娇,小小的眼睛里是大大的好奇。

云伯仲道:"谢公子当真是南真子的徒弟?"

阿娇点头:"正是。"

阿娇拜了南真子当师父,这件事并没有多少人知晓,只有和她亲近些的人才知道。在外人眼里,身为南真子的徒弟那必然是很厉害的存在。

云伯仲眼睛发光,坐在云伯仲身边的少监云松泉也开始眼睛发光。

二人走到阿娇面前,非常真挚地邀请阿娇给他们看看手相,断断八字。

阿娇非常热情地应好,同时又看向身侧的纪九司,语重心长道:"看好了,多学着点。"

纪九司饶有兴致地点头应好。

首先是云伯仲,阿娇拿过他的生辰八字,再结合他的面相,沉吟半晌说道:"云大人额宽丰隆,眉下眼顺,胸有才能。剑眉腥鼻,为人宅厚;早年辛,中年起运。"

云伯仲连连点头:"大师说得好,说得好啊!"

阿娇又瞥了眼他的八字,略沉吟道:"只是刑克子女,只怕子女不顺,还需云大人对子女多多上心。"

云伯仲当场就给跪了："大师厉害啊！"

云伯仲确实有个不争气的儿子，整日只知混迹赌场，一摊烂泥扶不上墙。

阿娇安慰道："不过云大人放心，接下去会越来越好的。"

一旁的云松泉跃跃欲试："大师！那我呢？"

云松泉是个中年大叔，四十多岁，下巴留着一圈小胡子，眉毛短鼻子小，不聚财富，日子一定过得不宽裕。

阿娇微微一笑："云大人身体很好，以后会很长寿的。"

云松泉很开心，笑得合不拢嘴。

两位大人都很满意，各自回到了自己的位置上。

阿娇则带着纪九司去了司天监内的藏书阁，一边道："你要算命，就不能真的只算命。咱们命理师除了玄学算卦，分析八字，也充当一个心理安慰的作用。"

阿娇："毕竟说话是一门艺术，咱们得好好说话，说好话，这样客人开心，咱们也开心。"

纪九司点头："阿娇说得在理。"

阿娇在藏书阁内抽出了《渊海子平》《三命通会》等几本古书，以及解卦的几本，厚厚一摞扔给纪九司，这才道："将这些书都背下来。"

纪九司瞥了眼摆在最上头的《易经》，应了声好。

其实这一行，入门是极不容易的，还得有慧根才行。否则再怎么努力钻研，也只是个门外汉，一知半解，反而贻笑大方。

想了想，阿娇又补充道："反正你在司天监也只是暂时罢了，你做做样子就是了，若是学不进也无妨。"

纪九司又应了声"好"，老神在在地坐在位置上看书。

司天监内的这群人，大部分时间都在观察大自然和看古书，研究天气、玄学；有盛大节日时，就需要配合内务府准备祭祀用品之类的。

也是因为这个原因，监内的众人都比较优雅，做什么事都慢吞吞的。

而且也是真的热爱这个职业，天黑了也不下值，一个两个都抬着脑袋夜观星象，然后对着夜空中稀稀疏疏的几颗星星探讨一番，像极了后宫选美。

比如今夜，月晕础润，可见是快要变天了，地上的基石都湿了，大概明天要下雨。

云伯仲摸着下巴道："明日要下雨。"

云松泉点头："刮西北风，极寒，或是雨夹雪也未可知。"

云伯仲看向阿娇："谢公子以为如何？"

阿娇："那就雨夹雪。"

云松泉："行，出公告吧。"

众人皆应是。

等弄完了明天的天气预报，大家这才慢悠悠地准备下值了。

纪九司和阿娇并肩走在回府的路上，迎面吹来浓烈的寒风，确实是快要下雪了。

纪九司不动声色地靠近她，默默替她挡风，这才道："命理很有趣。"

阿娇有些感慨："只是越钻研就越觉得人生无趣。"

纪九司看向她："何出此言？"

阿娇指了指前方蹲在路边的乞儿。

寒冬腊月天，他身上紧裹着一件薄薄单衣，整个人蜷缩成一团，一张脸透出腐烂的卑色。

她面无表情地走上前，从怀中掏出一锭碎银扔到他碗中，这才重新走到纪九司身边。

她淡淡地道："你看，人生百态，有的人天生高人一等，有的人从出生就卑贱似泥。"

阿娇的眉眼透出怜悯："人生短短百年，谁都有自己的劫要渡，谁都逃不走。"

迎面吹来的风更大了，微微吹动她的衣摆，隐约透出她瘦削的身姿。

纪九司自嘲一笑："谁说不是。人卑贱如蝼蚁，天地间的蜉蝣罢了，却各个都看不清，狂妄自大，以为眼前的利益就是一切。"

阿娇道："命理不可全信，可也不能全盘否定，三分天注定，七分靠打拼。"

纪九司揉了揉她的脑袋："下雪了，回家吧。"

放眼望去，此时此刻的苍茫夜空中，又不断有雪花簌簌落下，透着缱绻的凄美。

他将她护在怀里，大步朝着远处走去。二人个子一高一矮，模样一个俊美一个清秀，在街上格外引人注目。

路旁的客栈上，张思竹站在二楼眸光深深地看着他们，将手中的酒壶捏得死紧。

阿娇就这么去司天监当起了值，云伯仲格外喜欢她，还特意让她做了主簿，也能领一份俸禄。

转眼便是十日过去，可这短短十日，却刷新了阿娇的认知。只因纪九司的学习能力实在是太强悍了，前几日她拿给他的那么多本书，竟然一转眼就全都记下了！

阿娇不信邪，又拿了几个八字让他批命，没想到纪九司已经能批得七七八八，实力相当之强……

时光飞逝，二人就在司天监的当值中，不疾不徐地迎来了年关。

除夕前夕，整个京城都热闹极了，大街上到处都是灯会和夜市，商户们各个铆足了劲儿努力吆喝，招揽生意。

朝廷也给官员们放了年假，让各位大人过个开心年。

只是开心都是别人的，阿娇想偷懒几日，却每日都被纪九司拎到纪府，让她教他算卦。

张思竹来找阿娇好几次，却连她的人影都没见到，只因他压根儿就进不去纪府的大门。

眼看年假就这么过去了，张思竹却连和阿娇独处的时间都没有，气

得他在家里发疯，咒骂纪九司。

张岐山好言好语地劝慰他："你和阿娇是不可能的，你非上赶着找虐，真是病得不清。"

张思竹表示"不听不听，王八念经"，气得张岐山又把张思竹软禁在院子里，让他闭门思过。

时间匆匆，转眼就过了大半月。

正月内的天气依旧凛冽，阿娇不但围上了大氅，脖子上还围着厚厚的一圈狐皮围巾。

而这段时间内，纪九司不但学会了批命，而且连大小六壬和六爻都学了个彻底，竟然马上就可以从阿娇这儿结业了！

阿娇心底震撼不已，面上人淡如菊："很好，你已经是个成熟的小师父了，可以自己接客巩固训练了，加油，我看好你。"

纪九司笑吟吟地应了声好。

翌日，阿娇已经在司天监的门口摆好了摊，正是之前她在国子监斜对面摆过的那个算卦摊子。

老长的一面条幅，上面还写着几个醒目的大字：十卦九不准，算卦结果仅供参考。

摊子支好后没多久，纪九司就迎来了第一位客人。

正是在暗中观察许久的张思竹。

这段时间，张思竹对于纪九司让阿娇做辅助这件事一直耿耿于怀，怀恨在心。他甚至也想潜入司天监找份职位入职，可他爹却怎么也不肯为他引荐，说是丢不起那人。

张思竹对此一度很伤心，大概也是看他太伤心了，张岐山这才松了口，说是只要张思竹能考上举人，他就能将张思竹引荐入司天监。

眼下张思竹冲到了摊子前，对着阿娇悲切道："阿娇等我，三年后我一定能考上举人，入司天监陪你！"

阿娇一脸不解。

纪九司点了点桌面："卜卦还是算命？"

张思竹抹了把脸,坐在他面前沉声道:"算姻缘!"

纪九司捡起毛笔:"八字?"

张思竹报上自己的八字,一边咬牙切齿地看着他。

纪九司看着八字,"啧"了一声。

张思竹眯起眼:"你这是什么意思?"

纪九司:"桃花旺盛,一妻多妾。"

张思竹脸色涨得通红,连忙看向一旁的阿娇:"他、他胡说,我才不会一妻多妾,我此生只会娶你一人!"

阿娇也是怔怔,她看着纪九司写在纸上的八字——他没说错,张思竹的桃花确实很旺盛。

张思竹当场翻脸:"果然算得不准,就这样的水平,你还出来支摊?"

纪九司低笑:"张公子反应这么大,似乎很心虚的样子。"

张思竹的脸瞬间更红:"你才心虚!"

纪九司挑着眉毛好整以暇地看着张思竹:"你该不会是外头已经有人了吧?"

张思竹气炸了:"不知纪大人有没有给自己算一卦?我猜你今天犯太岁,'流日不利'!"

纪九司随意掐指一算:"我今日是大吉,倒是张公子你今日有血光之灾。"

张思竹更气了,朝着纪九司就冲了上去。

下一秒,他被纪九司扫在了地上,手掌在地上磕出了血,流血不止。

纪九司负手而立:"看看,血光之灾这不就来了吗?"

阿娇默默地将张思竹扶起,张思竹转头抱着阿娇哭,哭得可怜巴巴。

张思竹非常悲伤:"阿娇,他打我。"

阿娇:"你要坚强。"

张思竹无语。

张思竹搂着阿娇,一副虚弱模样,可眼睛却对着纪九司投去了挑衅的眼神,仿佛在说"嘻嘻,我能抱媳妇儿,你能吗你能吗",很欠揍。

纪九司眸色眯起,陡然道:"阿娇,去将《穷通宝鉴》拿来。"

阿娇又拍了拍张思竹的脊背,这才松开他,转身回司天监拿书去了。

张思竹猛地看向纪九司,冷笑道:"就算你再怎么耍花招,阿娇都是我的未婚妻,你永远得不到她——"

下一秒,纪九司闪身到他面前,点了他的哑穴,将他扔到了身旁的梧桐树上,就跟扔麻袋似的。

纪九司揉了揉耳朵:"真吵。"

半炷香后,阿娇拿着《穷通宝鉴》重新走出来,发现只剩纪九司还在,已经不见张思竹身影。

阿娇疑惑道:"他走了?"

纪九司头也不抬:"大概是心虚,所以无颜见你,先走一步。"

阿娇微叹,也坐在纪九司身边,望着前方愣神。

纪九司陡然靠近她,然后缓缓伸出手,捋顺了她耳畔的一缕乱发。

远远看去,就像二人在亲密亲吻。

挂在树干上的张思竹脸色铁青,用尽全力发出了一丝呜咽声。

阿娇脸色通红想要避开,纪九司却适时地收回了手,身体退开了些,柔柔道:"有脏东西。"

阿娇愣愣地点了点头。

只是,阿娇忍不住抬头看天:"什么声音,是乌鸦在叫吗?"

她四处看了看,可什么都没看到。

纪九司站起身来:"乌鸦叫,不吉利,走吧,我们回了。明日再支摊。"

阿娇应了声"好",就这么跟着纪九司转身回了司天监内。

挂在高树上的张思竹呜咽得更大声了。

阿娇:"奇怪,乌鸦叫得好响。"

纪九司:"大凶之兆,赶紧撤吧。"

这一天,张思竹在树上挂了整整一夜,直到后半夜哑穴解开了,才终于呼唤来了打更人将他救了下来。

他冻得浑身发麻,差点人都没了。以至于多年后他回忆起这一天,依旧忍不住一阵瑟缩,发抖不止。

纪九司在命理玄学领域显然极具天赋,就连天气预报都汇报得十分准确,不曾出错。

大概是最近半个多月以来,司天监发布的气象预告实在是太准了,以至于朝堂内有不少官员都注意到了这一点,纷纷开始讨论起司天监来。

讨论的点就在于最近司天监怎么突然开挂了,最近的天气竟然基本都被测中了,是不是来了什么高人啊?

这时就有大人及时跳了出来,满脸八卦地说道:"你们忘啦?纪九司入了司天监啊!还有南真子大师的弟子在辅助他,这可不得了,你想想,南真子大师哎!南真子大师是何许人也?那可是大师啊!大师!"

一连多个"大师"砸得众人有些眼花。

别的大人接上话茬:"大师就是大师!比普通的算命师父能力强上很多!"

大人甲:"据说纪九司前几日帮张首辅的儿子算了一卦。"

此话一出,剩下的人纷纷围了上来,异口同声:"当真?算得如何?"

大人甲继续:"纪九司当场断定他有血光之灾,这话还没说完,他就真的摔了一跤,手上流血了!"

大人乙丙丁同时发出惊叹。

大人甲:"你就说绝不绝?绝不绝?"

"太绝了!"

"回头都可找他去算上一算,据说除了算卦,还会看病!"

"还会看病?"

"当然,据说专治疑难杂症!"

各位大人更震惊了,一个个都忍不住转起了眼,不知在盘算什么小九九。

等散朝后,大人甲溜进了张岐山的内阁书房。

大人甲对张岐山躬身道："大人，您让我说的，我全都已经说了。"

大人甲："用最夸张的修辞手法，极具渲染纪大人的厉害之处。"

张岐山点点头："做得好。"

张岐山看向他："去吧，内阁的位置，未来肯定有你一份。"

大人甲吃了张岐山画的饼，笑得合不拢嘴地告退了。

张岐山斜倚在位置上，也低低笑了，自言自语道："好好和百官打好交道，小殿下，这可是重中之重啊。"

翌日，在司天监门前摆摊的纪九司，突然发现自己的摊子前热闹了很多。

时不时就有人来卜个卦，算个命，更奇怪的是竟然还有找他看疑难杂症的。

比如说眼前这一位中年男人，他走到纪九司的摊子前压低声音道："都说你灵得很，不知你可能帮忙看看我的身体可康健啊？"

纪九司不动声色地打量着他的面相，很快收回眼来，低笑道："怕是不太康健。"

中年男人很是悲切，急忙道："可有补救办法？"

纪九司缓缓道："办法自然有。"

中年男人："快快道来。"

纪九司："明日你再来，我给你办法。"

竟然还卖了个关子。

中年男人被勾起了好奇，也不急了，连连应是，这才转身走了。

男人走后不久，阿娇从司天监内走了出来，站在纪九司身边道："这两天的客人多了不少呢。"

纪九司看向她："阿娇。"

阿娇歪着脑袋："嗯？"

纪九司眸光泛柔："你不是说，你擅长药膳吗？"

阿娇点头："对啊。"

纪九司对着她笑而不语，阿娇猛地回过神来："你的意思是，你摆摊算命,我支摊卖药膳面?"

纪九司:"阁老黄大人似乎有些难言之隐,帮他一把。"

阿娇有些迷茫:"什么难言之隐?"

纪九司:"男人怎么能说不行呢?大概就是让他行吧。"

该死,她竟然听懂了!

她涨红了脸,干声道:"我听不懂你在说什么。"

她转过身,咬着嘴唇大步回了司天监。

等到第二日,阿娇果然在纪九司的旁边支了个面摊。

依旧是那口熟悉的铁锅,依旧是熟悉的拉面,南真子大师……的徒弟所开的药膳面馆,就这么简单粗暴地开始营业。

大概是面摊飘出了香味,这一片乃是朝堂办公区,等到饭点,有好多大人和侍卫们都放弃了吃饭堂,跑来找阿娇下面吃。

阿娇最擅长做的就是红烧牛肉面,面一拉一甩往锅里一放,再爆炒一份红烧牛肉,往煮熟的面上淋上牛肉浇头,别提有多鲜美。

但凡来吃面的人都吃得满足极了。

只是阿娇今日只准备了三十碗份量的牛肉,没一会儿就卖了个精光。

没有排到队的食客很是失望,纷纷要求阿娇明日加量,多做些。

最忙碌的时候,纪九司一直在她身边帮着打下手,远远看去,仿佛妇唱夫随,好一对般配的小夫妻!

张思竹躲在暗处,咬着牙手不断抠着树皮,差点把树干抠出一个大洞。

张思竹在树下看了许久,直到饭点过去,面摊干前没人了,他才走上前去。

他看也不看纪九司,直直地走到阿娇面前,柔声道:"忙了这么久,一定累了吧?我给你带了你最喜欢吃的糕点,都是在张记买的。"

他一边说,一边擦了擦阿娇额头上的薄汗,姿态暧昧,末了,还对着她的额头亲了一口。

纪九司站在一旁看到,忍不住眯了眯眼。

153

阿娇红了脸，小声道："我、我自己擦就好。"

张思竹将阿娇搂在怀里，软软道："我的阿娇害羞了，真可爱呢。"

阿娇脸色涨得通红："光天化日的，张思竹你……"

张思竹却打断了她，低笑道："光天化日又如何，你我是定过亲的未婚夫妻，没人敢说什么。"

"不像有些人，明知你已经定了亲了，还一个劲地往你身边凑，"张思竹笑眯眯地阴阳怪气，"是谁我不说。"

阿娇连忙拉了拉张思竹的衣袖，尴尬极了。

纪九司：你直接报我名得了。

纪九司淡淡道："阿娇。"

阿娇下意识看向他。

纪九司："去将《梅花易数》取来。"

阿娇应了声"好"，正要转身去司天监取，可张思竹却重重拉住了她的手，沉声道："不准去！"

阿娇哄道："我只是去取本书而已，很快就回来。"

可张思竹却破防地站起身来，一下子就从背后抱住了她，哑声道："不准去，我不准你去！"

阿娇抽了抽嘴角，搁这儿演话本呢？

纪九司叹道："阿娇，你的未婚夫如此干涉你的工作，你一定很苦恼吧。"

他的声音透出浓浓的不解，又说："张公子，我只是让阿娇帮我取本书而已，你为何如此反应？"

阿娇作势要挣开张思竹的怀抱，可张思竹却双眼含泪更紧地抱住她，深情道："我是不会放开你的，阿娇，我此生都不会放开你！"

身后陡然传来一阵阴冷的声音："有病就去治，别在这儿丢人现眼！"

张思竹见鬼似的猛地松开了阿娇，侧头一看就看到了张岐山正脸色十分阴沉地站在自己背后不远处。

最重要的是，张岐山身后还站着足足六位内阁阁老。

此时内阁阁老们正全都眯着眼睛用一种一言难尽的眼神看着他,就像在打量一个傻子。

张思竹涨红了脸:"我没有,我、我只是……"

张岐山的老脸都被张思竹给丢尽了,他猛一甩袖,转身就走,脸色格外可怕。

张思竹连忙朝着自己老爹追了上去,一边回头对阿娇道:"我晚上去找你,记得等我!"

伴随着他的声音,张思竹逐渐跑远。

纪九司则对着这六位阁老露出了温和的笑意,示意他们坐下,又让阿娇拉面给他们吃。

一刻钟后,几个阁老吃着清水挂面,一边在纪九司的命理推算里,纷纷露出了满意的微笑。

纪九司把阁老们哄得高兴极了,一个个都付了银子、满足离去。

很快,众人都离开了,只剩下昨日来过的阁老黄大人依旧没走,正坐在椅子上眼巴巴地看着纪九司。

黄大人有些紧张:"纪大人,你昨日说让我今日来找你,你会给我解决办法,不知到底是何办法?"

纪九司看了眼阿娇。

阿娇连忙从炉子上取下一盅炖汤,摆在黄大人面前。

黄大人看了眼,这炖汤散发着药味,嫩黄的鸡肉在汤内沉沉浮浮,不断散发出鲜美的香气。

纪九司指了指炖汤:"这是枞蓉鸡汤,黄大人喝下,可药到病除。"

黄大人一听,很是激动,连忙一口一口将炖汤喝了个干净。

纪九司问:"感到身体有什么异样吗?"

黄大人站起来走了两步:"好像没什么不一样。"

纪九司:"你得用心感受。"顿了顿,"比如说,有没有觉得身体内部在燃烧?"

黄大人果然用心感受了一番,眯着眼睛道:"别说,丹田深处好像

确实有些火烫。"

纪九司笑眯眯的："这就对了。"

黄大人支付了丰厚的报酬，非常满意地走了。

阿娇在一旁默默地想，她在这个炖汤里放了三颗师父秘制的补阳药，身体不火烫才怪。

这种大补的补阳药，是南真子专门针对中年男性设计的，平日里他专门用来卖给有钱的乡绅地主补贴点家用。

一个月最多也就只能吃三颗。

如今黄大人一口气就吃了三颗，想必他这个月一定能在床笫之间生龙活虎，耀武扬威。

至于过了这个月该怎么办，那就继续服用呗，是肉眼可见的未来长线老顾客一枚呀。

等黄大人走后，阿娇沉默无言地收拾碗筷，一句话都没有和纪九司说。

纪九司和她说话，她也爱搭不理的，肉眼可见地不开心。

等到了下午时分，纪九司到底是将她拦在了梧桐树下，柔声道："阿娇怎么不开心？"

阿娇定定地看向他："你不该让张思竹在那么多人面前出丑的。"

纪九司低笑道："原来是心疼未婚夫了。"

阿娇认真道："张思竹没做错什么不是吗？纪九司，是你非要让我辅佐你的，所以张思竹才会生气，会吃你的醋。"

她继续说："就好比张思竹和别的女人纠缠不清，我也会不高兴，是一样的道理。"

纪九司点点头："你说得很对。"

阿娇深呼吸："你如今已经将功课都学得七七八八，已是青出于蓝而胜于蓝，我已经没什么能再教你的了。"

她对着纪九司深深作了个揖："从明日开始，我不会再来司天监当值，愿纪大人前程似锦，一切顺利。"

话及此，她绕过纪九司，转身就要走。

可纪九司却陡然道:"慢着。"

阿娇停下脚步:"纪大人还有何吩咐?"

纪九司依旧低笑着:"也愿阿娇能幸福。"

阿娇脚步不再停顿,大步朝前走去。

纪九司看着她离去的背影,嘴边的笑意愈加幽深,直到阿娇的背影再也看不到了,这才也转身离开。

当天夜里,阿娇又开始失眠。

她起身,也不点蜡,在黑暗里呆呆地坐在窗前,看着窗外汹涌刮着的凉风。

二月天,乍暖还寒,最难将息。

张思竹晚上并没有来找她,也不知道是不是被他爹给扣下了。

阿娇蜷缩在椅子上,脑子里乱糟糟的。

大概是这段时间和纪九司待得太久,几乎整日都和他待在一处,以至于只要她一闭上眼,满脑子浮现的都是他的身影。

笑着的他,看书的他,专注的他,给人断命时的他……

各种各样,交织在她的脑海里,快要把她逼疯。

她甚至开始怀疑,她当初答应和张思竹定亲的做法到底是不是正确的。

当初在什刹湖边,张思竹告诉她纪九司的身份后,说愿意和她结成契约婚姻。

张思竹让她给他三年时间,倘若三年后她还是没有爱上他,那他便放她离开,与她和离。她一时脑热,当场就答应了下来。

她心底沉甸甸的,自言自语道:"阿娇,别胡思乱想啦。"

她揉了揉有些酸涩的眼睛:"不切实际的梦,也该早点醒啦。"

是啊,清醒一点,别再沉迷了。

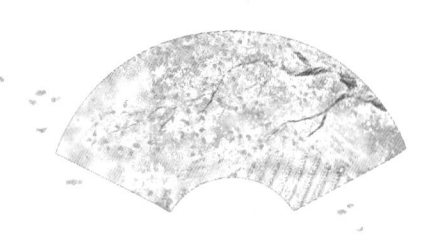

## 第七章
### 太傅之死

阿娇躲在家的这几天，谢家变得格外热闹。

大概是因为前几天阿娇给黄大人做的那份枞蓉鸡汤效果太好了，黄大人转头就兴致勃勃地和身边众人分享了司天监门口药膳摊子的灵性。

黄大人身为内阁阁老，带货能力一流，于是朝内众多患有顽疾的官员纷纷拥到了司天监门口，想要吃一次南真子大师的徒弟亲手做的药膳。

可谁知他们过来一看，才发现摊子已经人走茶凉，只剩下纪九司一个算卦摊子孤零零地支着。

众人上前问："药膳摊子呢？"

纪九司非常伤感："走了。"

众人："走哪儿了？"

纪九司："在谢府。"

众人："哪个谢府？"

纪九司："刑部侍郎谢府。"

众人一听，于是纷纷拥入了谢府，一个两个都向谢华打听南真子的徒弟是不是住在谢家。

谢华被同僚们问得不胜其烦："不在不在，快走快走！"

同僚甲："我觉得谢大人您不诚实。"

同僚乙："好东西要一起分享，谢大人您独享药膳，未免不讲武德。"

一时之间众人叽叽喳喳，差点掀翻了谢府的天花板。

最后还是阁老黄大人走上来，拉过谢华的手低声道："谢大人，您不是一直想要乌莲居士的《春晓图》吗？"

谢华沉下了脸："黄大人，你看我是那种自私自利的人吗？"

谢华："你放心，我绝不会独享南真子徒弟的药膳，明日我就劝她回去摆摊，您且放心。"

黄大人非常感动："谢大人，您果然廉洁正义！"

两位人人商业互吹后，黄大人带着别的官员离开了。

谢华一想到那幅《春晓图》，就忍不住一阵心动，转身就飞奔入了阿娇的院子，一边大声呼唤："我的乖女儿！"

阿娇正在院子里看话本，一边品茶，享受难得的夕阳。听到呼唤后，她从话本中抬起头来，看向老爹。

谢华先是关心了一通阿娇："最近吃得好吗？睡得香吗？我的女儿有没有不开心？"

阿娇打断他的絮絮叨叨："说重点。"

谢华非常真诚地给出了自己的建议："我这乖乖女儿的药膳摊子，人气很旺盛啊，不如请继续营业吧？"

阿娇当场拒绝："想都别想！我不会再去司天监了！"

谢华："为父只是觉得助人为乐是一件很积阴德的事，女儿你不是最喜欢积阴德吗？"

阿娇嘴角一抽。

谢华见状，微微叹气："罢了，女儿开心才是最重要的，别的都不及我的女儿重要。"

谢华转身就要走，背影莫名孤独。

阿娇忍不住道："这次是能升官还是能赚钱？"

谢华下意识地道："不是升官也不能赚钱，是乌莲居士的《春晓

图》哦!"

阿娇嘴角抽了下。

谢华连忙捂住自己的嘴巴。

阿娇叹口气:"罢了,我知道了。"

谢华小心翼翼地看着她。

阿娇转身回屋,默默地看着墙壁上的《春晓图》赝品发呆。

他父亲是乌莲居士的狂热追随者,所以家中的字画,几乎都是乌莲居士的。当然了,大半是赝品。

谢华走到阿娇身边,揉了揉她的脑袋,柔声道:"这几天我的圆圆不是在发呆,就是在发呆。"

谢华:"为父只是跟你开个小玩笑,希望你开心一点。"

阿娇的声音有些低落:"父亲,我怕我控制不住自己的心,覆水难收。"

谢华拍了拍她的肩膀:"为父支持你勇敢追爱。"

阿娇不说话了。她父亲不知道纪九司的身份,所以可以毫无负担地这样说。

可她不行,她做不到自己骗自己。

阿娇:"我……我再想想。"

谢华拍了拍她的肩膀,转身走人。

等到了晚上,师父南真子竟然也来了。

南真子先是亲切慰问了阿娇一番,紧接着话锋一转,也转到了药膳摊子上,让阿娇继续做药膳。

阿娇难以置信地看着他:"师父您不是说您做的药都是极其珍贵的,让我省着点花别浪费吗?"

南真子:"做人要能屈能伸,该出手时就出手,你将药膳发扬光大,有助于咱们南真派的口碑。"

阿娇:"可是药丸已经不多了……"

南真子顺势就从袖子里掏出一个大包,扔到阿娇面前。

南真子:"尽管用,不用跟为师客气。"

阿娇将袋子打开，发现里头装满了各种药丸，甚至就连之前南真子视若珍宝的粉黛丸都有一大盒。

她连忙不动声色地将袋子收下："行吧，那我就勉强收下了。"

南真子这才满意地走了。

等南真子走后，阿娇连忙从袋中取出装粉黛丸的瓷瓶，打开一看——确实是粉黛丸没错！足足一大瓶！

粉黛丸，内服外敷，面若粉黛，白里透红，是保养上品。阿娇高兴得在床上打滚，这下真的赚到了！

打完滚后，阿娇冷静下来，又变得心情很沉重。

她看着墙壁上的赝品《春晓图》，沉声道："罢了，那我就再营业几日，等父亲拿到了《春晓图》的真迹再说。"

又是被自己"孝"到的一天。

南真子从谢家出来后，脚下一拐就拐到了纪府。

南真子驾轻就熟地走入了纪九司的院子，对纪九司表示任务已完成，阿娇会继续摆摊的。

纪九司很高兴，一旁的秦公公也很高兴，将南真子一通夸，哄得南真子笑眯眯的。

然后，秦公公就和南真子一起走密道回了皇宫，并允诺这条密道让南真子大师尽管使用，不用客气。

也是因为南真子的人气太旺，追堵他的人一直都很多，他平日在后宫，百官们进不来，那还好些，可只要他一走出后宫，那追堵他的人就跟小蜜蜂似的，嗡嗡个没完。

为了躲开人，原本他出宫都是爬狗洞。后来某一天，他刚钻过狗洞，一抬头就看到前头站着两位大人，用一种很震惊的眼神看着他。

南真子若无其事地站起身来，还拍了拍身上的泥灰，这才问他们："两位大人有事？"

大人甲瞪大了眼睛："大师为何要爬狗洞啊？"

大人乙也惊呆了:"有、有、有伤风化……"

南真子一眨不眨地淡淡说道:"丹青不知老将至,富贵于我如浮云。"

大人甲恍然:"大师的意思是您毕生研究道学,富贵与您就如虚幻的假象,所以就算爬狗洞也无所谓吗?"

大人乙竖起了大拇指:"大师果然境界很高。"

南真子:"今日之事不可外传。"

两位大人频频点头。

下一秒,南真子已经顺着狗洞又爬了回去。

只留下两位大人在风中凌乱。

这件事后,南真子不敢再爬狗洞了,与此同时到底怎么才能自由自在地出宫,就成了困扰他的难题。

后来秦公公无意中得知了此事,由秦公公亲自派人挖的密道适时派上了用场,二人一拍即合,相互合作,彻底给了南真子出宫自由。

南真子也允诺秦公公,可满足秦公公一个愿望,有什么帮得上忙的,可以尽管找他。

直到今日,这个愿望总算派上了用场,那就是让南真子劝说阿娇继续摆摊,这才有了今日这一幕。

翌日,纪九司刚坐在自己的算卦摊子上没多久,阿娇就浩浩荡荡地来了。

她带了好多小厮丫鬟打下手,还有许多的炉子和食材。

下人们勤快地将各种炉子和食材、大锅摆在摊位上,生火的生火,打下手的打下手,格外忙碌。

阿娇亲自制作了药膳面的菜单,招牌正是补脾益气牛肉面和补阳补血黄鳝面。

她在高汤内添加了南真子亲手做的补药,一碗喝下去,确实大补!

这边阿娇浩浩荡荡地经营着药膳,隔壁的纪九司则兢兢业业地摆摊算卦,莫名和谐。

在内阁黄大人的宣传下,各位大人逐渐养成了每日来阿娇这儿吃上一碗面,再去隔壁纪九司那儿交上一卦,最后再去司天监看一眼明日的天气预报,三点一线一条龙下来,美滋滋。

毕竟自从纪九司来了司天监后,天气预报几乎未出过差错,且他批的八字也是十分灵验,让人不服不行。

于是几番积累下来,纪九司解锁了"料事如神"成就,声名远播。

不过短短月余时间,在张岐山明里暗里的推波助澜下,竟有几乎大半朝堂官员,都成了纪九司和阿娇的熟客,众人提起纪九司,都是好评满满。

只是司天监的风头太盛,树大招风,很快就引起了太子的注意。

太子临沛在东宫内发了好一通脾气,砸了好几个花瓶,又咒骂身边人都是一堆不成器的废物。他发泄完毕后,坐在书桌后直喘气。

许久,太子才沉着脸道:"将本宫的太傅叫来!"

下人们战战兢兢地应了"是",转身就去喊人。

一刻钟后,太子太傅王淳丰缓缓地踏入了太子的书房。

王淳丰乃是王贵妃的父亲,十年前还是内阁一把手,只是树大招风被圣上削弱了权力,成了太子太傅,如今更是年事已高,手中基本已经没有多少实权了。

可瘦死的骆驼比马大,王淳丰虽然没有什么实权,可脑子是一等一的灵活,是诡计多端本人。

王淳丰走入临沛书房后,正要作揖,太子急忙迎上去,温声道:"太傅无须多礼。"

王淳丰笑道:"殿下找下官,是有急事相商?"

太子咬牙道:"正是为了纪九司一事!太傅,你可有何高招?"

王淳丰道:"我也听闻了,据说司天监的纪九司十分厉害,又会药膳又会算命卜卦,还会预测天气,十分灵验。"

太子沉着脸道:"本宫本想将他调去司天监,再等父皇生辰时,略施小计,便可让他身败名裂。"

太子:"可这才短短两个月,他竟收买了这么多的人心!太傅,朝堂上下都在夸赞纪九司,谁都吃过他的药膳,在他那儿卜过卦、断过命。"

太子语气中透出阴鸷:"所以,本宫有一计,还需太傅配合。"

王淳丰眯着眼睛隐约点了点头。

只是太子自顾自地说着,并没有注意到王淳丰的状态。

王淳丰今年已经年近七十,按道理早就应该致仕,可太子一直不肯放人,王淳丰也乐得再多当几年太傅,因此一把年纪了,还活跃在朝堂之上。

这几日乍暖还寒,王淳丰染了风寒才好,大概是还没完全恢复,因此有些不在状态。

只见他眯着一双略显混浊的眼睛,半晌,突然又对着太子道:"殿下找下官,可是有急事相商啊?"

太子吓了一跳,这才正眼看他:"太傅,你怎么了?"

他急忙将王淳丰扶到椅子上坐好,皱眉道:"太傅,刚才本宫说的话,你都不记得了?"

王淳丰揉了揉太阳穴:"染了风寒久病初愈,有些不在状态,还请殿下再说一遍。"

太子有些惊惧不定地将刚刚的话再说了一遍,这才道:"太傅可记下了?"

王淳丰点头:"此事交给我,我来负责。"

太子看着王淳丰,嘴角逐渐挑起一丝笑意:"好,那此事就交给太傅您去做。"

等太傅走后,太子眯起眼,淡淡道:"来人。"

太子在暗卫耳边低声吩咐了几句,暗卫应了声是,然后转身退去。

三日后,阿娇的面摊来了个高龄老头,正是王淳丰。

此时已经过了饭点,所以面摊上的客人所剩无几,只有翰林院的几位管事还在埋头吃着面。

阿娇认出太傅,亲自将他搀扶到座位,柔声询问:"王大人,您想要点什么?"

王淳丰眯着眼看向墙壁上贴着的菜单:"都有什么好吃的啊?"

纪九司自然也远远看到了,他微微眯眼,便走到了阿娇的面摊,亲自招待王淳丰。

这一个月来,阿娇一直主动避嫌,总是有意无意地避开和纪九司独处。

眼下纪九司走到她身边,她便下意识想避开,可纪九司已径直拉过她的手,对她微不可察地摇了摇头。

王淳丰正眯着眼睛看菜单,最后点了碗牛肉面,又点了个鸡蛋羹。

纪九司则坐在王淳丰面前,看了眼他的面相,低笑道:"王大人身上有癣,怕是不适合吃牛肉和鸡蛋这等发物。"

王淳丰一愣,他确实不适合吃,他是故意这么点的。

他干咳一声:"那就黄鳝面。"

纪九司:"那就更不能吃了。"

王淳丰有些生气了:"就没有我能吃的吗?"

纪九司:"没有。"

王淳丰大概是气过头了,脑子又开始发晕了。他突然又看了眼纪九司,又看了眼阿娇,最后把目光锁定在墙壁上贴着的菜单上:"你这店里都有什么好吃的啊?"

阿娇微震,下意识地看向纪九司。

纪九司低笑道:"王大人真是贵人多忘事,您不是刚刚才吃完吗?"

阿娇眸光微闪,瞬间就明白了纪九司的意思。

纪九司则面不改色地伸手指着放在一旁的残羹冷炙,那是上一桌客人吃剩的,还没来得及收拾。

王淳丰也愣了:"本官已经吃过了?"

纪九司:"吃过了。"

王淳丰蒙了:"本官怎么完全没印象?"

纪九司微叹:"您说实在太难吃了,刚刚还在发脾气呢。"

纪九司拉了拉身侧的阿娇。

阿娇连连点头。

王淳丰摸了摸肚子，确实很饱。但是又觉得不对，他出门时好像用过膳，吃的还是他最喜欢吃的鲍鱼粥，但是又好像不太对，好像不是鲍鱼粥，是瘦肉粥，又或者是鱼翅粥？

又或者是烤鸡还是片皮烤鸭来着？

王淳丰努力回想着，越想脑子越混沌，他开始喃喃自语："我吃了吗？好像是吃了，又好像没吃。"

纪九司在一旁低声道："吃了，吃的牛肉面。"

牛肉面。

好像是牛肉面来着，牛肉切成薄薄一片，面条根根分明，好一碗夺命锁魂牛肉面！

王淳丰站起身来，似笑非笑地看着纪九司："结账。"

这笑阴森森的，让阿娇莫名不舒服。

王淳丰扔下一锭银子转身就走。

等他走远后，坐在角落的那几位翰林院管事看向纪九司，叽叽喳喳地问道："王大人明明没吃，为何和他说已经吃了？"

阿娇也看向纪九司。

纪九司淡声解释道："这些药膳并不适合他，倘若真让他吃了，只怕会适得其反。"他微叹，"可看老人家的架势，似乎很想品尝一次，这才撒了这个谎。"

纪九司柔声道："也请各位大人帮忙保密。今日的面钱便免了，记我的账上。再另送各位免费爻卦一次。"

几位管事都很高兴，非常乐意做这个顺水人情。

等客人们都走完，下人们开始收拾摊子，准备收摊。

阿娇又打算走，可纪九司叫住了她。

纪九司温声道："阿娇留步。"

阿娇看向他："纪大人有事？"

纪九司垂眸:"有一卦不知该如何解。"

阿娇闻言,果然朝他走去,在他身边弯着腰,看着桌子上的卦象:"哪一卦不会解?"

纪九司指着桌子上的铜钱:"山风蛊六四之卦。"

山风蛊六四之卦。

裕父之蛊,往见吝。《象》曰:"裕父之蛊",往未得也。

典型的下下签。

意思是再努力下去也不会有收获,趁早放手吧。

阿娇嘴唇微抿:"你卜的什么?"

纪九司:"姻缘。"

阿娇:"大凶,婚后多舛,对方流连花丛,四处留情,怕是不太妙。"

阿娇:"这个卦象你为何不会解?难道不是很一目了然吗?"

纪九司:"我卜的是张思竹的姻缘。"

阿娇瞬间看向他。

纪九司伸手支着下巴:"看卦象我当然会解。可我卜的是张思竹的姻缘,所以很疑惑。"

纪九司继续道:"毕竟张思竹看上去似乎对你很钟情,他怎么会这样对你呢?真是让人百思不得其解。"

阿娇抹了把脸:"纪大人,操心得太多容易变老。"

纪九司低笑道:"为了阿娇,我甘之如饴。"

阿娇直起身就要走,可突然间只觉得脚下一软,整个人突然就毫无防备地朝后倒去。

幸得纪九司眼疾手快,顺势搂住了她,才免得她摔倒在地。

他身上的气味将阿娇笼罩,让她忍不住涨红了脸。

她怔怔半晌,随即慌张地挣扎,想要离开他的怀抱。

纪九司低笑道:"我救了你,你竟连声谢谢都没有。"

阿娇红着脸道:"谢、谢谢!"

她从纪九司怀中站起身来,可谁知一抬头,就看到张思竹站在前方,

正目光猩红地看着他们。

阿娇心底一紧:"张思竹。"

张思竹对着阿娇扬起一个比哭还难看的笑意,声音透着沙哑:"我被我爹关在家里一个多月,直到昨天晚上我求了我爹好久,我爹才松口,愿意放我出来。"

张思竹哑声道:"阿娇,我很想你。"

他一步一步走近她:"你呢,你想不想我?"

阿娇心底一酸,可她动了动嘴唇,却什么话都说不出口。

张思竹走到她面前,作势要拥抱她,可一旁的纪九司突然道:"张公子,好久不见。"

张思竹冷冷地看着他,半晌,才牵住了阿娇的手朝前走去:"阿娇,我们走。"

纪九司看着他们二人相牵的手,如此刺眼,让他眯起眼来。

翌日,京城又出了件大事。

太子太傅病了。

一个高龄老头儿,生病本是常事,可问题就在于,据太傅自己说,他是吃了阿娇的药膳后才生病的。

太子对此事非常重视,亲自带着御医去了太傅的病榻前,给太傅看病。

最后太医给出的诊断是中毒了,且毒素蔓延得十分迅猛,要是不好好调理,只怕太傅要挨不过去。

消息传来的时候,阿娇正在忙着给各位客人炒浇头。听完小阮说的话后,阿娇吓得手里的锅铲都掉在了地上。

阿娇震惊地看着小阮:"你确定没听错?"

小阮:"当然没有!"

小阮附在阿娇耳边:"太子的人马上就要到了,小姐您看……"

阿娇很快沉静下来:"无妨,兵来将挡,先看看情况再说。"

小阮担忧地点了点头。

果不其然，两刻钟后，太子的侍卫来了，将阿娇和纪九司的摊子团团围住，二话不说就将他们拿下。

吓得一众食客纷纷掉了筷子，不明白好端端发生了什么。

直到侍卫说出来意，众人的脸色变得相当精彩，有震惊有疑惑，一时之间，众人百态。

反正手里的药膳是绝对不敢再吃了，众人全都从位置上站起身来，做围观状。

阿娇有些恐慌地看了纪九司一眼，可纪九司向她投来一个温和的眼神，仿佛是在让她放心。阿娇见他这般淡定，也稍微放下心，任由侍卫们将他们压入了刑部的大牢。

阿娇穿着男装，所以知道阿娇是谢华女儿身份的寥寥无几，众人只是大概知道这个看上去细皮嫩肉的娘娘腔和刑部侍郎谢华有点关联，别的也就不太清楚了。

所以在纪九司和阿娇被关入大牢后，立马就有人去和谢华说起了此事，谢华原本还在处理公务，一听这话吓得连忙从位置上弹跳起来，直直地朝着大牢飞奔而去。

牢房很暗，空气潮湿，还弥漫着一股腐烂的气息。阿娇和纪九司站在牢房内大眼瞪小眼，此时无声胜有声。

过了半晌，阿娇才道："看来太子果然很厌恶你。太傅明明就什么都没吃，如今生病了竟怪罪到你我头上来。"

纪九司低笑："阿娇也觉得太子太过心急了，对不对？"

阿娇点头："不先彻查清楚，就擅自用兵，还真是和当初污蔑你的手法一模一样。"

纪九司弯起眼来："阿娇说的是。"

这种案件处理起来应该是很简单的，当时王淳丰来摊子上时，有好几个翰林院的管事大人都看到了，他们都能做证，证明太傅根本就没有吃阿娇的药膳。

所以阿娇将心放回了肚子里，老老实实坐在大牢里等调查。

很快,走廊上传来了急促的脚步声,正是谢华赶来了。

谢华急得额头上都是冷汗,他看了眼阿娇,又看了眼纪九司,这才喘着粗气道:"我的乖女儿,这是怎么了,发生了何事啊?"

阿娇将太子太傅来面摊的整个经过仔仔细细地和谢华说了一遍。

谢华听罢,松了口气:"那就好,那就好。如此一来,这案子便简单多了。"

谢华叫来狱卒,让他们好好善待这两位,又细细密密地吩咐了许多,这才依依不舍地走了。

而外头,纪九司和阿娇的药膳有毒的事,很快就传遍了大半个京都。

众人对此议论纷纷,分为两派。

一派是内阁为首的支持派,说阿娇的药膳明明就很有效,太傅到底年事已高,鬼知道他是怎么中毒的,没准是他自己乱吃东西造成的呢?

另一派是太子党的拥戴者,主要是以太子太傅为首的一些官员。他们则表示太子太傅早不生病晚不生病,偏偏去吃了药膳就病了,这还不能说明问题吗?

反正两派就这么吵起来了。

甚至是在朝议殿内吵起来的。

群臣在朝议殿内为了一个纪九司吵架,这件事真是有够荒诞的,也是因为动静太大,很快就传到了圣上的耳中。

圣上最近在南真子的调理下,身体其实已经康复了许多,只是依旧容易疲劳。调理龙体一事,依旧任重道远。

早朝上,圣上坐在高座上,眯着略显昏花的眼睛看着底下的群臣,说道:"爱卿们是因为何事争执啊?"

此话一出,太子连忙站出一步,沉声道:"回禀父皇,前日太傅去司天监前的药膳摊用了膳,谁知到了晚上就腹痛难忍,如今已是生命垂危,只怕——"

说到后面,语气悲痛。

圣上微微皱眉:"竟有此事,太医如何说?"

太子有些哽咽："太医说权看天意,不知太傅如今高龄,能否挨过去。"

大概是自己也年纪大了,因此圣上难得共情起来,严厉道:"那药膳摊子的老板是谁?"

太子正要说话,一旁的张岐山已经走出一步,回禀道:"正是南真子大师的亲传弟子,菜菜子。"

菜菜子是南真子给阿娇取的花名,说是行走江湖必须得取一个听上去很别致的名字。

圣上一听,语气瞬间就柔和了下来:"竟是南真子的弟子?这其中可是有误会啊?"

张岐山道:"确实有误会。"

一旁的谢华也连忙站出来一步,将阿娇所说的当时太傅来用膳的经过详细说了一遍,并着重强调了太傅其实压根儿就没有吃摊子内的任何东西。

所以太傅吃了菜菜子的药膳而生重病,简直就是无稽之谈。

太子一听,当场脸色就不太好了,他凝声道:"谢大人如何敢肯定太傅没有吃菜菜子……摊子上的东西?难道你亲眼见到了?又或者这只是那菜菜子……的一面之词?"

呃,这是什么奇葩名字,光是说出来都让太子有一种很羞耻的感觉。

谢大人沉声道:"当时摊子内有好几位翰林院的管事在场,他们都可以做证。"

太子冷笑道:"谢大人似乎很在意那位菜菜了,难道那位和谢大人有什么关联吗?"

谢大人昂首挺胸,没在怕的:"本官帮理不帮亲。"

张岐山适时道:"请那几位管事前来对质,事情不就一清二楚了?"

太子冷冷地道:"如今太傅卧病在床,无法对质,谁知道是否是有人故意买通了那几位管事,以此来给那纪九洗白?"

张岐山突然弯腰对圣上凝声道:"圣上,太子此话怕是话中有话,

怕是在暗示臣等为了偏颇一位名不见经传的七品小官,而不惜得罪太子殿下。"

张岐山的脸色已颇为冷肃:"殿下一叶障目,偏要如此打压臣等,拒绝查清真相,似乎只想置纪九司于死地。下官倒要问上一句,从当初粗暴判定纪九司杀父弑母开始,到如今又污蔑他有意要害太傅,不知太子到底是安的什么心思,为何如此厌恶纪九司?"

这一番质问太过沉重,就像一枚大锤直直地落在了太子的脑袋上,直砸得太子背后惊出一身冷汗,更砸得整个朝议殿内都分外安静,落针可闻!

张岐山又看向圣上,冷冷道:"请圣上明鉴。"

大周的文官一向敢说,特别头铁,一个比一个有"生当作人杰,死亦为鬼雄"的觉悟。

除了内阁的一帮大臣,还有翰林院的预备役们,每一个都不是好糊弄的。

高座上的圣上也有些紧张起来。

他干咳一声,开始缓和气氛:"张爱卿别急,此事会仔细调查,定不会偏袒谁。"

话及此,圣上当场就指派了大理寺卿黄大人来全权负责此案,并表示有任何进度第一时间上报,圣上要亲自追踪此案。

黄大人当场应下。

这场早朝就这么剑拔弩张地结束了。

下朝后,太子越想越惊惧,总觉得张岐山如此偏袒纪九司,他是不是知道了什么,又或者是发现了什么疑点,所以提前倒戈纪九司了?

太子在书房书桌前惊坐起,陡然如坐针毡,背着手在书房内走来走去,一边沉声道:"去将张岐山给本宫请来!"

他的脸色越来越阴森——不行,绝对不行。他必须提前试探一番。

可他心底到底还是逐渐涌出了浓浓的恐惧,他有些慌乱地转身,将书桌上的茶杯捏在手里喝了一口,可他的手终是不可避免地抖得越来越厉害。

半个时辰后,张岐山终于姗姗来迟。

他背着手十分沉着地走入太子书房,对着太子微微作揖,然后沉声道:"殿下召臣,不知是为何事?"

太子对着张岐山露出暖暖的笑意,语气也温和极了:"张大人,本宫今日寻你,主要是为了纪九司一事。"

张岐山又露出冷意:"此案圣上已交给黄大人解决,太子何必再找下官商谈。"

太子微叹:"本宫对张大人始终尊敬,张大人亦是本宫良师益友般的存在。"

太子:"本宫只是想不通,为何大人偏偏选择帮助纪九司?"

他语气温和地说着,可眼底深处弥漫过一阵难以掩饰的阴鸷。

张岐山始终昂首挺胸,眉眼正自得不像话:"下官并非帮纪九司,而是帮助正义。"

啥,正义?

这意思是他临沛是邪恶的?纪九司才是正义的?

太子在心底将张岐山骂了个遍,面上则露出假笑:"张大人不愧是国之栋梁,果然富贵不能淫。"

他又低笑一声,走近张岐山一步,眯起眼来,压低声音道:"只是张大人,父皇年事已高,待日后本宫独掌大权,必是少不得张大人多多扶持……"

这句话的潜台词是日后可是老子当皇帝,你最好有点眼力见儿。

张岐山淡漠地瞥他一眼:"那就等殿下您独掌大权了再说吧。"

张岐山转身就要走,却又停下脚步,似笑非笑地转头看向太子:"本官也年事已高,不知道能不能等到殿下您独揽大权的那一天。"

扔下这句话,张岐山甩袖就走。

太子被气得面容扭曲,涨红了脸。

他猛地摔碎了书桌上的茶杯，好半响，才喘着粗气冷静下来。

好啊，既然等不到他独揽大权那一天，那不如早点去死吧你！

太子阴沉着脸，转头就出了东宫，朝着后宫而去。

太子在后宫找到圣上的时候，圣上正和南真子在御花园内练太极。

日光下，圣上的精神很不错，脸色白里透红，眼中闪烁着光芒，看上去很健康。

太子心底一惊，有些慌乱。

倒是圣上率先看到了他，笑眯眯地对他招了招手，示意他过去。

太子扬起一个笑意，走上前去，对着父皇作揖。

圣上显然心情很好，乐滋滋地和南真子分享着身体的感受，太极的益处，以及自己的心境。

太子听得有点昏昏欲睡。

圣上又话锋一转，拉过太子让南真子看面相。

南真子看着太子，半响，笑得有些高深莫测："有福之人。"

太子却很心虚，干笑两声。

圣上很开心，当场赏了南真子一把金瓜子。

圣上又拉着太子，跟着南真子一起练太极。太子只好耐着性子陪着练，练了一个下午，晒得脸通红。

圣上非常满意："太极果然益处颇多，不过一个下午，太子的脸色如此红润，气血充盈。"

太子：谢谢南真子全家。

眼看日落西山，圣上终于告别了南真子，回了寝殿。

太子则跟着圣上入了寝殿，一副欲言又止的神情。

圣上练了一下午的太极，此时有些乏累，只眯着眼看向太子："太子想说什么，尽管说。"

太子抿嘴半响，才委屈道："父皇，您也看到张首辅今日在殿内是如何咄咄逼人，您不觉得张首辅权势滔天，竟敢当着父皇的面如此——"

话及此，戛然而止。

圣上低笑起来："太子，张岐山此人，是个书生。"

圣上略显混浊的眼中，有精光一闪而过："他从最底层一路摸爬滚打，浸淫朝堂半生，朕才给了他这个位置。毫无背景，却又知识渊博，满腹经纶。众观朝堂上下，还有比他更适合当首辅的人选吗？"

太子微怔，依旧不甘心道："可他未免太目中无人，只怕是父皇将他捧得太高了……"

圣上却摆摆手："太子又错了，朕非常乐意捧着他，捧着文官。日后太子自会明白，此乃用人之道。"

太子抿起了嘴。

圣上突然又道："太傅如何了？"

太子急忙拱手："太傅至今昏迷不醒，情况不容乐观！"

圣上低低道："太傅如今年近七十，活得也足够久了……"

太子心底一紧，忍不住抬头看向圣上。

可圣上看都不看他一眼，依旧淡淡地道："太傅年轻时沉迷权政，女儿又是贵妃，做了许多错事。朕念在他一生功大于过，才让他做你的老师。"

圣上："只是如今老都老了，却还要折腾这样一出，凭白给年轻人添堵，真是晦气。"

太子更怔地看着圣上。

圣上的语气中已经透着毫不掩饰的嫌弃："他若挨不过去，便厚葬了；若是挨过来了，也该致仕了，一把年纪还占着太傅的位置，不肯退位让贤，真是厚脸皮。"

圣上又瞥了太子一眼，意有所指道："朕还得给你重新物色个良师才行。太子，好好学，否则日后如何能压制住群臣？"

太子心底阵阵发凉，对着圣上郑重作了个揖："儿臣领旨。"

圣上的脸色又柔和下来，温声道："你母后说你已经许久没去看她，有时间还是要多去看看你母后，她甚是记挂你。"

太子又应了是，这才退下了。

等太子退下后，一直守在一旁的秦公公走上前来，给圣上布置晚膳。

圣上低叹："太子的慧根太浅，朕着实忧心。"

秦公公意有所指道："圣上您如此优秀，您所生的孩子，不应该差到哪儿去呀。"

圣上非常赞同："一定是皇后太笨了，太子可真是一点都不像朕，光顾着像皇后了啊。"

秦公公抽了抽嘴角。

秦公公想了想，又道："说起皇后，最近后宫多了许多传言……"

圣上眉头一皱："什么传言？"

秦公公装作不经意地笑道："大概是太子太喜欢安宁公主，所以三天两头往景阳宫跑，因此后宫都在说，说太子对王贵妃，比对皇后还要亲呢。"

圣上皱了皱眉，眼中极快地闪过了一抹厉色。

他又感慨道："朕已经许久没去后宫，倒是冷落了朕的嫔妃们。"

秦公公躬身道："圣上如今龙体已康复了许多，精力也日渐充盈，也是时候重新翻牌了。"

圣上摇摇头："老咯。"

秦公公："下月便是圣上六十五岁寿辰，圣上尚且龙虎之年，怎么会老呢。"

圣上低笑两声，不置可否。

翌日。

大理寺查案效率高，很快就弄清楚了真相。

翰林院的那几位管事都可以证明太傅并没有吃下阿娇的药膳。

那么问题来了，太傅既然没有吃药膳，那么到底是什么原因导致了中毒呢？

抱着这样的调查方向，大理寺的大人们进了太傅府，开始在府内尽力调查。

只是大理寺一群粗人,动静闹得很响,在太傅的病房前喧闹不止,以至于太傅的病情又加重了不少。

后来太傅的家人实在坚持不住了,干脆推了个下人出来顶罪,说那毒是这刁奴下的,简直狼心狗肺、狼子野心。

于是,大理寺拎着那个下人回去交差去了。

等大理寺的人走后,太傅府的众人这才松了口气,一个个开始抱怨起这次的事件来,偷鸡不成蚀把米,对方没伤到分毫,反而差点把太傅栽进去。

其实这个毒确实是自己人下的,就是为了污蔑阿娇而已。原本让太傅以身试毒,本身就是很铤而走险的事。

可耐不住太傅非要尝试,说自己身体绝对没问题,态度坚决。没人拗得过他,只能由着他服了毒。

等大理寺的人走后,他们第一时间给太傅喂了解药,可谁知太傅醒来后,竟偏瘫了,眼歪嘴斜,话也说不清楚,还一个劲地流口水。

府内众人全都伤心地哭了,当即就去禀告了宫中的王贵妃和太子殿下。

王贵妃立刻赶回府,见自己父亲成了这样,哭得梨花带雨。太子见状,也非常难受,沉声道:"娘娘保重身体。"

王贵妃突然就止住了哭泣,冷冷地看着太子。

太子被贵妃的眼神吓了一跳,不由得干笑道:"贵妃为何如此看本宫?"

王贵妃突然讥笑道:"太子殿下,您可别忘了,您能走到今日,能稳稳当当地当这个太子这么多年,都是托了谁的福。"

王贵妃的声音柔软又媚,可眼神阴森森的,就像一条黏腻的毒蛇。

太子将她搂在怀里,柔声道:"本宫当然不会忘。你且放心,等本宫日后继承了大统,贵妃便是太妃,届时以太后之礼待你,绝不会亏待你。"

王贵妃幽冷道:"那就请太子先将本宫的父亲治好吧,记住,还请

太子不惜一切代价！"

太子连连点头："好，本宫答应你就是。"

王贵妃这才又变成一副委屈样子，凄凄楚楚地抹着眼泪，为自己的父亲而悲伤。

太子瞥了眼怀中的王贵妃，脸上露出了一丝厌恶，但很快就控制住了自己的神情。

而当日夜里，太傅府就传出了太傅暴毙的消息。

消息一出，整个朝堂上下都去了太傅府吊唁，圣上也亲手写了吊唁诗，以慰太傅在天之灵。

司天监也送上了自己的一份心意，但是太傅府明显并不欢迎司天监，一直在催着云伯仲赶紧走。

死者为大，云伯仲看了眼太傅府，非常好心地提醒他们："贵府发阴，鬼气森森，接下去估计会倒大霉。"

太傅府的人当场就把云伯仲和纪九司赶了出去。

云伯仲看了眼身侧的纪九司："难道我说错了吗？"

纪九司眉眼温润："大人确实没说错。"

云伯仲哼了声："不知好歹。"

二人大步离开。

太傅去世的消息很快就被群臣抛之脑后，生活还在继续。

众位大臣依旧继续自己的生活，每日闲暇之余都会到阿娇这儿吃碗面，有事无事去纪九司那儿测算一卦，权当生活消遣。

阿娇的药膳确实有用，大臣们都表示自己的精力更充沛了，气血也更足了，加班当值也不费劲，不愧是南真子的弟子，果然有两把刷子。

只有张思竹的心情并不好，他只要一想到阿娇整日都和纪九司待在一起，他就觉得格外心痛。

他干脆去了阿娇的摊子上打下手，帮忙端盘洗碗，不怕苦也不怕累，只要能时刻看到阿娇，他甘之如饴。

时间不慌不忙就到了三月，春暖花开，万物生长，天气也逐渐开始炎热。

张思竹依旧非常辛劳地在摊子内忙前忙后。

一个好好的贵公子，平日里十指不沾阳春水的大少爷，如今竟然能非常利落熟练地刷碗，可见他对阿娇的爱到底有多深！

阿娇有些不忍心："张思竹，你不用这样的……"

张思竹却非常深情地看着她："不，我一定要这样。圆圆，只要能陪在你身边，再苦再累我也愿意。"

一旁的纪九司神清气爽地喝着果汁，一边笑眯眯地看着张思竹。

张思竹冷声："你看我做什么？滚！"

纪九司："在下对张公子非常敬佩，所以忍不住多看两眼。"

张思竹哼了一声，又看向阿娇："阿娇，等会儿我们去郊外赏花，郊外的蝴蝶兰都开了，可美了。"

阿娇还没来得及说话，纪九司已经闪身到了张思竹的背后："我也去。"

张思竹："滚！滚远点！"

纪九司微叹："张公子似乎对我很有敌意。"

纪九司无辜极了："不知我做了什么得罪张公子的事，张公子不妨说给我听听。"

张思竹："那可真是太多了。首先你能不能别整天出现在阿娇面前，你可真是放浪形骸，不守男德。"

纪九司非常低落："原来如此，让张公子不开心了，我很抱歉。"

一旁的阿娇扯了扯张思竹的袖子，用眼神示意他别说了。

张思竹反手握住阿娇的手，激动极了："你千万别被他的假象蒙蔽了圆圆，他最擅长装可怜，在你面前他就摆出一副孱弱的样子，你不在的时候他比谁都凶残，他就是一只变色龙！"

纪九司眸光暗淡了下去："原来我在你心里，竟然是这样的人。"

他垂眸道："我这就走，不给张公子添堵。"

张思竹厌恶地挥手:"赶紧滚,滚!"

这时,身后陡然传来阴森森的声音:"张思竹,你就是这样苦读圣贤书的?你还配当个读书人吗?"

说到最后,语气已然厉色。

张思竹浑身一僵,猛地转头看去,就看到张岐山又站在了他们背后,脸色冷厉得可怕。

张思竹的头发都竖起来了:"爹,我、我,我不是,我没有,你听我解释……"

张岐山重重甩袖:"我没你这样丢人现眼的儿子!"

扔下这句话,张岐山大步就走入了司天监内。

张思竹猛地看向纪九司,咬牙道:"你这个小人!"

纪九司:"小人难养,张公子可得小心啊。"

扔下这句话,纪九司轻飘飘地回到了自己的位置上。

阿娇忍不住扶额,头疼得快炸了。

傍晚,张思竹不敢回家,独自在客栈内喝酒。

谁知喝着喝着,就见对面多了个人,正是纪九司。

张思竹瞬间酒醒了大半,他眯着眼道:"你来做什么?"

纪九司低笑道:"当然是来看看你的惨样。"

张思竹自嘲低笑:"看到我有家不敢回,你满意了?"

纪九司点点头:"非常满意。"

张思竹咬紧牙关,厌恶地看着他。

纪九司为自己倒了杯茶,绿茶龙井,茶香四溢。

他捧起绿茶喝了一口,唇齿留香。

张思竹定定地看着他,眼底隐约发红:"纪九司,你日后位高权重,定不可能一生只有谢圆圆一个女人。你就不能成全了我吗?"

纪九司:"不能。"

张思竹:"你——"

张思竹心底有怒火燃烧:"你不是一直都喜欢乔巧吗?你真的喜欢阿娇吗?还是只是一时贪图新鲜罢了?"

纪九司看着他:"我当然喜欢阿娇。她很好,我很喜欢。"

纪九司又笑道:"我看中的人,就算短暂地属于别人也无妨,我迟早会把她抢过来。"

他明明是笑着在说话,可语气却莫名阴冷。

张思竹有些发慌:"我、我明日就去谢府,和阿娇提成亲的事。"

不知怎的,他浑身发冷,有些控制不住地颤抖:"下个月,下个月就成亲,下个月我们就成亲。"

他有些慌乱地站起身来,走出了厢房。

纪九司却一个闪身就到了他面前,将他拦在了走廊上。

纪九司走近他一步,弯眼道:"无妨,就算你们成了亲,洞房花烛,我也会把她抢过来。"

纪九司言笑晏晏,莫名阴冷:"我从不在乎什么世俗虚礼,也不在乎别人的眼光。"

张思竹被纪九司吓得浑身发毛,他心底陡然生出一股戾气,快要将他的理智淹没。

在愤怒的驱使之下,他抬手对着纪九司的脸颊就挥出了一拳,纪九司竟不躲不避,硬是挨下了这一拳。

俊美的脸颊上瞬间就多了一道深紫色的瘀青。

张思竹愤怒地冲上去捏住了纪九司的衣领,厉喝道:"我打死你个贱——"

可谁知身后突然传来一声清脆又震惊的少女声音:"张思竹,你在干什么啊!"

张思竹浑身一僵,猛地回头看去,就看到阿娇竟不知何时站在了他身后,用一种不可思议又失望的眼神看着自己。

他猛地清醒过来,迅速松开了抓着纪九司衣领的手,一边后退两步,干巴巴道:"圆圆,我、我……你听我解释……"

可阿娇已经迅速冲了上来，直接绕过他对着纪九司而去。

她扶住纪九司，沉声道："你没事吧？"

纪九司捂着自己的脸，眸光沉寂地看向张思竹："张公子就算再厌恶我，也不该动手打人。"

他的语气透着莫名的孤独："我到底做了什么错事，竟让张公子对我如此厌恶。"

张思竹目瞪口呆地看向纪九司，涨红了脸："你、你刚刚明明不是的，你刚刚对我说了那样的话，我——"

阿娇眸光沉沉地看着张思竹，打断了他的话："够了，张思竹。"

她低声道："别再说了。"

张思竹怔在原地，然后眼睁睁看着阿娇扶着纪九司越走越远，最终下了楼。

只是离去前，纪九司突然侧头，对着张思竹露出了一道浅浅笑意。

仿佛在嘲笑他的愚蠢，嘲笑他又输了一次，被自己玩弄在股掌之间。

阿娇扶着纪九司走出客栈后，一直到了没人的弄堂口，她才离开他两步，眸光沉沉地看向他。

纪九司依旧温声道："阿娇，这是怎么了，为何这样看着我？"

阿娇眸光依旧幽深："他打你，为什么不躲开？"

阿娇："你会武功，且武艺高强，你明明可以躲开的不是吗？"

纪九司低笑道："我为何要躲开，他想打我，那就让他得逞好了。"

阿娇深呼吸："刚刚那个客栈，会有很多朝廷中人路过。所以你故意激怒他，对不对？"

纪九司嘴角微挑："阿娇为何会这样看我，你如此污蔑我，我会伤心的。"

可他脸上哪有伤心的样子。

阿娇道："够了，纪九司。"

她抿紧唇："这段时间经营药膳，我已经足够帮忙了。从明日开始，药膳摊子我会停掉,我和张思竹都不会再出现在你面前了,也求你高抬贵手,"她看着他,缓缓道,"别再针对他了。"

阿娇低声道:"求你。"

纪九司逐渐收了笑,沉静地看着她。

纪九司道:"你不喜欢他,为何要嫁给他?"

阿娇转过身去:"我只是选了一段,最适合我的姻缘。何况张思竹比起你,要单纯得多。"

说完这句话,阿娇大步离开。

纪九司面无表情地看着她走远,半晌,才低笑着收回眼来,自言自语道:"阿娇果然人美心善,我果然没喜欢错人。"

另一边,客栈内。

张思竹彻底蒙了,他傻傻地回到雅间内坐下,怔怔地看着窗外。此时已是傍晚,空中的云被夕阳染红了大片,就像燃烧的火焰。

他脑子空荡荡的,不明白怎么就变成这样了。

他果然不是纪九司的对手,轻而易举就被他玩弄在股掌之间,就像个蠢货。他整个人呆滞着,眼睛也红彤彤的,仿佛被夺舍。

可就在此时,张思竹听到身后传来一道脚步声。

他有些慌乱地擦掉脸上的眼泪,哑声道:"不用招待我了,我马上就走。"

下一秒,一只白净的手搭在了他的肩膀上。

张思竹一愣,顺着手看去,就看到阿娇正眸光深深地看着自己。

他更愣了,语气已经带上了浓烈的委屈:"圆圆,你不是走了吗?"

阿娇坐在他身边,看着他,半晌,露出一个笑来:"哭什么?"

张思竹更慌乱地别开眼,擦干了脸上的泪痕,这才道:"我哭了吗?我没哭,只是有沙子吹进我眼睛了。"

阿娇弯眼看着他,跟着他一起无声地笑。

阿娇道:"以后离他远点吧,你玩不过他的。"

张思竹就跟抓住救命稻草一般，凝声道："阿娇也觉得他非常擅长玩弄心计吧？他的心眼太多了，不是好人——"

阿娇打断他的话："好了，走吧。"

阿娇率先走出包厢，张思竹则在后头追上她。

二人沿着街道往回走，莫名和谐。

张思竹将阿娇送回谢府，也不走，而是留下用膳。

谢华忙完一整天的公务回到家后，张思竹非常热情地走上前，向岳父大人请安。

用晚膳时，张思竹给谢华夹了只鸡腿，然后笑吟吟道："岳父大人，我和阿娇已经老大不小，您看是不是尽快商议下成亲事宜啊？"

谢华吃鸡腿的动作行云流水，一双眼睛则看向阿娇："阿娇以为如何？"

阿娇面不改色，眸光只顾着看手中的筷子："全凭父亲做主。"

谢华放下鸡腿，有些感慨道："自从上次张府悔婚，整个京城都在传圆圆克夫，从那之后再也没人来给圆圆说亲了，就连媒婆都不再登门。"

谢华看向张思竹："思竹，你能坚持和圆圆定亲，老朽心甚慰之。"

胡氏在一旁也笑吟吟的："好好好，明日我就去找大师算个好日子，将大婚之日定下来。"

话音未落，张思竹就从怀中抽出了一张红纸，递给胡氏。

张思竹："算好了，已经算好了。"

胡氏接过一看，写着五月初三。

现在是四月初五，算起来一个月都没有。

胡氏有些担心："会不会太赶了，要做很多准备呢。"

张思竹："已经准备好了，小婿早就准备好了，岳母大人，您就放宽心吧！"

胡氏："呃……"

不得不说张思竹有点恨娶，也许"恋爱脑"都是这样的。

谢华又问:"你父亲那边……"

张思竹笑得很腼腆:"我父亲说了,婚事我自己做主就可以。"

当然了,原话不是这么说的。

张岐山的原话是:"你想娶谁就娶谁,娶头猪都行。"

原话多少有点直白,所以张思竹做了点小小的润色。

谢华又点了点头:"行吧,既然如此,那婚期就定在五月初三?"

张思竹连连点头。

阿娇始终只顾用膳,嘴巴塞得鼓鼓囊囊的。

商议好婚事后,张思竹十分愉快地走了。

而等张思竹走后,谢华又看向阿娇,犹豫道:"为父再问你一遍,你已经确定好要嫁给张思竹了对不对?"

阿娇这才看向父亲,缓缓点头:"女儿很确定。"

谢华道:"既然你已经想好了,那就最好了。"他的眼神有点严肃,"婚姻大事,不可儿戏。只要你考虑清楚了,为父就支持你的决定。"

阿娇扬起一个浅浅笑意:"谢谢父亲。"

而从第二日开始,阿娇果然不再经营药膳摊子,就连自己院子前都特意增派了小厮,就是为了防止纪九司又擅自溜进来。

张府和谢府都开始为准备婚事而忙碌起来。

成亲的消息传出去后,有大人向张首辅表示了祝贺:"恭喜张大人,令公子终于要大婚了,想必张大人此时一定心情很复杂吧?"

张岐山眉目沉沉:"是很复杂,百感交集,有一种快玩完了的悲怆感。"

这位大人听得满头雾水:"悲怆感,具体是一种什么感觉?"

张岐山:"死到临头的感觉。"

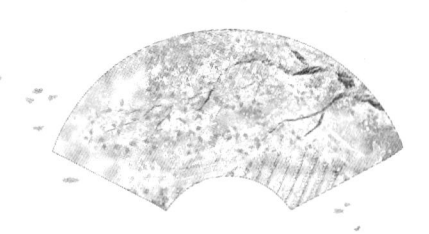

# 第八章
## 圣上寿辰

谢家和张家在紧锣密鼓地准备婚事时,纪九司则依旧在司天监门口摆摊算命,悠闲自得。

转眼便过了五日,纪九司这日刚回了家中,就见秦公公又在院中等着自己。

秦公公三两步对着纪九司走上来,躬身道:"小殿下,出、出事了!"

纪九司眸光微闪:"发生何事了?"

秦公公的脸色不太好,眼中透着惶恐,颤声道:"南真子大师出了点事……"

事情还要从昨天下午说起。

昨日下午,南真子从密道偷溜出宫买零嘴吃,又听了小半个时辰的评书,这才又通过密道回了后宫。

可谁知今天清晨寅时,南真子发现自己的床上多了一个女人。

一个衣衫不整的女人。

而这还不是重点,重点是这个女人叫容儿,是圣上的后宫妃子之一,才二十多岁,长得娇滴滴的。

荣贵人对于自己莫名其妙出现在南真子大师的床上这件事,显然也吓坏了，当场就吓得尖叫一声，一个爆哭出声。由于动静太大，很快就引来了好多侍卫拥入了南真道观，将这一幕抓了个现行。

兹事体大，大内侍卫很快就将此事上报给了圣上。

圣上一听，前一刻还昏昏沉沉的脑袋瞬间就清醒了，他沉着脸走入了南真道观，想要将事情的前因后果问个清楚。

当时，圣上让侍卫们将荣贵人带了下去，打入了冷宫，又屏退了所有下人，单独盘问南真子，就连秦公公，都没有听到一丝谈话的内容。

这一谈就足足谈了一个多时辰。

等圣上再从南真道观走出来时，整个人的脸色差极了，一副快要栽倒的样子，吓得秦公公脸色立即就变了，急忙走上前扶住他。

圣上当场冷着声下旨，将南真子软禁在南真道观，谁都不准见他。

大概是这件事对圣上的冲击太大，以至于圣上在今日早朝时，状态很不好，早朝也是匆匆散了。

秦公公说完后，忍不住抹起了眼泪："这可如何是好，眼看着圣上的身子才刚好些，怎么就出了这样的事情？"

纪九司的脸色亦是冷凝，他陡然道："接下去便这般……"

他附在秦公公耳边低语了几句："知道了吗？"

秦公公连连点头："好，好，奴才这就去试试！"

纪九司又叫住他："如若不放心，可与张岐山一齐谏言。"

秦公公应了声"是"，转身就回宫去了。

南真子出事的消息已经被圣上刻意封锁，当时在场的侍卫也都不敢乱说。

可世上没有不漏风的墙，这件事还是隐约传入了谢华的耳中。

谢华心底无比惊惧，下值后第一时间回了家，将此事告诉了阿娇。

阿娇一听，哪里还坐得住，当场站起身来更衣，换上了一身男子装扮，要求谢华带她入宫觐见圣上。

阿娇气得不行："师父一生光明磊落，修无情道，别说是和女子有染，

便是和女子走得稍微近些,他都会主动避让。"

一想到南真子半生荣誉,如今竟在阴沟内翻船,便让她气不打一处来,恨不得立马冲进宫去,向圣上辩解。

可圣上岂是说见就能见的?谢华劝阿娇冷静,还是先等等看圣上到底会怎么选择。

可阿娇哪里听得进去,就在父女二人正讨论此事时,皇宫内突然就传来了圣旨。

管事来报的时候,谢华吓了一跳,连忙和阿娇一起迎了出去接旨。

来颁圣旨的正是秦公公,秦公公挺着圆滚滚的肚子,脸色相当严肃地念着圣旨:"奉天承运,皇帝诏曰:久闻南真子之徒药膳一绝,调养身体甚有奇效,朕龙体困乏,甚疲,特命汝即刻入宫为朕调养,钦此。"

听完后,谢华和阿娇都愣了,还是阿娇先回过神来,有些紧张道:"草民领旨。"

秦公公将圣旨递到阿娇手中,脸色总算不再严肃,而是对她柔声道:"菜菜子小师父,咱们这就走吧?"

阿娇定了定神,将圣旨交给一旁满脸担忧的谢华,低声道:"不用担心我,我知道分寸。"

她一边说,一边投去一个让谢华安心的眼神,这才跟着秦公公离开了谢家。

去皇宫的路上,秦公公对阿娇柔声道:"别怕,您只要每日给圣上烧制药膳,替圣上调养龙体便可。"

阿娇点了点头,深呼吸,这才道:"不知我师父的事,圣上是如何看待的?"

秦公公却对着阿娇做了个"嘘"的手势,有些恐慌道:"可不敢再提,圣上这几日因为你师父的事,可是日日都睡不好觉,人都瘦了一圈了。"

秦公公担忧极了:"还有十日便是圣上寿辰,如今来看,也不知龙体能否支撑寿诞。"

阿娇正色道:"公公别急,一切有我,我定会竭尽全力。"

秦公公连连点头，表示一切就都拜托小师父了。

阿娇走入御书房的时候，看到御书房内除了高座上的圣上，竟然还有底下站着的纪九司。

阿娇微微一怔，随后回过神来，对着圣上行了礼。

圣上果然精神很不好，眯着眼睛，看上去没什么力气，脸色也有些蜡黄，眼神有些混浊，透着几分濡湿。

纪九司则笔直站着，不卑不亢。

阿娇行完礼后，圣上看着她，缓缓道："听说你的药膳甚有奇效，可是当真？"

阿娇垂首作揖："只是略有功效罢了，草民惶恐。"

圣上挥挥手："罢了，你就住进南真道观内，从明日开始，由你为朕调理身体。"

阿娇连连应好。

想了想，阿娇突然又跪了下来，对着圣上重重叩首，十分沉重道："草民的师父南真子修的乃是无情道，半生光明磊落，绝做不出那等污秽之事……"

不等阿娇说完，身侧的纪九司已经冷漠打断了她："此事圣上自有分寸，菜菜子小师父且跪安吧，此事无须再多说。"

阿娇抿着嘴，明显不甘心，可到底还是又对着圣上跪了跪，这才起身退下了。

等阿娇退下后，一时间，又只剩下圣上和纪九司面面相觑。

圣上甚是严肃："倘若你说的事并未发生，该当如何？"

纪九司微微垂首："臣自行辞官。"

圣上却哼了一声，冷冷道："辞官，你说这种话，是为了气谁？"

纪九司面无表情看着高座上的圣上："圣上对太子果然感情深厚，父子情深。圣上既然一心偏袒殿下，缘何还要面见下臣。"

圣上深深地看着他，看着这长得和自己颇为相似的眉眼，心底却变

189

得更加坚冷。

圣上忍不住别开眼去，语气也心虚地缓和下来："朕只是一时无法接受……"

纪九司对着圣上拱了拱手，也不多说一个字，转身就退了下去。

等纪九司走后，圣上又坐在高位上发愣。

他脑子里乱糟糟的，一会儿回忆起十几年前自己和皇后，还有王贵妃的青葱岁月；一会儿又想起自己将幼时的太子抱在怀里的画面。

他的子嗣甚少，只有一儿一女。

皇后为他诞下了太子，王贵妃为他诞下了安宁。也是因为子嗣少，所以这两个孩子的成长，他也是充分参与了的。

他至今还记得太子幼时白白净净粉雕玉琢，蹒跚学步朝他走来一边喊他"父皇"的样子。

也记得太子五岁那年第一次默写出了一整首古诗，他龙心大悦，当场就命人将那首古诗装裱起来收在了藏书阁内，至今还挂在那儿。

鹅，鹅，鹅，曲项向天歌……发人深省。

圣上越想越悲痛，混浊的眼中落下眼泪，甚至忍不住埋头在了桌上，痛哭失声。

一旁的秦公公见状，更是无比悲痛，眼含热泪道："圣上，保重龙体啊！"

圣上哭得更大声了。

秦公公不忍再看，默默后退，也忍不住抹起了自己眼角的残泪。

而在纪九司走后不久，太子临沛也来了。

他看上去有些急切，还有些紧张，眉眼之间隐约有戾气浮现，似乎在强压情绪。

他冷冷地看着秦公公，让秦公公通报一声，表示自己要见圣上。

秦公公让太子少安毋躁，自己则转身回了御书房，小心翼翼地对依旧在哭泣的圣上道："圣上，殿下在门外求见。"

圣上却挥了挥手，声音透着十分的伤心和憔悴："不见，滚。"

秦公公急忙滚了出去，对太子道："禀殿下，圣上身子不适，已睡下了，您看……"

太子脸上的焦虑快要压不住，冷声道："那本宫就在这儿候着，直到父皇休息好为止！"

太子要等，秦公公也不能拦着，于是秦公公应了声"是"，自己先撤一步。

可这一日，太子一直等到天黑了，也没见圣上说要召见他。

四月份的天，本就多雷雨。

眼看傍晚时分，天幕陡然发黑，有雷声滚滚奔腾而来，紧接着便是越来越湍急的大雨倾泻而来。

圣上依旧坐在高座上，听着外头的暴雨声，脸上到底浮现出了一丝不忍。

他有些犹豫，手中的笔拿起又放下，显然很焦虑。

秦公公适时道："太子殿下应该还在外头站着呢，眼看这暴雨滂沱，圣上，您看是不是……"

圣上责备地看向秦公公："你真是太多嘴了，你这么多嘴，真是扰得朕心不安！"

秦公公弯着身："老奴该死！"

圣上："不过既然你提了，那朕好像也是该见一见太子，那孩子站了大半天了，实在是冥顽不灵。"

秦公公立马道："老奴这就去通传！"

可很快，秦公公去而复返了，脸色有些尴尬。

圣上："太子呢？"

秦公公："好像已经、已经回了。"

圣上怒，冷声道："这个临沛，从小到大真是做什么都一副资质平平的样子，东宫内什么都不缺，唯独缺了他的脑子！"

秦公公缩着脑袋。

圣上又冷冷道："算了，朕以后都不想再见到他，你说把他分配到边疆怎么样,或者派他去和突厥打一仗,又或者去对抗海寇也不错。"

圣上喝了一口又一口的茶,显然被气得不轻。

秦公公怕圣上真的被气出什么好歹,连忙搀着他回了寝宫,一边劝他别再为这些琐事烦忧。

只是秦公公扶着圣上前脚刚走,后脚太子就回来了。

他就这么百折不挠地站在御书房门口,眼睛直直地看着御书房内透亮的蜡烛,浑身直挺挺地站着。

他想,他是父皇唯一的儿子,从小到大父皇都最宠爱他,一定不会舍得看他淋雨的。

他刚刚还特意去御膳房亲手给父皇烧了碗父皇最爱吃的鳝丝面,好给父皇一个惊喜。他就不信父皇不感动。

太子这般想着,脸上忍不住弥漫出了自信的光。

另一边,回到寝宫后,秦公公低声道:"圣上,招膳吧?"

可圣上躺在床上长吁短叹,有气无力道:"不想吃,不招了。"

秦公公担忧极了:"还是多少吃点吧,圣上,保重龙体啊!"

圣上沉声道:"不吃,滚!"

秦公公又差点吓尿了,当场就又滚远了。

不过菜菜子小师父亲自送了一碗清淡的阳春面过来,滑溜的软面条搭配一个色泽金黄的荷包蛋,上面还撒着葱花,细细闻去,隐约可闻到一丝淡淡的药味。

阿娇将食盒递给秦公公后,秦公公想了想,还是将面端了进去。

一刻钟后,秦公公喜不自胜地走了出来,说是圣上将面吃了个干净,还说了两个字:尚可。

阿娇这才满意地退下了。


御膳房内,眼看时间一点一滴过去,一众御厨全都围着这碗太子亲手做的鳝丝面发呆。

面已经糊成了一团,鳝丝也变得黏糊糊的。

圣上一直没招膳，众位御厨很苦恼，不知道该怎么处理这碗面。

其中有一位御厨机智地说："解铃还须系铃人，那就把面条送去东宫，太子做的面，既然圣上不吃，那必然还是得自己吃。"

其余众人纷纷响应，觉得这个点子妙极。

于是，这碗面就被御膳房的人送去了东宫，最后摆放进了太子的寝宫。

而太子依旧在御书房前淋着雨。

太子浑身湿透，却依旧固执地站在原地，有冷冷的春雨在他脸上胡乱地拍。

他穿着暗色的衣衫，站在黑暗里，不仔细看还真看不太出有个人影站在那儿。

直到将近亥时，才有侍卫突然发现，远处好像有个人。

侍卫再走近一看……竟然是太子。

侍卫吓坏了，急忙也冲到雨中，禀告太子，圣上早就回寝宫了，让太子赶紧回了吧！

这一晚，太子怔怔地看着这漫天大雨，看着依旧灯火通明的御书房，疯了般地哭着质问侍卫，为何父皇走了，烛光还亮着。

可不等侍卫回复，太子已跌跌撞撞地转身，回了东宫。

他脸色差极了，任由下人们给他洗了热水澡，全程一言不发。

他洗完澡后，走入寝殿，看到了放在自己寝殿内的食盒。

他缓缓走上前去，将食盒打开，只见里头是一碗糊成面饼的，由他亲手做的鳝丝面。

他站在原地，捧出面碗，一口一口吃着，有眼泪大颗大颗沿着他的脸颊落下，"啪嗒啪嗒"，全都打在这碗鳝丝面里。如此苦涩。

他的父皇一定知道了真相，所以不要他了。

他终究沦落成了一枚弃子，昔日的父慈子孝、骨肉情深，不过是一场盛大的骗局。

可他却不服！

当初他和纪九司的身份对调，明明他也是受害者不是吗？他做错了什么,要对他如此残忍,给了他一切却又要剥夺!

他不服,他真的不服!

临沛眼底弥漫着浓重的戾气,他转身就出了寝殿,直奔书房。

南真道观内,阿娇总算见到了师父南真子。

师父的状态挺不错的,面色红润有光泽,甚至每顿还能吃两碗饭,胃口极好。

阿娇让南真子别急,他很快就能恢复自由,南真子则摆摆手:"有顺境必有逆境,勇敢面对。"

阿娇钦佩极了:"师父果然豁达。"

圣上的一日三餐则全都被阿娇给承包了,阿娇还承担起教圣上练八段锦的责任,监督圣上锻炼身体。

圣上看着阿娇,点头道:"不错,年少有为,未来可期。"

阿娇谢圣上谬赞。

纪九司开始三不五时地被召入宫,圣上大多是问他一些有关天气的问题。

比如明天会下雨吗、是晴天吗、会不会很热之类的,纪九司则总是依言回答,非常恭敬客套。

东宫那边则传出消息,说是太子发烧了,好像是淋了好久的雨。

圣上闻言,十分不屑,骂道:"淋点雨就发烧,这身子真是比朕还孱弱。"

圣上又当场下了口谕送到东宫去:"太子身体太弱,还是专心在东宫养病,不必再去上早朝了。"

阿娇在一旁拍马屁:"圣上果然关怀太子殿下,是该让殿下好好休息。"

圣上负手而立:"不,朕主要是怕被他传染了病气。"

阿娇擦了擦额头上的汗,不再说话了。

眼看这日子一天天过去,圣上的寿辰越来越近了,整个皇宫都开始忙碌起来，为圣上的寿宴做准备。

而东宫又传出消息，说是太子殿下已经病愈了，可以恢复上早朝了。

收到这个消息后，圣上只是冷冷一哼，什么话都没有多说。

转眼，距离圣上寿辰只剩五日。

这日上早朝时，太子临沛在圣上面前展现了异常充沛的精神面貌，并向圣上谏言道："父皇，还有五日便是您的寿诞，儿臣特意在行宫为您准备了一份大礼。父皇，今年的寿诞，去行宫举办可好？"

圣上一听，微微皱眉。

行宫倒是不远，就在京郊三十里处，半日就能到。

主要是圣上的身子不太好，总觉得去行宫过寿诞，多少有些疲累。因此圣上有些犹豫。

太子再接再厉，继续道："父皇，儿臣已经在行宫安排好了一切，是儿臣花了许多精力准备的！"

他一边说，一边用期待的目光看着圣上，眼中弥漫着亮晶晶的光。

但圣上不为所动，依旧犹豫不决。

他几乎是下意识在人群中扫了眼，也不知道是在找谁。

圣上这才突然想起纪九司不过是个司天监的七品小官，还轮不到每日来上早朝。

这一刻，圣上心底突然涌现出一阵浓浓的愧疚。

但他面上不显，只是语气明显敷衍了很多："行了，容朕考虑考虑。"

扔下这句话，圣上就将这话题结束了，让众爱卿有事起奏，无事退朝。

太子垂下双眸，掩盖了眼中的冷色。

圣上回到御书房后，转头就让秦公公去将纪九司叫来。

秦公公连忙喜不自胜地去叫人，而等纪九司走入御书房后，圣上当即就对他扬起了一个温柔的笑意，对他嘘寒问暖、各种关怀，夸他长得俊，夸他个子高，还夸他司天监的活完成得真棒啊，真是天才。

纪九司始终平静淡漠，打断了圣上的神神道道："谢谢圣上。"

圣上有些心虚地摸了摸鼻尖,又笑道:"小司最擅长预测天气,你觉得后日的天气如何?是晴天吗,还是会下雨呢?"

纪九司当即走出御书房看了眼头顶天空,好久才又走回御书房,说道:"怕是会有大雨。"

圣上笑道:"好,朕知道了。"

原来圣上找他就是为了让他做天气预报,纪九司挥挥手,转身走了。

等纪九司退下后,圣上又陷入了懊恼。

他看向秦公公:"方才朕的表现如何?"

秦公公连忙道:"圣上表现得非常好!"

圣上有些失落:"可小司看上去并不高兴。"

秦公公:"来日方长,小殿下迟早会明白圣上的苦心的。"

圣上微叹:"是啊,这件事得慢慢来才行。"

十几年前的皇室丑闻秘辛,自然不能轻易昭告天下。只有慢慢操刀,才不显突兀。

圣上又低声道:"一切都安排好了?"

秦公公垂眸:"已安排妥了。"

圣上嘴角的笑意透着慈祥的杀气:"可别出什么岔子。"

顿了顿,圣上又轻飘飘地道:"帮朕传道旨吧。"

半个时辰后,一道圣旨传入了司天监内,正式任命纪九司为司天监少卿,官拜正四品。

秦公公颁完圣旨后,整个司天监的人都向纪九司连连道贺,庆祝他升职。

只是纪九司看上去并不是很开心,始终淡淡笑着,笑不达眼底。

当日傍晚,太子又来御书房见圣上,又提了去行宫给圣上过寿诞的事。

圣上看着太子,淡淡道:"倘若要去行宫给朕祝寿,那最慢后日便要启程。"

太子点头笑着,恭声道:"正是,今日父皇便让内务府准备,咱们后日启程去行宫。行宫的大片玉兰花全都开了，甚美，儿臣想陪父皇去看看。"

"还有行宫的后山上野生动物众多，还能在野郊狩猎，为父皇祝寿，"太子眼睛亮晶晶的，"冲冲喜气。"

圣上："后日要下暴雨。"

太子一愣，随即眉头微皱："日后有暴雨？父皇是听谁说的，难道是司天监吗？"

太子："司天监的人神神道道，一个比一个迷惑，难道他说下就一定会下吗？儿臣就不信后日会下雨！"

他嘴唇微抿着，眼中充满了渴求："父皇，儿臣为了您的寿诞，当真准备了许多。还请父皇能给儿臣一个机会！"

话及此，太子对着圣上重重跪了下去。

圣上皱眉："起来再说。"

太子卑微极了："父皇答应了，儿臣便起来！"

圣上内心：年纪二十了，还是这么幼稚。

圣上面上却说："行吧，朕考虑考虑。"

太子喜不自胜，这才愿意站起身来，跪安了。

离开御书房后，太子直接就去了内务府，让内务府准备后日父皇和后宫妃嫔们的出行事宜。

吩咐妥当后，太子想了想，脚下一拐就直接去了南真道观。

才刚踏入人门，他就见一个细皮嫩肉的少年正坐在院子里晒药草，想必这就是南真子的徒弟菜菜子。

阿娇一抬头就看到太子站在自己面前，正待行礼，可太子已经忽略了她，直接转身朝着软禁南真子的院子而去。

南真子就软禁在了南真道观最里头的小院子里，有人看守着。

阿娇每日都可以在去给南真子送一日三餐的时候见到他。

太子走入房内，便见南真子依旧光风霁月，干净温和，他穿着素白的衣衫坐在床上打坐,看上去心情很平静。

太子负手而立在南真子面前,似笑非笑地看着他。

南真子也睁开了眼,和太子四目相对。

太子道:"你倒是命大,竟然连毒都毒不死你。"

南真子道:"我略懂医术,对药草亦有涉猎,所以寻常的毒药毒不死我。"

南真子:"我的武艺也尚可,所以寻常杀手也伤不到我。"

太子低笑:"既然毒不死你,派出去的人也杀不死你,那就只有剑走偏锋了。"

太子:"你如今被软禁在这一隅之地,真是怪可怜的。"

南真子:"我心中有天地。"

太子:"自欺欺人罢了。"

南真子不置可否。

太子看着他的眼神愈加凌厉:"南真子,你这么聪明,应该知道什么该说,什么不该说。"

太子:"倘若你能帮助本宫,等本宫日后继承大统,可继续钦封你为国师。"

太子:"所以你真的想好了,要和本宫站在对立面吗?"

南真子说:"殿下是怕我将撞见你和王贵妃在后宫偏殿偷情的事,告诉圣上吗?"

太子的脸色猛地变了,他几乎是一个健步冲到了南真子面前,伸手紧紧捂住南真子的嘴巴,一边压着声音咬牙道:"你疯了!"

太子慌乱极了,还下意识地看了看四周。


这还得从南真子从秦公公挖的密道钻回皇宫开始说起——

当时,南真子通过密道偷溜出宫买了零嘴,又听了评书,非常满足,这才又顺着密道回了皇宫。

这条密道连通着后宫的柳安殿和纪九司府上的后院,柳安殿是整个后宫最偏僻的宫殿之一,就在冷宫的隔壁,是一个将近废弃的宫殿,只有两个老嬷嬷时不时会来打扫,平时是没有什么人的。

也确实,那日南真子回宫的时间是晚了点,等他钻出柳安殿的时候,已经是戌时三刻了。

只是那夜的柳安殿似乎格外不同,不但门窗紧闭,殿内甚至还点着一盏红烛,显得昏昏黄黄,莫名暧昧。

更重要的是,耳边竟然还有男女暧昧的喘息声。

南真子虽然是高龄童子,可没吃过猪肉也隐约见过猪跑。他不过是眼角余光一瞥,就看到角落里有两副白花花的身体纠缠在一起。

南真子看看他们。

他们像是感受到了什么,也下意识地看向南真子。

一时之间,六目相对。

气氛格外诡异。

过了半晌,他们才慌张拎起附近的衣衫想遮住身体,南真子急忙别开眼,一边朝外走去,一边掐指一算快速念道:"道生一,一生二,二生三,三生万物。太极生两仪,两仪生四象,四象生八卦。卦象下下签,此乃大凶之兆啊,大凶!"

谁知一听这话,王贵妃当场就哭了,厉声道:"太子,他如此侮辱我!"

太子手忙脚乱披了件衣衫松松垮垮挂在身上,这才急忙冲到了南真子面前,眯着眼冷声道:"大帅,你都看到了?"

南真子抬头看天:"我什么都没看到,也什么都没听到。"

太子眼中满是杀气,他上下看着南真子,又看向南真子的背后,愈加质疑:"你是从什么地方冒出来的?"

南真子微微沉默,才说:"从天上。"一边说,一边指了指西北角。

确实,柳安殿年久失修,西北角的屋檐确实破了个洞,是两年前被雷给劈坏的,这么久了一直没人修。

太子眸光更沉:"你在天上干什么?"

199

南真子："练气功。"

太子："所以你早就已经看到了？"

南真子："我练气功的时候有个习惯，喜欢闭上眼睛。"

太子："就算刚才没看到，现在也已经看到了。"

南真子："其实我眼睛不好。"

太子低笑："知道什么该说什么不该说吗？"

南真子："太子且放心，今日之事，您知我知王贵妃知，本道自会保守秘密。"

扔下这句话，南真子脚下运着轻功一溜烟跑远了。

而等南真子回到道观后，惊犹未定，下人们适时端上了一盏茶，南真子不过是拿起茶杯闻了闻，就闻到了杯内浓烈的毒药味。

一旁的太监还用一种阴森森的目光看着他。

南真子假装"失手"打翻了茶盏。

这太监对着南真子发动了攻击，不过两招，他就被南真子踩在了脚底。南真子慈悲为怀，顺手捏断了他的双手就放他走了。

一个时辰后，不断有杀手来对南真子发动攻击，可南真子武功高强，根本就没人能伤得了他。

一直折腾到寅时，南真子折腾得太累，不过是去了一趟厕所，谁知一回来就看到自己的床上多了一个女人。

…………

南真子被圣上下令软禁后，圣上亲自过来质问他为什么会发生这样的事。

南真子修道多年，从不打诳语，他只好从十几年前纪九司和临沛被狸猫换太子开始讲起，细述了纪九司、临沛，还有王贵妃三人的渊源，并着重说明了自己撞见的那一幕画面。

可在狸猫换太子这个惊天的真相面前，太子和王贵妃的苟且秘辛，反而被衬托得没那么让人震惊。

圣上听完后，久久无言，瞳孔震荡，过了许久才颤声质问他："证据呢?"

南真子指了指跟在圣上背后的秦公公。

秦公公泪流满面,将当初发生的事细细说给了圣上听。

这么多年下来,秦公公不知遭到了多少攻击,太子想杀他却又舍不得杀他,他是圣上最信任的太监,从小就陪在圣上身边,已经陪了圣上大半辈子,轻易不敢动,却又不得不动,所以很矛盾。

秦公公哭着说:"圣上,您知道老奴这些年是怎么过的吗?待他日小殿下回归,老奴便以死谢罪,弥补当年的滔天大罪!"

秦公公:"当年老奴亲手狸猫换太子,便偷摸留了证据在老奴寝房,正是纪府那孩子的贴身玉佩,上头还刻着一个'纪'字。"

纪家孩子的贴身玉佩出现在秦公公手里,这足够证明孩子掉包了。

秦公公:"倘若圣上还是不信,可和小殿下滴血认亲!"

圣上听罢也哭了,整个人都摔在了地上,差点就要晕过去。

圣上含泪道:"纪康和太子都长着娃娃脸,朕还因此觉得纪康挺顺眼,没想到——"

怪不得会那么像,就跟一个模子刻出来的。

所以圣上离开南真道观的时候,整个人都一副虚脱了的愤怒样子。

…………

再回眼下,太子捂住了南真子的嘴鼻,又厉声道:"再敢乱说一个字,本宫现在就杀了你!"

南真子眨了眨眼。

太子这才松开了他,咬牙道:"所以你究竟有没有和父皇胡言乱语什么?"

南真子摇头:"当然没有胡言乱语。"

太子非常怀疑:"当真?"

南真子:"本道从不打诳语。"

他的眉眼澄澈,毫无心虚,应该是真的。

太子这才微微松了口气，脸色又变得温润起来："大师，本宫日后定会好好待你。"

南真子："谢谢。"

太子又对他敲打了一番，画了些等他继承大统后就如何如何的饼，这才话锋一转："外头那个是你徒弟？倘若你不想失去你徒弟的话，最好乖乖听本宫的话。"

南真子："她的武功比我高。"

太子眼角一抽，沉着脸甩袖走了。

道观前院，阿娇依旧在摆弄药草，一边自言自语："这才八百多种药，真是太少了。"

太子内心：瞧把你能的！

阿娇抬头看去，见太子又出来了，连忙又要对着太子请安，可太子冷着脸大步离去，看都不看她一眼。

转眼就到了后日。

这日一大早，天气就阴沉沉的，很闷很不舒服，压得人透不过气。

内务府已经充分做好了出行的准备。

早朝后，圣上忍不住抬头看了眼远方的天幕，非常犹豫。

太子当即走出一步，依旧兴致勃勃的："父皇，现在出发去行宫最当时！"

众位大臣都忍不住看向朝议殿外的天空。

纪九司则走出一步，谏言道："禀圣上，今日恐有暴雨。"

众位大臣连连附和，毕竟今天的天色一看就是要下暴雨的样子。

太子却分外激动，看着纪九司的眼神透着难以掩饰的厌恶："今日绝不会下雨！"

纪九司："乌云拦东，暴雨之势。"

太子："本宫说不会下就不会下，纪大人真是迷信迂腐。"

纪九司："乌云拦东，确实是暴雨之势。"

太子:"纪大人神神道道的,是在司天监待久了所以才变得如此疯癫吗?"

一旁的云伯仲脸色发青,很不好看。

纪九司不再多说了,对着圣上拱手作揖,退回群臣队列里。

太子对着圣上又扬起恭敬的笑意:"父皇,咱们何时出发?"

圣上觉得太子……觉得临沛这样真是丢脸,不愧是纪康的种,长着一张娃娃脸,内心也长不大的样子,真是幼稚得很啊!

他心底分外嫌弃,可面上还是得忍着厌恶偏祖皇家颜面,他不耐烦道:"走吧,走,现在就走。"

圣上:"等半途下雨了,朕就冒雨前行。反正朕一把老骨头,染点风寒也无所谓,又或者变成肺痨,成日缠绵病榻,吃点生活的苦。"

扔下这句话,圣上站起身就甩袖离开。

群臣一听,吓得都跪在了地上。

只有太子独自站在那儿,脸上一阵红一阵白,眼底濡湿,心底悲切极了。

他本以为经过上次那碗冷的鳝丝面后,他的心就不会再痛了,可如今却还是痛得很啊……太子红着眼,久久不言。

半个时辰后,群臣还是跟着圣上一起出发了。

群臣先去,他们各自的女眷们则晚一天出发,百官齐为圣上庆祝寿诞。

坐在龙辇上的圣上沉着张脸,百官们则全都跟在太子后头,非常认命地跟随着。

长队缓慢行进,逐渐出了城门,上了官道。

天色始终阴沉沉的,没有下雨也没有变化,太子很高兴,小跑到圣上的龙辇边,对圣上柔声道:"父皇,您看这天并没有下雨,您要相信儿臣。"

圣上依旧用鼻孔看他,从鼻尖发出了阴阳怪气的一声"哼"。

太子紧了紧藏在衣袖里的拳头。

一行人继续往前行去，一直等到了官道半途时，头顶天幕突然就有豆大的雨珠落了下来。

一开始只是零星几颗，群臣纷纷相互对视，窃窃私语，只有太子脸色难看极了。

太子高声道："各位大人少安毋躁，只是小雨罢了……"

话不至此，这雨猛地就变成了滂沱大雨，来势汹汹，如银河倒泻。

各位大臣瞬间淋成了落汤鸡。

在这前不着村后不着店的鬼地方，所有人都狼狈极了，匆匆掉转方向往回京的方向而去。

幸好圣上坐在龙辇里，早就做了准备，裹上了薄被，否则染了风寒就是大大的不妙。

等到一行人艰难地冒雨回了宫中后，百官们已经彻底变成落汤鸡。

那些上了年纪的文官莫名其妙淋了一场雨，一个个都很生气，将太子明里暗里贬了一顿，直说得太子拳头发硬，心道等本宫日后继承了大统，就把你们这些讨人厌的文官全都流放到极北之地做苦力，苦死你们！

而他面上则是一副失魂落魄的模样，一字不言。

于是，圣上的寿诞还是在宫中举行。

太子又和圣上说，已经命人将那些准备好的惊喜，从行宫移过来了，相信一定能让圣上看到他的真心。

圣上敷衍地应了声，转身就走，懒得再多看他一眼。

太子闹了这么大一场笑话，以至于文武百官都在明里暗里地嘲笑他。

当日回到东宫后，太子又在书房发疯，将书房内的瓷器和书籍都扔到了地上。几个心腹全都站在一旁，垂眸不语。

太子发泄完毕后，又冷眼看着他们，恶狠狠地道："你们也在心底嘲笑我，是不是？"

几个心腹纷纷说不敢不敢。

太子深呼吸，情绪总算冷静下来了不少，他恨声道："待日后本宫继承大统，定要他们好看！"

心腹们又纷纷应是。

其中心腹岳肖算是对太子最忠心的，他垂眸低声道："殿下，今日确实有雨，您为何还非要让圣上启程去行宫？"

太子瞬间用阴冷的眼神扫向他："你也觉得纪九司料事如神，他说下雨就一定会下？"

岳肖连忙摇头："属下不敢，属下只是……"

太子又发疯了："滚！滚出去！"

几个心腹吓得争先恐后地滚了出去。

太子猛地抬眼看向窗外，一字一句道："纪九司，等寿诞那日，本宫定要你身败名裂！"


另一边。

圣上和百官匆忙回宫的消息很快就传到了南真道观。

阿娇若有所思地给圣上继续做药膳。

等药膳做好时，正好是酉时一刻，阿娇提着药膳亲自送到圣上寝宫，将膳盒交给了秦公公。

只是没想到纪九司也在圣上的寝殿内，两人不知道说了什么，圣上看上去很高兴，眼睛里还发着亮晶晶的光。

纪九司的神情则显得稍微平静，并没有太多的情绪流露。

阿娇交上药膳后，按照流程当着圣上的面试了毒，便请安告退。

圣上对阿娇很满意，当即挥挥手允了。

而等阿娇走出后不久，纪九司也出来了，在背后叫住了她："阿娇。"

阿娇脚步骤停，不情不愿地对着纪九司作揖："纪大人。"

纪九司温声道："最近可好？"

阿娇："挺好的，一切都很适应。"

纪九司低笑："那就最好了。"

就是张思竹每日都要给她送好几封信，信的内容絮絮叨叨，通篇都

在担忧她能否准时出宫和他成亲。

算算日子，她和张思竹的婚礼只剩十七天。

确实没多少日子了。

阿娇有心事，藏不住，纪九司非常好心地关心她："阿娇看上去好像有点闷闷不乐。"

阿娇摆摆手："没什么，是我的私事罢了。"

纪九司道："是因为和张公子的婚事？"

阿娇看向他。

纪九司道："大婚将至，阿娇是不是在担心该如何出宫成亲？"

阿娇小声道："届时我向圣上请假两日就是了……"

纪九司："祝你成功。"

阿娇："谢谢。"

纪九司大步朝前走了。

阿娇也回了道观，趁着天色还早，给张思竹写了回信，然后将信交给了大内侍卫，塞了点银子让侍卫帮忙送出去。

那侍卫收下银子，连连应是，可转头就将阿娇的信件交给了一个小太监。

小太监是秦公公的干儿子，叫小海。小海捏着信件，转头就将信件交给了秦公公。

秦公公对纪九司一向言听计从，他当天就顺着密道摸到了纪九司的家中，将信交给了纪九司。

纪九司捏着信封，看向秦公公："这信不是我要看，而是为了宫闱安全，所以不得不看。"

秦公公连连应是："小殿下辛苦了。"

纪九司将信打开，看了眼里头的内容，沉默半晌，才说道："这信从宫闱流出，若是被有心人看到了，难免会借此大做文章，烧了吧。"

秦公公又应了声好，转身便将这信一把火烧了。

薄薄的信纸，顷刻间就化为了灰烬。

而宫外的张思竹则在焦灼等待，等待着从宫中能送出阿娇的信来，毕竟他给阿娇前前后后写了十几二十封信，却从未收到过阿娇的回信，这就让他忍不住有点伤心。

他也曾拜托自己父亲，让张岐山去宫内上朝的时候顺道去看看阿娇，看看阿娇在宫中过得好不好。

可张岐山只回复了三个字，没得空。

张岐山不帮他，他只有继续期盼老天开眼，让阿娇能给他回封信，哪怕只有只言片语也好。

这边张思竹守成了盼妻石，宫内的生活则一切如常。

转眼就到了圣上寿诞这一日。

百官们都携着家眷入宫来参加寿诞，给圣上祝寿。

整个皇宫早就被内务府布置得喜气洋洋，到处都贴着寿字，御花园的大树和花卉上，全都披上了红丝带，看上去张灯结彩，格外喜庆。

寿宴设在御花园，从下午申时开始，百官们不断入场，在御花园内三三两两站在一块，相互说着官场恭维话。

阿娇当然也要参加寿宴，只是她的作用是帮圣上做药膳，所以今日她也会亲手做一桌药膳，权当给圣上的寿诞贺礼。

张思竹自然也跟着张岐山来了，刚进入御花园，张思竹就左顾右盼，到处张望，努力在人群中搜寻阿娇的身影。

可惜阿娇没看到，纪九司倒是一眼就看了个清楚。他就站在一棵海棠树下，斜倚着身体靠在树干上，看上去慵慵懒懒的，对着面前的几位大人露出客套的笑意，说着场面话。

张思竹翻了个白眼，别开眼去，只当自己没看到他。

张岐山则扔下张思竹，直接走到了纪九司面前，和他攀谈起来。二人谈笑风生，满面春风，十分愉快。

张思竹站在角落，看着自家老爹对着纪九司时如此欢喜的模样，又想起这段时日父亲对着自己时，总是阴沉地冷着脸，对他非打即骂，满

目鄙夷。

张思竹心底拔凉拔凉的,只身坐在角落,静静地看着前方害相思。

一直等到酉时,来参加寿诞的人越来越多,文武百官几乎已经到齐。众人纷纷相互打着招呼,然后依次入座。

太子和安宁公主也已经到了,安宁公主是个小姑娘,还未及笄,一双眼睛大大的,特别灵动,非常漂亮。她今日穿着漂亮的袄裙,头上别着娇粉色的木棉花步摇,走起路来一摇一摆,很好看。

太子则看上去像是不太开心,脸色微沉,眉目透着丝丝的凉,浑身都透着生人勿近。自然,众人也非常有眼力见儿地没去打扰他,免得惹祸上身。

等到酉时一刻,秦公公尖细的声音老远传来,正是圣上驾到。

而跟着圣上一起来的,有皇后、王贵妃和别的几位宫妃,还有阿娇也跟随在人群角落里。

各位大人纷纷离座,跪在地上山呼万岁。

圣上入座后唤众爱卿平身。

众人开始向圣上献上自己精心准备的祝寿贺礼,一众官员按级别从高到低,依次报上,一时间整个御花园都响彻着官员们此起彼伏的报礼声。

最后,圣上自己也不耐烦了,等从三品以上的官员们报完后,就挥了挥手打断了报礼,表示心意已经收到了,爱卿们无须再报。

当然了,这是场面话,主要也是因为三品以下的官员们爱送什么送什么,无所谓,他压根儿不在乎。

而就在这时,太子走出一步,一改下午的不开心,脸上扬起一个大大的笑意:"父皇,儿臣为您准备的贺礼,您一定会喜欢!"

话到此,他拍了拍手。

很快就见几个宫人推着推车走入了堂内。

这推车造型很别致,是个大圆球,整体红彤彤的,就像是一颗非常喜庆的南瓜。

这南瓜推车一上场,众人纷纷低头窃窃私语,不明白太子这葫芦里卖的什么药。

太子显然很自信，他昂首挺胸，毫不畏惧众人的眼神。

紧接着，他拍了拍手，很快这颗大南瓜就裂成了四瓣。有无数花瓣从南瓜里头散了出来，将站在南瓜中央的一个窈窕女子衬托得美若天仙。

这女子穿着异域风情的裙装，露着白花花的大腿和窄窄的腰肢，脸上还戴着珍珠脸帘，头发高高盘起，眉眼魅惑如丝，正不断对着高座上的圣上抛着媚眼。

紧接着，丝竹声响起，美女瞬间开始跳起热辣的舞蹈。疆域之舞格外热情奔放，在场众位大人都看得一愣一愣的。

高座上的圣上表情更是耐人寻味，他眯着略显混沌的眼睛，看着这美女跳舞，脸色相当之冷漠。

一直等到一曲跳罢，太子才走出一步，对圣上躬身道："父皇，这乃是南疆小公主，亦是南疆的第一舞姬，乃是儿臣为父皇搜寻到的贺礼。父皇您不是最爱赏舞吗？"

圣上年轻时确实很喜欢看美女跳舞，但少说也是十年前的事了。如今的圣上别说是看美女跳舞，就连看美女都已经不再有兴趣，早就改喜欢下棋了。

圣上心底对临沛非常鄙视，但是面上依旧笑道："你有心了。"

太子很高兴："只要父皇喜欢，儿臣的付出就是值得的。"

"朕喜欢，朕很喜欢。"圣上始终笑眯眯的，将眼神扫向南疆小公主，用一种非常和蔼的语气问她，"你叫什么名字，今年几岁了？"

南疆小公主对着圣上跪了下去，声音娇娇的："妾叫温蛮儿，今年已十六了。"

圣上摸了摸下巴处的山羊胡："不错，十六，已经及笄了。"

众位大臣的脸色各有各的复杂，有的满是嫌弃，有的权当看热闹，更多的则是好奇地看着这个南疆小公主，毕竟美色当前，秀色可餐。

阿娇始终站在圣驾旁，她看着这貌美的温蛮儿，又忍不住看了眼站在人群里的纪九司，没想到却不小心和纪九司看了个对视，纪九司还对着她露出一个温温的笑意。

阿娇脸色一红,慌忙别开眼去。

而坐在张岐山身边的张思竹见状,则相当生气。他恨恨地瞥了眼纪九司,又不甘心地看向阿娇,委屈得眼泪都快下来了,满脑子想的都是阿娇为何不看我?为何不看我??

明明圣上寿诞如此热闹,可他们三个却硬是在这么多人中达成了一种非常奇特的微妙感。

就在阿娇还在平复自己发烫的脸颊时,就听圣上又道:"这个小姑娘不错,秀外慧中,舞技出众,不知朝中谁未曾婚配啊?朕便将她指给谁。"

这话一出,瞬间就有好几个刚入朝为官没几年的青年才俊走出一步,向圣上表示自己还未曾嫁娶。

圣上轻飘飘扫了他们一眼,突然就道:"纪爱卿,朕没记错的话,你也未曾定亲,可对啊?"

纪九司微微皱了皱眉,到底是从位置上走出一步,躬身道:"回圣上,微臣确实未曾定亲。"

可紧接着,他又说道:"但是微臣已有心仪之人。"

圣上脸上的笑意陡然就消失了,他低低地哼了一声,大概也觉得很扫兴。

站在一旁的临沛在心底将纪九司骂了无数遍,面上皮笑肉不笑地插话:"纪大人都快二十了,也是该成家了,耽误了可不好。"

纪九司对着临沛略一拱手:"殿下说得是。"

圣上看着纪九司对临沛作揖的样子,越看越不舒服。他挥挥手让纪九司回座位上,然后随手就将这个南疆小公主指给了太子,一边不耐烦道:"这小公主还是太子你自己收了,我看你们挺配。"

临沛怔住,下意识道:"父皇,小公主是儿臣专门为您准备的……"

圣上摆摆手,显然不想多说,又看了眼一旁的秦公公,秦公公心领神会,宣布宴会继续。

临沛脸色隐隐又有些不好看了,他沉默地坐在位置上闷头喝酒,将酒杯捏得死紧。

这时,一直坐在圣上右边的王贵妃柔声道:"圣上,臣妾也为您精心准备了寿礼,还请圣上赏脸一看。"

王贵妃今日穿得珠光宝气,钗环琳琅,脸上的妆容精致极了,丝毫看不出年纪,只觉得是个保养得当的妇人。

原先王贵妃是很得圣心的,年轻时候也是跳舞的好手,翩翩舞广袖,似鸟海东来,让人惊艳。

所以这么多年,就算是圣上前两年身体最虚弱时,他也偶尔会召王贵妃过来陪陪他,当然了也仅限于陪一陪,别的事早就已经有心无力。

但是现在不一样了,自从圣上得知她和临沛的奸情后,他就已经无法直视她了,怎么看都觉得这厮就是披着层人皮的怪物,肮脏透顶。

圣上面无表情地瞥了她一眼:"看。"

王贵妃因圣上冷淡的态度愣了一下,脸色一瞬间不太好看了,但也很快就收起了情绪,笑着鼓了鼓掌。

于是,很快又见几个宫人将一个巨大的四方体押运进场。

这四方体上还盖着一块深红的布。

众人又开始议论纷纷,不明白王贵妃这葫芦里又是卖的什么药。

王贵妃从位置上起身,缓缓走下高台,走到那四方体边,亲自将那四方体上掩盖着的红布拉扯了下来。

瞬间,一个偌大的铁笼子暴露在众人面前。

而在铁笼内关着的,竟是一只好大的仙鹤。

这鹤浑身羽毛雪白,流光溢彩,脖颈修长,头顶还有一撮红毛,十分优雅。

这鹤一亮相,所有人都忍不住发出惊叹声。

"是仙鹤!"

"仙鹤乃是祥瑞之兆啊!"

众人一个个都交头接耳,议论声不断。

王贵妃柔声道:"此乃极南之地的仙鹤,机缘巧合下被父亲所得……"顿了顿,她的脸上闪过一丝悲切的落寞,但嘴边依旧强颜欢笑,"这仙鹤还能演一段'紫气东来、仙鹤南飞'。"

此话一出,众人纷纷应好鼓掌,让王贵妃赶紧放出仙鹤秀一段。

王贵妃自是应好,当即就打开了铁笼,将仙鹤放了出来。

只见这仙鹤出了笼后,果然振翅高飞,嘴中还发出悠远的鹤鸣声,好听极了。

这仙鹤直直地朝着高座上的圣上飞去,绕着他转了两圈,嘴中的鹤鸣声更高昂了,引得文武百官纷纷拍手叫好。

而仙鹤从圣上脑袋上空飞走后,竟然直直地朝着百官之中的纪九司飞去,然后直接停飞在纪九司的前面,两只鹤眼和纪九司大眼瞪小眼。

众人全都怔了,不明白仙鹤怎么会突然停在纪九司面前。

随即,只见这仙鹤竟脚下一软,还发出了一声凄厉的惨叫声,紧接着就倒在了地上。

现场一片死寂,所有人都屏住了呼吸。

沉默了许久,还是王贵妃率先回过神来,大惊失色地冲了上去,搂起倒在地上的仙鹤凄声道:"阿鹤!我的阿鹤,你这是怎么了?"

太子临沛也冲了上去,蹲下身去稍一探查,惊疑道:"这鹤竟突然暴毙了!"

所有人都愣住了,好端端的仙鹤怎么突然就死了呢?今日还是圣上的寿宴,想也知道这是大凶之兆啊!

临沛猛地看向纪九司:"你对仙鹤做了什么?为何仙鹤突然暴毙?"

纪九司面色沉寂,嘴角挑起一个嘲讽的弧度:"下官什么也没做。"

王贵妃讷讷道:"除非是……"

临沛看向王贵妃:"贵妃娘娘,除非什么?"

王贵妃:"除非仙鹤是看到了不吉之物,所以才用自己的命,来抵抗阴煞之气,保全圣上的龙体啊!"

临沛震惊:"难道这个不吉之物,是指纪大人吗?"

人群之中一片恍然,所有人都开始窃窃私语起来,对着纪九司指指点点。

高座上的圣上眉眼中的寒气已经掩饰不住,他冷笑道:"王贵妃,照你这么说,没有这仙鹤,朕就要被纪九司克死了?"

王贵妃脸色猛变,吓得连忙跪在了地上:"臣妾、臣妾不是这个意思……臣妾的意思是、是——"

圣上冷漠地打断她的话,高声道:"纪九司。"

纪九司从位置上站起身来,听圣上吩咐。

圣上:"这仙鹤说你是不吉之物,你有什么想说的?"

纪九司:"当然是无稽之谈,封建迷信不可取。"

圣上:"朕也这么觉得。治国岂能依赖迷信,那这天下还不乱套了!"

临沛和王贵妃的脸色瞬间变得难看了很多。

圣上侧头看了眼身侧的秦公公。

秦公公当即悄无声息地退下去了。

圣上冷笑道:"朕可不信什么抵抗阴煞之气,既然这仙鹤死了,那就请兽医来看个究竟,看看到底是什么原因引起的暴毙。"

王贵妃的眼底闪过了一丝极快的慌乱。她有些紧张道:"圣上,这怕是不妥,仙鹤乃是祥瑞之物,这……"

圣上:"再怎么祥瑞之物,那也是只鸟,死了就得看兽医。"

王贵妃怏怏然,不说话了。

兽医很快就来了,他仔细查看了这死去的仙鹤后,突然脸色大变,震惊道:"这仙鹤竟有话要说!"

这话一出,文武百官又沸腾了!这什么鸟啊,死了还能说话?

圣上也震惊了:"哦?它要说什么,快说给朕听听!"

兽医又趴在仙鹤尸体边,附耳上前仔细听着,末了,对着圣上叩首道:"兹事体大,卑职惶恐!"

圣上:"尽管说,朕不怪你就是。"

兽医这才小声地道:"这仙鹤说、说王贵妃的寝宫内,藏了些脏东西……"

这话一出，文武百官一个个都目瞪口呆，瞳孔地震，惊掉下巴！

啥？这、这怎么还牵扯到王贵妃了？

圣上厉喝："竟有此事！给朕查！仔细地搜查！"

脑子发昏的王贵妃被圣上的这句话给吼清醒了，她泫然欲泣地慌张道："圣上，切不可听信这狗奴才的一面之词啊！"

王贵妃擦着眼泪哽咽道："死去的仙鹤怎么会说话，这不是封建迷信吗？"

圣上看向纪九司："你说，这算是封建迷信吗？"

纪九司："张兽医乃是大夫，大夫说的话，怎么能算是封建迷信？"

圣上："纪大人说得在理。"

圣上陡然站起身来，阴沉着脸道："那就且去景阳宫搜上一搜，看看这到底是真的，还是张兽医在信口雌黄。"

文武百官一个个都怔得像蜡像，不明白怎么好端端的，竟然都开始移步景阳宫了。

于是一时间，圣上走在最前头，众人依次跟在后头，就这么浩浩荡荡地朝着景阳宫而去。

景阳宫是王贵妃的寝殿。王贵妃自进入后宫开始，就一直住在景阳宫，从不曾换住处。

大内侍卫们搜查得非常卖力，王贵妃一脸蒙，临沛脸色也很是难看，二人就站在一旁，手足无措地看着侍卫们搜查景阳宫。

没一会儿，竟然真的搜查出了东西来。

大内侍卫举着一个包裹走了出来，说是在屋檐处搜到的，放得非常隐蔽。

圣上立即命人打开，就见这包裹内放着的，竟是孩子的衣物。

以及一块刻着"纪"字的玉佩。

一时之间，王贵妃和临沛的脸色大变，圣上的脸色也阴鸷得可怕。

在场的文武百官，似乎都嗅到了不寻常的味道，沉默得震耳欲聋。

浩浩荡荡在场百余人，硬是死寂一片。

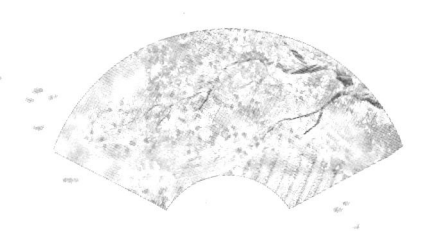

## 第九章
### 占为己有

在圣上的寿宴上,发生了一件震惊朝野的大事。

谁都没有想到,一只仙鹤的暴毙,能牵连出一桩十七年前的皇室秘辛。

当时王贵妃和皇后同时有孕,生产仅差两天。

王贵妃先一步生了小公主,两日后皇后也诞下了小皇子。

可没想到王贵妃竟阴险至此,竟将皇后诞下的小皇子,和纪府刚出生的婴儿来了个狸猫换太子。

也就是说,纪九司才是真正的太子,而临沛,则是纪府的公子。

怪不得太子临沛和王贵妃走得这样近,甚至比皇后这个生母的关系都要好,敢情这里头竟有这么大的隐情。

也怪不得太子临沛之前总想置纪九司于死地,据说之前纪九司"弑父杀母"的冤案,就是临沛嫁祸给他的。

事情败露后,圣上震怒,当场下旨将王贵妃关入死牢,凌迟处死,诛王氏一脉九族;而太子临沛也被软禁在了冷宫,没有圣上吩咐谁都不能见他。

就连跟了圣上好多年的秦公公都受了牵连,据说当年那件事秦公公不但参与了,还是主谋。圣上体恤他跟了自己好多年,没有辛劳也有苦劳,

特赐鸩酒一杯,让他干脆利落地上路。

这件事不但震惊了文武百官,圣上也是气得快要晕厥了,等他处置完众人后,龙体便不太好了,将晕未晕的,当场就被搀回了寝殿,直到现在都还罢着早朝。

整个京州最近都热闹极了,所有人都在讨论此事,有的在讨论那只神奇的仙鹤,有的在讨论纪九司跌宕起伏的命运,还有的则在咒骂王贵妃祸国殃民,一代妖妃,竟作出此等大孽,实在是让人可恨!

在这一片吵吵嚷嚷中,谁都没有注意到,阿娇早就已经被圣上送出宫了,而她的师父也已经恢复了国师职位,继续帮圣上调理身体。

阿娇回想着这几天在皇宫内亲眼见证到的一切,还是觉得有些晕乎乎的。

她曾设想过无数次,纪九司该如何恢复他的太子之位,可没想到圣上他老人家早就有了自己的计划,并且执行得干净利落,丝毫不拖泥带水。

他养在膝下十八年的临沛,说打入冷宫就打入冷宫,说话时连眼皮子都没有多抬一下,又果决,又无情。

也许这就是帝王之道。

如今纪九司已经入主东宫,这段时间"圣上身子不好",所以一直都是纪九司随侍在一旁,伺候圣上。

朝野上下对纪九司这位新太子也是相当可怜见的,心疼他一个人被临沛污蔑"杀父弑母"而背负了骂名,到处逃窜成了见不得光的渣滓,明明他才应该是万众瞩目的那一个。

文武百官对纪九司这个太子都抱有一种愧疚感,愧疚于天之骄子却成了过街老鼠,惹人哀怜。

再加上之前纪九司在司天监当值时,和文武百官的关系打下了坚实的基础,大家都把他当朋友,如今纪九司摇身一变成了太子,大家是由衷地为他感到高兴,纷纷自豪于自己竟然和太子做了好朋友,与有荣焉的错觉油然而生。

阿娇坐在自己的院子里，看着头顶淅淅沥沥落下的秋雨，忍不住有些愣神。

纪九司已经回到了他自己的位置上，他和她之间，是真的越来越远了。

她心底有些空荡荡的，可半响，她又忍不住笑了起来，自言自语道："别胡思乱想啦，你也很好啊。你马上就要和张思竹成亲了，新婚快乐，谢圆圆。"

只是说着说着，她的眼睛便有些泛酸。

她迷茫地看着不断落下的雨帘，不确定自己选择和张思竹成亲，到底是对的还是错的。

还有五日，便是他们的大婚日。

已经是近在咫尺了。

今日的雨越下越大，等到傍晚时，已变成了滂沱大雨，雨雾弥漫。

阿娇只计小阮将晚膳端到房间来，她随意用了些便计小阮撤下了。

阿娇大婚近在眼前，整个谢府都贴满了大红双喜字，挂上了红披帛，只是今日雨大，柱子上的红喜字被雨打湿，莫名显出萧索。

阿娇独自坐在回廊下看书，雨滴溅落在她裙摆上，很快就打湿了一片。小阮让她回房，她也不听，反而拉着裙摆，微微露出两只脚踝，去接着雨水玩。

张思竹站在远处，眸光柔柔地看着她。

她的脚踝白净圆润，就像白玉一般，雨水"滴答滴答"落在脚踝上，然后又顺着脚踝一路滑落，很旖旎。

这雨似乎也一路滑到了张思竹的心里，让他的心忍不住跳慢半拍。

过了半响，他才走上前去，弯着眼道："夜里风凉，你也不怕病了。"

阿娇有些惊讶地抬头看去，就看到雨幕里，张思竹打着一把竹骨伞，穿着墨色锦衫，正眉目温软地看着自己。

阿娇这才收回了脚踝，又放下了裙摆，道："你怎么来了"

"我来找岳父大人商谈大婚的一些细节，"张思竹说，"那日的秤砣，你喜欢金制的，还是用夜明珠的？"

阿娇道:"都可以的,我都可以。"

张思竹更柔和地弯起眼:"我就知道圆圆最是好商量的,不像别的贵女那么难伺候。"

阿娇道:"还有别的事吗?"

张思竹有些委屈:"我想多看看你。"

阿娇站起身来,转身朝自己的闺房走去:"进来吧。"

张思竹这才喜不自胜地跟了进去。

阿娇的闺房装扮得非常文雅,就和阿娇的气质一样。墙壁上挂着古画,壁橱上摆放着古董花瓶,还有一些女儿家喜欢的玩偶,憨态可掬。

张思竹又缠着阿娇问她喜欢哪家的点心,喜欢哪家的戏台子,喜欢喝什么茶,喜欢吃川菜、粤菜,还是苏菜、浙菜,吧啦吧啦的,问了一堆。

阿娇一一说了都好,都爱吃,张思竹这才满意地站起身来,拉着阿娇就朝外走去。

阿娇蒙了:"这么大的雨呢,你要带我去哪儿?"

张思竹笑道:"下雨天才好看呢,我带你去个地方。"

张思竹一手撑开竹骨伞,一手搂着她,扎入了雨幕里。

此时已是酉时。由于下了大雨,大街上并没有什么人,只有撑着伞埋头走路的过客们,来来回回行色匆匆。

张思竹紧紧搂着阿娇,一边朝前走去:"很快就能到。"

暴雨的夜晚,二人紧紧相拥,大步朝前走去,漫天的雨水淋落在他们身上,早已打湿了他们的衣襟。

远处一辆挂着绛紫色流苏的马车缓缓驶过,纪九司正坐在马车内掀开车帘打量外面的大雨。陡然间,大街上的那二人映入了他的眼帘。

纪九司眸光微深,看着竹骨伞下的张思竹和阿娇,张思竹不知和阿娇说了些什么,引得她咯咯轻笑,嘴角弥漫出漂亮的弧度。

纪九司眸光沉沉,好半晌才收回眼来,嘴边浮起一丝冷笑。

很快,便见一辆马车陡然经过他们身边,飞溅起来的积水溅了他们一身,污水弄脏了阿娇的白玉兰裙摆。

张思竹有些恼怒地看着那辆马车，忍不住咒骂起来，阿娇伸手拉了拉他的衣袖，示意他别说了。

有个穿着暗色对襟的侍女一路小跑着朝他们走来，对阿娇躬身道："这位姑娘，我家主子请您上车一趟。"

阿娇皱起眉来："你家主子是谁？"

张思竹连忙将阿娇拦在身后："不管你家主子是谁，她都不会去的。"

不等阿娇回过神来，他拉着阿娇绕过这侍女就走。

张思竹的脸色始终不好看，他沉默地带着阿娇出了城门，径直上了郊外护城河上的喜花桥。

喜花桥的附近有一座明月楼，这明月楼并不对外开放，乃是私人所属。占着护城河边的好位置，平日里也几乎看不到明月楼开门，就像是一处荒废的楼阁，因此坊间对这明月楼议论纷纷，甚是不满。

张思竹径直带着阿娇走到明月楼前，报上了一句"投我以桃"，很快门就被打开了。

他带着阿娇直奔顶楼，在此处眺望，竟是能将整个京州都收入眼底。

大雨打入护城河，烟波缥缈，朦胧蔓延，美得惊人。

阿娇睁大眼睛看着眼前一幕，只觉得心旷神怡，就连心中烦忧都一扫而空。

张思竹见她这般模样，便知她定喜欢。他笑道："这楼其实是我父亲建的，明月是我母亲的名字，只是我父亲很少来此，我平日也不愿想起我母亲，也不愿多来。"

阿娇愕然，柔声道："为何不愿想起你母亲？"

张思竹有些恍惚："我母亲去世得早，在我印象中，她总是过得很苦，整日唉声叹气，说父亲对她不好，说家中有干不完的活。"

张思竹："幼时家中凄苦，我母亲为村上乡绅当浣衣女，赚束脩供父亲读书，谁知后来等我父亲中了科举，她却病逝了。"

张思竹苦笑："大概是太沉重，所以不愿想起她。"

太沉重，太凄楚，也太内疚。

张思竹从恍惚中收回眼来，他紧紧握住阿娇的手，郑重道："圆圆，我此生定会好好对你，绝不让你受一点委屈。"

阿娇眸光微闪："好，谢谢……"

张思竹揉了揉她的脑袋："谢什么，夫妻之间无须客气。"

阿娇下意识别开眼，不说话了。

二人便这般沉默地站在登顶台上，谁都没有再说话。张思竹静静地搂着她，只剩下漫天遍地的雨水噼啪声，在天地之间，荡气回肠。

半晌，阿娇突然就听到身后像是传来了一道瓷器破裂声。

阿娇下意识回头望去，疑惑道："好像有人来了。"

张思竹也回头望去，身后依旧静悄悄的，只有每一层的楼梯口点燃着两盏红灯笼。

他轻笑道："怎么会呢，定是你听错了。"

他又补充："这里鲜会有人来，除了我，不会有别人了。下人们不小心打碎了什么，倒是有可能。"

阿娇点点头，只当是自己听错了。

眼看夜色渐深，大雨却没有变小的趋势，张思竹带着阿娇下了登高台，朝着楼下走去。

只是等走到第七层的楼梯口时，就见地上有一堆破裂的瓷瓶，四分五裂。

阿娇停下脚步，张思竹的脸色也有些微变，但很快就恢复如常。

张思竹道："定是哪个下人笨手笨脚，摔碎了东西。"

阿娇不说话，鼻尖轻嗅，倒是闻到了一股很独特的脂粉香。

这个香味已经变得很淡，但阿娇常年需要闻草药，所以她对气味很敏感。

只是阿娇总觉得这个味道她在哪里闻到过，可她一时半会儿却记不清了。

张思竹带着阿娇离开了明月楼，正待送她回去，可门口却又停着那辆绛紫色流苏马车。

大雨倾盆，车夫戴着蓑笠，坐在车头。

车帘被修长的手指掀开，露出纪九司那张似笑非笑的脸。

阿娇微怔，原来刚才那个请自己上车的主子，是纪九司啊。

张思竹的脸色已经沉了下来，他一把抓住阿娇的手，沉声道："圆圆，我们走。"

他一手举着伞，一手拉着她就往前走去，可马车却不紧不慢地跟在他们身边，一副跟定他们的样子。

张思竹忍无可忍，停下脚步看向纪九司："太子殿下，您一路跟着我们做什么？"

纪九司伸手支着下颌，脸上的笑意透着苦恼："倒不是本宫想跟着你们，而是本宫身边的美人，想要欣赏今夜的雨景。"

说话间，阿娇果然看到有一道紫粉色的身影，坐在纪九司身边。虽然只露出短短一角，可还是让阿娇看到了。

纪九司对着身边的紫衣女子伸出手去，阿娇虽然看不到，可也该知道他是在抚摸她的脸颊。

阿娇怔怔地看着，心底猝不及防蔓延过苦涩，让她有些眩晕。

张思竹注意到了阿娇的脸色，他下意识将阿娇的手握紧，似乎在提醒阿娇自己的存在。

阿娇回过神来，看了张思竹一眼，对他投去苦涩一笑。

张思竹将阿娇拦在身后，愈加防备地看向马车内的纪九司："太子殿下想要欣赏雨景，何必跟着我们同行？您这样跟着我们，反倒让我们惶恐极了。"

纪九司低笑，他伸出手将面前女子一搂，带入了自己的怀中。

一瞬间，张思竹和阿娇都看清了女子的长相。弱柳扶风，美不胜收，眉目透着淡柔的凄楚，正是乔巧。

乔巧穿着紫粉色的衣裙，一小片瓷白的肌肤裸露在外头，莫名风情。

张思竹和阿娇的脸色都变了变。

纪九司搂着乔巧,修长手指轻佻地抚过她的下颌,可一对眉眼却是看向张思竹。纪九司弯眼低笑,声音阴柔:"美人在怀,本宫当然要满足美人的小心思。"

张思竹怔怔地看着纪九司怀中的乔巧,有一瞬间的狼狈。半晌,他才回过神来,紧紧捏着阿娇的手,哑声道:"阿娇,我们走。"

他拉着阿娇一头扎到了雨夜里,就连手中的伞都被扔到了一边。

偌大的雨很快将阿娇浑身打湿,长发湿漉漉地黏在额头上,她忍不住侧头又看了眼身后的马车。

马车上,纪九司和乔巧相互依偎,郎才女貌,天作之合。

恍惚间,她又想起当初她护送纪九司回京时的情景,也是这样的雨夜,他温柔地搂着她,对她说着温柔的话。

现在再想起,却像是多年前的事了。

转眼便过了五日。

整个谢府上下一片张灯结彩,放眼望去,到处张贴着大红喜字。

谢华和胡氏换上了专门定制的暗红锦服,显得精神抖擞。下人们也都穿得喜气洋洋的。

天还未亮,阿娇就被一群喜娘和奴婢们簇拥着起床,沐浴更衣打扮。

凤冠霞帔是张思竹亲自选的,天阁坊独家定制,凤冠上镶嵌了数颗硕大的珍珠,霞帔上绣着美妙的云霞鸳鸯纹,精致漂亮。

喜娘给阿娇化上了明艳的妆,将她的长发高高盘起,盘成妇人发髻,最后再将凤冠霞帔穿戴上,新妇初长成。

小阮喜滋滋地看着铜镜中的阿娇,笑得合不拢嘴:"小姐真是好漂亮呀。"

阿娇看着铜镜中的自己,看着自己成熟的装扮,显得格外陌生。

周围众人每一个都在对她说着吉利话,阿娇坐在凳子上,头顶着极重的凤冠,只觉得耳边所有的声音都变成了呼啸而过的风声,似乎什么都入了耳中,可却什么都没听见。

也不知过了多久，外头传来喧嚣声，有人闯了进来，热情洋溢地说着吉时已到，然后围在阿娇身边的众人连忙将阿娇搀扶起身，带着她走出了房门。

谢府大门外，张思竹正骑在高头大马上，身着喜服，衬得他面色俊美，满面春风。

他显然心情大好，平日里高高在上的公子哥，此时骑在马儿上，也笑得像朵盛开的花。

张思竹翻身下马，朝着阿娇走来，他挽住了她的手，将她打横抱起，跨过火盆，将她抱上迎亲花轿。

周围众人不断发出喝彩声，嘴中说着各种吉利话，热闹又喧嚣。

只有阿娇心如止水，睁大眼睛看着头顶的红盖头，静静数着盖头上绣了几朵小红花。

喜轿起轿，迎亲队伍一路喇叭唢呐，浩浩荡荡地将阿娇抬入了张府。

张府亦是满目喜庆，以往冷清肃穆的宅子，今日倒是被满目的喜字沾染上了几分人气。

张岐山身着锦服站在门前迎宾，只是脸色却颇为肃穆，并无笑意。

张府之内早已设宴，此时人声鼎沸，宾客满盈。明明张岐山说了，犬子成亲不愿大摆宴席，可等到了今日，不知怎的就钻出了好多客人来。

人家都准备好贺礼笑吟吟地上门来了，他也不好赶人，于是只好临时通知厨房赶紧多准备几桌饭菜，你说这都是些什么事。

眼看迎亲队伍已到了，张岐山这才挥手通知下人们不再接客，把门一关破罐子破摔。

张思竹牵着阿娇缓缓走入大厅行婚礼，一拜天地二拜高堂，夫妻对拜送入洞房。

礼成之后，几位喜婆簇拥着阿娇入了张思竹的澜院。

房间之内满目通红，大红的被褥，大红的桌布，就连桌子上的水果，都贴着红彤彤的双喜字。

床上铺满了花生桂圆，寓意早生贵子。

喜婆们就在房间内陪着她,一直等到天色渐暗,才逐渐离开。

整个房间都安静下来,只剩下小阮在身侧陪着她。

小阮在阿娇耳边叽叽喳喳说个不停,一会儿问她饿不饿,一会儿问她渴不渴,一会儿又问她累不累,要不要偷偷地把喜冠先摘下来。

小丫头的语气中透着几分小心翼翼,还透着几分讨好,似乎她也感受到了阿娇今日太过沉默。

倒是不知何时,隐约听到窗外响起了闷雷声,似乎又要下雨了。

阿娇伸手掀开盖头,朝着窗外看去,果然就见窗外天色发暗,已是雷雨之势。

她有些出神:"要下雨了。"

小阮连忙道:"有雨是好事,哈哈……秋雨代表大秋收,多好啊。"

阿娇低声道:"是啊,下点雨也好,总比旱着好。"

小阮连忙削了个苹果递给阿娇,转移话题道:"这苹果可甜了,小姐你尝尝!"

可阿娇一点胃口都没有,她拒绝了小阮,独自坐在床上看着窗外,静静地发呆。

时间依旧不疾不徐地过去,转眼间已到酉时三刻。

窗外早已下起了漫天大雨,阿娇坐在房间内,已经听不到别的声音,只剩下雨打芭蕉时的噼啪声,萦绕在耳边。

阿娇面色始终淡淡,小阮却有些紧张,她时不时就出门去看看动静,可始终不见有人来。

方才傍晚之前,房前都还有好几个下人守在门前待命,可不知何时,连那几个下人都走光了,整个院子仿佛只剩下她们主仆二人。

小阮站在廊下朝着雨帘中探头看去,可始终没看到第三个人。

眼看天越来越黑,雨却越下越大,不知怎的,她无端紧张了起来。

大概是小阮在房内走来走去,看上去焦虑极了,阿娇看向她,柔声道:"怎么了,为何这般心神不宁的?"

小阮连忙摆手否认，可阿娇却察觉到了不对劲，站起身来就朝着门外走去。

门外漫天大雨，走廊下都已被水汽打湿，阿娇环视一圈，发现整个院子内再没有第三人，整个世界只剩下漫天遍地的雨水声，再无别的声音，透着别样的诡异。

小阮紧张地看向阿娇，神色有些慌张："小姐，您且再等等，我去前厅看看。"

阿娇沉声道："不用了。"

话音未落，她已经一头扎进了雨帘里。

雨很大，伴随着大风，很快就将阿娇浑身上下都淋了个透。

头顶的喜冠歪了，发髻凌乱，可她的眉眼太好看了，不显狼狈，反而横生出凄美的破碎感。

小阮紧跟在她身后，主仆二人一起朝着前院而去。

可谁知哪怕到了前院，依旧毫无动静。

原先喧闹的宾客，往来忙碌的下人，都不见了。本该热闹非凡的偌大前厅，只剩下一片狼藉的残羹冷炙，和空荡荡的凌乱桌椅。

人全都消失了，无影无踪。

阿娇怔怔地看着，半晌，她又猛地转身，一头扎入了前院的雨帘里。

小阮在背后大叫她的名字，可阿娇依旧没理，她想跑出张府，去外头看看，到底发生了什么事，怎么所有人都不见了。

张思竹去哪儿了，张岐山去哪儿了，满座的宾客又去哪儿了。

阿娇脑子一片空白，无悲无喜，她只是觉得茫然极了，茫然于自己的大婚之日，为何好端端变成了这样。

夜色已是漆黑一片，只剩下廊下的几盏大红灯笼，在雨夜中发出微弱的光，莫名显出几分阴森。

不断有大颗大颗的雨滴顺着她的脸颊滑落，她的小脸煞白，脸上的妆容快要融化，更衬得她的嘴唇娇艳，透出脆弱的凄冷。

陡然间，在前方朦胧的雨雾中，她终于看到有人撑着伞站在前方，

仿佛在等待她。

这一刻,她的心反而平静了下来。

她停下脚步,看着前方在雨帘中等待的人,深呼吸。半响,她才缓缓朝对方走去。

一把二十四竹节骨大伞,伞面上画着双龙争珠,栩栩如生。

伞被抬高,只见大伞之下,站着两人。

站在前头的是个年轻的大太监,长得标致,穿着太监总管的服饰,正对着阿娇露着略显谄媚的笑意。

而他身后则是一个小太监在为他撑伞。

这太监她认识,是小海。他本是秦公公的干儿子,只是秦公公因当年那件事被处置后,曾经在秦公公面前做小伏低的年轻小太监,如今摇身一变,成功踏着秦公公的尸骨上了位。

海公公对着阿娇躬身赔笑道:"殿下叫奴才来请您去趟东宫,说是有要事要对您说。"

他一边说话,一边从身后的小太监手中抢过了雨伞,躬着身走到阿娇面前,为阿娇撑伞,顺便讽刺了一通张府的下人忒不长眼,这么大的雨,竟让主子就这么淋着雨,真是罪该万死!

阿娇不吃这一套,只沉声问道:"张思竹呢?张首辅呢?他们去哪儿了?"

海公公笑道:"朝堂上临时有急事,所以圣上将张首辅召回内阁处理公务去了。"

阿娇的眼神有些幽深:"张思竹也去了?"

海公公依旧笑:"张公子大概是有急事外出了。"

急事?今天是他大婚的日子,张思竹心心念念了这么久,难道还有什么事,比大婚还重要?

阿娇不信。

她的脸色冷了下来:"太子让我去东宫做什么?我若不去呢?"

海公公脸上谄媚的笑意,逐渐变得有些阴柔:"这是殿下的意思,咱家只是个奴才，谢姑娘，您可别怪罪咱家。"

话及此，海公公拍了拍手，瞬间便有好多侍卫冲了上来，齐刷刷跪在了阿娇对面。

这就是不得不去的意思了。

一刻钟后，阿娇已经上了前往东宫的马车。

这马车她认得，正是前几日纪九司和乔巧夜游赏雨景的那一辆。

阿娇沉默不语地坐在马车上，小阮则瑟瑟发抖地陪在一旁，主仆二人紧紧倚靠着对方，谁都没有说话。

又过了两刻钟，马车停下。

阿娇被请下了马车，入了东宫。

东宫之内，前院种满了魏紫牡丹，牡丹神秘高雅，被雨水噼啪冲刷，透出傲色的凄艳。旁边还有许多海棠树，海棠花散落一地，弥漫出悲凉秋色。

阿娇茫然地跟着宫人的指引，朝着后宅一路而去，最终被引入了太子寝殿。

寝殿名为太仓殿，巍峨肃穆，占地极广。院子内种着一整片鬼兰，软白花苞，神秘极了。

宫人将她引到廊下，对着大门做了个"请"的手势，阿娇望着明亮的殿内，心跳得越来越快，好半晌才缓步踏了进去。

身后的门应声紧闭。

殿内明亮温暖，脚下铺着柔软的波斯纹地毯，全套金丝楠木家具，墙壁上挂着的竟全是乌莲居士的真迹。

放眼望去，就见纪九司正站在书桌后，持着狼毫笔在纸上写着什么。

他穿着幽紫色的锦服，衣摆上绣着大朵的牡丹，很艳丽，可他的容貌更绝色，反被牡丹衬得俊美无双。

阿娇浑身湿透，头顶的喜冠都未曾摘掉，脸上的妆容大概也花了，她手足无措地站在原地，无比难堪。

过了半晌，纪九司才放下笔，抬头看向她。

他打量着她，低笑道："穿上了凤冠霞帔，倒是漂亮。"

阿娇哑声道："谢谢。"

微微一顿，她对着纪九司补了个太子礼，请了安。

纪九司语气柔柔："先去沐浴更衣，你浑身都湿透了，别过了病气。"

阿娇不为所动，始终眉目沉沉地看着他："殿下将我请到东宫做什么？海公公说您有要事要同臣女说，不知是何要事？"

纪九司道："先更衣。"

阿娇嘴角抿得更紧："还是殿下先说吧！"

纪九司："乖，听话。"

他朝她走来，一直走到她面前才停下，伸手揉了揉她的脑袋。

可她浑身水汽湿重，一身冰冷，纪九司忍不住皱了皱眉。

下一秒，他拍了拍手，很快便有两个丫鬟进来，将阿娇一路带了下去。阿娇根本反抗不得。

丫鬟们给阿娇泡了个热水澡，换上了干净的衫裙，这些像是早就准备好的。

足足半个时辰后，她才又被重新带到了纪九司面前。

阿娇很生气，也顾不上君臣之礼，沉着脸坐在椅子上，防备地看着他。

纪九司倒是心情很好，他弯着眼看着她，眼底透着悦色："我有一卦不知何解，所以才请你来看看。"

阿娇站起身来："就为了这个？"

她是真的生气了："今日是我的大婚之日，你为了一个卦象，如此强势将我请来，你如今恢复了太子之位，倒是专横了许多！"

这话说得毫不客气。

纪九司语气放柔："解不出卦象，本宫今晚定要夜不能寐，这难道不是大事吗？"

阿娇强压下不耐烦："卦在何处？"

纪九司立马带着阿娇去桌前，果然看到桌上三枚龟币陈列着一道卦象，却看得阿娇一怔。

阿娇的脸色更难看了，她别开眼冷声道："屯卦很难懂吗？这不是一眼就能辨别的卦象吗？"

纪九司依旧柔声道："烦请阿娇说给我听。"

阿娇又看了眼卦象，脸色难看地转身就走："我不说，殿下若是还不懂，尽管去翻阅古籍。"

纪九司的声音从背后传来："可本宫非要听你说。"

他的声音不疾不徐，可在阿娇听来，充斥着无理取闹。

阿娇一点都不想理会他，直接朝着大门走去。这时，纪九司又阴柔地道："阿娇不想见到张思竹了？"

她的脚步猛地停下。

她难以置信地回头看向他："你把张思竹带走了？"

纪九司微眯着眼："本宫要听解卦。"

阿娇又急又气："你把张思竹带到哪儿去了？"

纪九司："解卦。"

阿娇："你——"

纪九司低声道："本宫不想说第三遍。"

阿娇气得够呛，掩在袖下的手紧了又紧，可到底还是又走到书桌边，冷着声音将这卦解了一遍。

屯卦，代表囤聚。主卦为震，客卦为坎。

震卦卦象为雷，春雷惊万物，万物表新生。

屯卦六四，书云：六四，乘马班如，求婚媾。往吉，无不利。《象》曰：求而往，明也。

得此卦者，某事可成，百事和合，贵人相助，大吉大利。

阿娇冷冰冰地说完，这才忍怒看向他："殿下满意了吗？"

纪九司低笑："看来本宫的姻缘，定会一切顺利。"

阿娇没有耐心听他说这些，不耐烦道："张思竹到底在哪儿？"

纪九司对着她眨了眨眼："他在忙着处理私事，阿娇想去看看吗？"

阿娇又是一愣："什么私事？"

纪九司似乎心情很好，他伸手牵住阿娇的手，意味深长道："走，我带你去。"

阿娇就这么被纪九司牵出了房门，上了马车。

夜幕里，大雨依旧倾盆，纪九司和阿娇已经坐在了马车内，直奔宫墙之外。

阿娇只觉得整个人都有些发晕，她迷茫极了："你到底要带我去哪儿？"

纪九司轻飘飘地说："待会儿你就会知道。"

阿娇看着愈加贵气的纪九司，只觉得这样的他熟悉却又陌生。

她心底疼得厉害，恍惚间，她又想起前几日他将乔巧搂在怀中的样子，如此般配，天作之合。

鬼使神差地，她突然道："你不去陪乔巧，来寻我的麻烦做什么？"

纪九司嘴角的笑意更深："怎么，吃醋了？"

阿娇脸色猛地涨红，故作厌恶："我是张思竹的新妇，为何会吃醋？殿下慎言。"

纪九司但笑不语。

一时间，车厢内再无声音，只剩下漫天雨声在耳边萦绕不绝。

片刻后，马车停下，纪九司一手撑伞，一手扶着阿娇下了马车。阿娇抬头看去，却见马车竟是停在了……乔府的门口。

阿娇更怔，看向纪九司，不明白他葫芦里卖的什么药。

纪九司也不多说，径直带着阿娇朝着乔府大门走去。

早已有宫人上前推门，乔府的门竟是虚掩着的，并未关上。

纪九司带着阿娇站在乔府大门廊下，便见前院内，张思竹竟跪在雨幕里，而乔府之内，乔其宗和夫人沈氏，以及乔巧和乔巧的几位哥哥，全都站在正厅之下，冷眼瞪着张思竹。

唯一不同的是，乔巧的脸上满是泪痕，而其余的乔府众人，则皆是

· 230 ·

一脸愤懑。

张思竹浑身早已湿透,他身上大红色的喜服如此刺眼,直看得阿娇心底发寒。

阿娇的脸色难看极了,她眼眶发烫,干哑道:"张思竹,你……在干什么?"

听到声音,张思竹像是猛地回过神来,他狼狈地从地上站起,转身看向背后的阿娇。他神情悲怆,双眼通红:"圆圆,没事,什么事都没发生,你……你回府等我好不好?等我处理完,我就回去找你……"

可张思竹的话音未落,乔巧的哥哥乔子安就冲到了雨幕里,对着张思竹挥出了重重一拳!

乔子安打了一拳还不解气,挥着拳头对着张思竹不断落下,一边暴怒道:"你这奸诈小人!竟还说这样的话!巧儿都孕三月有余了,你却敢做不敢当,你这懦夫!淫贼!"

乔子安的话就像一道道雷刑劈在了阿娇身上,让她整个人都蒙了。

她一眨不眨地看着被打出满脸血的张思竹,不明白好端端的大喜之日,怎么就变成了这样。

张思竹一个字都没有辩驳,任由乔子安打着自己,他的眼角潮湿,不知是雨还是泪。

阿娇脸上浮出冷笑来。

这就是他口口声声的喜欢和深爱,如此令人作呕。

阿娇猛地转身,大步离开,一刻都不想再待下去。

身后响起张思竹嘶哑的叫唤声,可阿娇走得更快了,几乎是逃也似的离开了乔府。

身侧的纪九司嘴角微挑,快步跟上。

二人重新上了马车,阿娇整个人蜷缩在角落,出神地望着角落发呆。

她眼睛红红的,安静极了,就连呼吸都轻得几不可闻。

纪九司道:"很伤心?"

· 231 ·

阿娇并不理他。

纪九司坐在她身旁:"为了他流眼泪,值吗?"

阿娇有些狼狈地别开眼,胡乱抹掉自己眼角的眼泪,冷冷道:"我才不是为他落泪。"

她只是在为自己落泪。

她和张思竹的婚事已经礼成,倘若此时悔婚,那便需要和离。还真是可笑,她才出嫁第一日,便要和离,成为整个京州的笑话。

还有她爹娘,整个谢家,都会被人指指点点,成为众人茶余饭后的笑柄。

阿娇又看向他:"这件事你早就知道了?"

纪九司点头,干脆地承认。

阿娇自嘲道:"纪九司,我一直将你当作朋友,你我可以说是一起长大,尽管一直是我在暗中默默注视着你……可这么大的事,你为何不跟我说?"

纪九司眸光深深:"说一次,远不及你亲眼见到更有用。"

纪九司:"就算我说了,你不见得会信我。"

阿娇哑然失声。

确实,她只会觉得纪九司是在挑拨离间,而不会相信他。

她想起那个雨夜,在明月楼上那个被人打碎的花瓶,那股残留在原地的独特脂粉香。她直到现在终于想起,那股气味,分明就是乔巧最常用的脂粉的气味。

所以那个雨夜,纪九司压根儿就不是在夜会乔巧,而是他在附近撞见了从明月楼仓皇离开的乔巧,临时让她上了马车。

阿娇心底茫然极了,她的声音钝钝的,强忍委屈:"麻烦将我送回谢府,谢谢了。"

纪九司却不理,他什么都没说,而是坐在阿娇身边闭眼假寐。

只是等马车停下后,阿娇发现纪九司又将她带回了东宫。

阿娇生气地瞪向他,纪九司却道:"刚出嫁的女子不可回家,不吉利。"

阿娇无语，这说的是人话吗？

纪九司径直让阿娇歇在东宫，阿娇自是不肯，可她人微言轻，压根儿就逃不出去，好多丫鬟守在她的房门口，就连阿娇去如厕都寸步不离地跟着。

等到第二日，张府和谢府的荒唐婚事便传遍了整个京州。

这婚事太过荒诞，以至于整个街头巷尾几乎所有人都在议论这桩事。

据说当时的情景是这样的：

张思竹和谢圆圆礼成之后没过多久，皇宫就传来了消息，说是内阁有要事要请张岐山过去一趟。

而张岐山前脚刚走，后脚乔府的人就到了，说张思竹做了对不起乔家的事，所以乔家找上门来，要求张思竹给乔家一个交代。

当时在场的众多宾客们全都是又八卦又兴奋，一个个眼睛瞪得像铜铃似的。张思竹见状，连忙让人送走了所有宾客，好端端的大婚宴席，就这么不欢而散。

乔府的人当场就押着张思竹离开了张府，要他去乔府给一个说法。

而张思竹前脚被乔府的人抓走，后脚张府的人就去内阁请张岐山去了，可张岐山在内阁开紧急会议，压根儿就抽不开身，等他好不容易处理完了政务，见到了自家的管家，被告知了府上变故后，张岐山当场就沉下了脸。

大概是张首辅有自己的骄傲，所以张首辅只是沉着脸，冷冷地下令遣散了张府所有目睹了此事的奴才。

管家心惊胆战地应了是，这才转身回了张府，按照老爷的吩咐，干脆一狠心，将府上的大半下人都赶了出去。

而剩下的奴才们，也被他召集了起来，耳提面命地敲打了一番。

事情发展到这一步，天已经大黑了，暴雨下个不停，整个张府已经乱成了一团。紧接着，东宫竟然来人了。

海公公亲自来走了这一趟,说是太子殿下有要事请刚进门的少夫人去东宫走一趟。

东宫的命令,不得不从。可就在管家想要派人过去时,没想到少夫人自己跑出来了。

然后,管家就这么眼睁睁看着少夫人上了东宫的马车,在雨幕中渐行渐远。

…………

众人提起昨日张府这跌宕起伏的婚事,无不唏嘘。

众人纷纷谴责张思竹真是渣贱之人,竟是当面一套背地一套的做派。

当面摆出一副深情模样,苦求谢家之女谢圆圆,毕竟整个京城谁不知道他苦恋谢圆圆多年?

可没想到这厮表面上苦恋谢圆圆,背地里竟然又和乔巧暗度陈仓,什么玩意儿啊!

众人愤懑不已,将张思竹骂了个狗血淋头,说他人面兽心,玩弄感情,渣中之渣!

只是众人骂着骂着,突然又有一个声音从坊间冒了出来,说是这一切全是因为张思竹有个当首辅的好爹爹,谁不知道张岐山在朝中一手遮天,大权在握,一人之下万人之上。

试想,张思竹一没功名,二还是个瘸子,虽说后来不知怎的治好了,那也不能掩饰他曾是个瘸子的事实。

单看张思竹本人,那简直是毫无亮点,除了皮囊好看些,他几乎毫无长处。

可这样的人能同时招惹谢家女和乔家女,这背后难道不是因为有张首辅在推波助澜?

这样的声音陡然冒出,且在民间越演越烈,甚至就连张岐山最近几年做的许多专制独裁之事,都被桩桩件件翻了出来,说得有理有据,让人信服。

一时间,张岐山在民间的口碑就这么臭了下去。

御书房内,纪九司正站在圣上身边贴身伺候。

圣上正在和他闲聊家常,先是让他选个良辰吉日,定下正式授封太子仪式的日子。

几个日子都是司天监选出来的,一个比一个吉利。纪九司随意选了一个后,此事便算敲定了。

等选完了日子,圣上话锋一转,说道:"你向来有自己的主意,张家之事你放手去做便是。"

"只是,这个谢阿娇……"圣上的语气有些克制,干笑道,"你当真认定她了?"

纪九司道:"认定了。"

言简意赅,不容辩驳。

圣上有些怵怵,很多时候,连他都有些惧怕纪九司,这孩子太出众了,简直和年轻时候的他一模一样。

圣上点头,不再多说,让纪九司退下了。

纪九司回到东宫,又去见了阿娇。

他才刚进门,阿娇就用一种愤怒的眼神看着他。

阿娇质问他:"你将我软禁在这儿做什么?你疯了?"

纪九司弯眼笑着,依旧温温柔柔的:"怎么是软禁呢,我明明是在帮你。"

阿娇皱起眉来。

纪九司:"你若想和张思竹和离,只有我能帮你。"

阿娇怔住,不说话了。

纪九司又揉了揉她的脸颊:"乖。"

当日下午,张思竹来了东宫,在前殿发疯,要纪九司将阿娇放了,可话还没说完,就被下人们扔了出去。

张思竹不服气,又去御书房求见圣上,可却被海公公命人赶走了。

他发疯得快要失去理智，他又去见了自己的父亲，可才刚走到书房门口，管家就走了上来，非常婉转地表示大人正在盛怒中，让他赶紧躲远点，最好出去避几天。

可管家的话还没说完，书房门应声而开。

张岐山格外阴沉，一步一步朝着张思竹走去，才刚走到他面前，便出手打了张思竹重重一巴掌。

张思竹俊俏的脸上立马多了一道巴掌红痕，瞬间就肿了。

他怔怔地看着张岐山，哑然失声。

可张岐山只是红着眼眶看着他，终究什么都没有说，便转身返回了书房内。

夕阳之下，张岐山的背影孤独瘦削，步伐沉重至极。

张思竹忍不住追上两步，哑声道："父亲……"

张岐山的声音沉沉传来："闭门思过去吧。"

张思竹的肩膀颓然落下，再说不出一个字。

不过没关系，张思竹想，他和阿娇已经在官府登记了户籍，他们已是夫妻，就算阿娇再怎么生气，也改变不了这个事实。

而他是绝不会和阿娇和离的。

想及此，张思竹嘴角上挑，露出了一丝阴柔的笑意来，对，绝不和离。绝不！

只是阿娇被软禁在东宫，他想见一面简直难如登天，张思竹倒也不轻言放弃，日日都去东宫守门，从早守到晚，就是期盼着能和阿娇见上一面。

只是阿娇是一面都没见到，纪九司倒是日日都能被他撞个正着。

张思竹便跟疯了一般冲上去，要求他放了阿娇，可每次纪九司只是动动手指，便有宫人冲了出来，将他扔远。

张思竹拗不过纪九司这只粗大腿，干脆又去了谢府，对着自己的岳父大人谢华哭诉，哭诉太子将自己的妻子掳走了，要求岳父为自己做主，去东宫走一趟，把阿娇给接回来。

谢华这几天也因为张思竹的丑闻气得够呛，没想到张思竹这人人面兽心，竟然和乔家千金乔巧早已暗通款曲，却还来求娶自己的宝贝女儿，简直渣得毫无人性。

因此谢华在看到张思竹时，也是没有一点好脸色，只沉着脸让他赶紧走，否则见他一次打他一次。

可没想到张思竹的脸皮忒厚，他觍着脸小声道："岳父大人想打我，就尽管打吧，只要您能消气。"

谢华被他气得够呛，硬生生给气笑了："你以为打你一顿这事就能过去了？张思竹我告诉你，你和阿娇的这门婚事，是和离定了！"

谢华厉声道："你说得对，我是该去将圆圆接回来，我要让圆圆和你和离！现在立刻！就去和离！我看到你就来气！小兔崽子——"

谢华骂骂咧咧地出了门，直奔东宫。张思竹则连忙小心翼翼地跟上。

谢华来到东宫后，被东宫的宫人们非常热情地迎进了正殿，以礼相待。

他坐在太师椅上，喝着最嫩的白毫银针，吃着喷香的宫廷糕点，宫人们作着揖让他稍等片刻，这才去请人。

谢华早就知道阿娇是被纪九司带来了东宫，不过他收到的消息是太子有要紧公务需要阿娇帮忙处置，所以他并未多想，只当自己女儿是在为国为民，排忧解难。

可这转眼都快一个星期了，没想到阿娇竟然还在东宫，这好像确实有些说不过去，毕竟阿娇已嫁作他人妇，一直待在东宫，影响确实不好。

谢华皱着眉头想着事，半晌，便见纪九司穿着蟒袍走了进来，绛紫色的锦服，衬得他气质不凡，耀眼夺目。他早已今非昔比。

谢华对着纪九司行礼，然后小心翼翼说着自己的诉求："殿下，您先前说有要事要圆圆帮忙，您看……"

纪九司负手而立，弯眼低笑："本宫与圆圆相见恨晚，一见如故，这才留圆圆多住几日。"

谢华："呃……"

纪九司："谢大人请放心，本宫会对圆圆负责。"

谢华脸色复杂，这很难评。

他擦了擦额头上的冷汗，斟酌着开口："殿下，圆圆已嫁入了张家，虽说张思竹禽兽不如，可这婚到底尚未和离，所以您看，是不是先让圆圆回家，让她和那姓张的先将婚事和离了再说……"

纪九司道："谢大人说得有道理，此事不如让圆圆亲自和你说。"

谢华点了点头，应了声好。

很快宫人便将阿娇请了出来。

谢华一见到自己的女儿，就有些热泪盈眶。他疾步走向阿娇，惊呼道："吾儿！"

阿娇也很激动，一下子握住了谢华的手："父亲。"

谢华仔细端详着她的脸蛋："几日不见，你怎么……呃，怎么胖了？"

阿娇抽了抽嘴角。

她日日不是吃就是睡，最多看几本书，再加上宫廷的御膳房师傅做菜水准一绝，每每让她食指大动，胃口大开，能不胖吗？

阿娇幽幽道："父亲，我想和离。"

谢华一万个赞成："和离，必须和离！"

谢华："乖女儿，何时跟我回家？"

阿娇想了想，到底是松开了谢华的手，她柔声道："再等几日，我很快就回家。"

谢华诚然舍不得阿娇，可到底什么都没说，女儿不愿意回家，一定有她的道理。他只是让她注意饮食，别再发胖了，这才一步三回头地走了。

等谢华走后，阿娇看向纪九司："几时能完成正事？"

纪九司眸光灼灼："快了，阿娇且再等两日。"他一边说，一边走上前来，牵住了她的手，带着她走出了前殿。

而张思竹正站在前院，和谢华在一起。

猝不及防间，张思竹便和阿娇四目相对。

日光明媚，莫名刺眼，刺得张思竹有些睁不开眼。

他红着眼睛看着阿娇和纪九司紧牵着的手，如鲠在喉。

下一刻,他像是疯了似的对着阿娇冲了上去,嘶哑道:"圆圆,你是我的妻子,你如何能和别的男子这般亲密?"

阿娇冷笑起来,她几乎是瞬间就攀住了纪九司的肩膀,整个人都倚靠在了他怀中,然后踮起脚尖,对着纪九司的嘴唇就贴了上去。

四唇相触,彼此交融。

纪九司眸光加深,不躲不避,任由阿娇吻着自己。

过了好久,阿娇才离开了纪九司的嘴唇,冷漠地看向张思竹:"明明从一开始,这就是一场契约婚姻不是吗?"

阿娇的声音冰冷:"你已经违约了,背叛了我,所以又有什么资格来约束我呢?"

张思竹如遭雷击,怔怔地看着她,浑身止不住地发寒。

还是一旁的谢华没眼看下去,他一把拉过张思竹的手,压低声音道:"行了,别丢人现眼了,赶紧跟我走!"

趁着太子殿下没动怒前,谢华已经用力把张思竹给拖了下去。

纪九司看着阿娇,眼中满是兴味:"你刚刚说的契约婚姻,是什么意思?"

阿娇瞪了他一眼:"没什么意思。"

转身就走。

纪九司也不恼,低笑着目送她走远。


阿娇就这么一直留在了东宫。

张思竹颓废在家,一蹶不振,整个人瘦了一大圈。

说来也巧,张思竹偶尔出门时,总能恰好遇到纪九司和阿娇。

他看着纪九司和阿娇一起游船赏花踏青,又看着他们相互倚靠低声呢喃,看着阿娇在他身边露出甜甜的羞涩笑意,每一幕都逼得张思竹快要发疯。

他变得愈加萎靡不振了,就连吃饭的力气都快没了,整日只知酗酒,一边迷茫地喊着"圆圆",仿若一摊烂泥,毫无尊严。

如是过了半月。

半月之后，朝堂之间突然冒出了一个声音，说是太子殿下抢夺百姓之妻，违反纲常，淫乱宫廷，实在是君不君，臣不臣，大逆不道！

这传闻蔓延得极快，几乎一夜之间就传遍了整个朝堂上下。

而这段时间弹劾纪九司的奏折也如雪花般飞入了御书房，让圣上头疼得厉害。

圣上将纪九司召入了御书房，将这几日堆成小山般的奏折，交给纪九司看。

纪九司随意挑出两本看了眼，嘴角的笑意加深。

圣上说道："这群老不死的真是嘴毒啊，小嘴巴巴的，一个比一个能说。"

纪九司冷笑："正中儿臣下怀。"

圣上对这些弹劾的奏折一概不理，权当没看到。

又过几日，大概是见圣上毫无反应，那群文官们也不和圣上客气，在翌日的早朝上，直接当面弹劾太子殿下，指责纪九司利用皇权，软禁张岐山的儿媳，简直为所欲为，暴戾恣睢。

表面的遮羞布被撕破，文官们也不再客气，而是你一言我一语，将纪九司弹劾了个彻底，一个比一个说得难听，说他肆意狂野，说他毫无规矩，目无纲常，恐怖如斯。

把他塑造成了一个恐怖角色。

圣上面无表情地听着，纪九司也面无表情地听着，那群文官倒是一个个都说得面红耳赤，非常激烈。

直到一个个都说累了停了下来，众人才隐约察觉到了不对劲。

圣上和太子的态度，实在太奇怪了，安静得让人生畏。

纪九司扫了眼众人，这才走出一步，讥诮道："说完了？"

他拍了拍手，南真子很快就走入了殿中，对着圣上行礼。

纪九司道："南真子大师，还请为您徒弟的清白辩驳几句。"

南真子道："各位大人误会了，我那徒弟并非被软禁在东宫，而是每日都在我的南真道观内,替我分担分内之事。"

众位大人的脑袋上都浮现出了大大的问号。

南真子:"谢家之女谢圆圆,便是我的徒儿。"

南真子的语气带着悲怆:"我那徒儿被张思竹那小子伤透了心,这才会借着殿下的名义,躲在我那儿,借此来逃避这段失败的婚姻。"

众人不禁一片哗然,纷纷议论起谢圆圆竟是南真子的那个小徒弟?这不是扯犊子呢吗?谁不知道南真子的徒弟是个眉清目秀的男娃儿!

始终站在人群中的张岐山,眉眼已带上了一层阴鸷。

果然,南真子下一刻便跪在了地上,开始痛斥张岐山之子张思竹,仗着自己父亲是首辅,玩弄人心,先是辜负了乔家之女乔巧小姐,后又伤透了自己徒儿的心,简直违反纲常,淫乱上京,为所欲为,暴戾恣睢!

方才还激愤弹劾纪九司的各位文官,全都诡异地沉默了。

整个朝议殿弥漫着让人窒息的死寂。

南真子跪在地上,继续沉重道:"恳请圣上为我徒儿做主,与张首辅之子张思竹和离!"

南真子的话刚说完,乔其宗马上也走出一步,掷地有声道:"也请圣上为小女做主,让张思竹给我儿一个交代!"

张岐山抿起嘴。

圣上面无表情道:"既是如此,那就由朕做主,废了这门婚事,让张思竹择日娶了乔家小姐。"顿了顿,"张首辅,你可有异议?"

张岐山垂眸,声音平静极了:"臣无异议。"

那群文官屁都不敢再放一个,一个个望天的望天,低头的低头,权当没听到。南真子和乔其宗则感恩戴德地谢主隆恩,表示圣上圣明。

退朝后,那群文官一个比一个走得飞快,毕竟是因为张岐山授意,他们才冒死弹劾太子殿下的。

可谁知弹劾不成,差点自损八百。

他们也无脸去见张岐山,只一个个夹着尾巴逃了,努力降低自己的存在感。

只是谁都没料到,朝堂上的电光石火,只是第一步。

当日下朝后,傍晚时分,一道圣旨就飞入了张府。海公公捏着嗓子颁了圣旨,圣上有言,张岐山身为首辅,劳心劳力,朕心感激,只是爱卿年事已高,朕恐卿疲累,因此特封南阳王,赏金玉良田,迁至南阳颐养天年,朕方安心。

海公公颁完圣旨后,张岐山下跪在地,许久才回过神来,接过了圣旨。

圣上将张岐山封为异姓王的消息,很快就传遍了整个京州。

明眼人都能看出来,此乃明升暗贬,南阳偏僻,距离京州十万八千里,乃是最南方的一座城池。不过南阳风景独好,还有辽阔海域,还真是个养老的好地方。

白天在朝堂上弹劾过纪九司的各位文官,收到消息后纷纷躲在家中瑟瑟发抖,生怕何时贬官的圣旨就传到自家府上来了。

接下去几日,朝中大半文官纷纷抱病请假,早朝上的文武百官,硬是少了一小半。圣上也不多问,只轻飘飘扔下一句"天气转凉,众爱卿保重身体",便不再多说,继续议国事。

又过七日,到了纪九司的太子册封典礼日,这典礼由司天监和内务府一起承办,并不盛大,反而低调极了,只是在朝议殿前的汉白玉广场上设了仪式,由文武百官亲眼见证,圣上亲授了太子金龙印章,便算礼成。

圣上甚是激动,依稀老泪纵横,黄天在上,厚土为证,将纪九司正式更名为临九司,并将他载入皇家族谱,认祖归宗。

由此,临九司正式受封为太子,入主东宫。

文武百官郑重跪地,山呼"吾皇万岁,太子千岁",呼声震撼,久久不息。

典礼结束后,阿娇就躲在南真道观内,怔怔地望着天空发呆。

之前纪九司……不,应该是临九司,之前临九司同她说,让她留在东宫帮他一个小忙,而他可以拿和离来做交换,阿娇答应了他。

只是没想到,她只是留在东宫住了几天,又配合他出宫刺激了几次张思竹，张岐山就中了计，开始心疼起自己的儿子。如临九司预料的那般，张岐山发动了所有文官弹劾临九司，指责他违反纲常，毫无底线。

只有张岐山率先对他发难，临九司才能占据道德高地，把自己塑造成一个受害者，再借着这一点，名正言顺地把张岐山踢出京州，彻底踢出朝堂核心。

也是，临九司从小就非常优秀，聪明绝顶，心机深不可测。

只是不知为何，阿娇反而心底愈加空落落的，就像是少了什么。

正当阿娇发呆时，南真子走到她面前，意味深长道："徒儿，倘若京州待得不愉快，天下宽广，不如随为师出去走走。"

阿娇看着南真子，眼底已是濡湿，声音也带上了一丝鼻音："师父说得对，天下这么大，总有能让我感到开心的地方。"

南真子伸手揉了揉她的脑袋。

时间转眼，又过十日。

这十日间，京州之内又发生了几件大事。

其一，张思竹和乔巧举办了婚礼，乔巧终于成了他的妻子，只是新婚那日，新娘子小腹微隆，已是孕态初现。

其二，张岐山正式致仕，由乔其宗与张还裕二位阁老共任首辅一职，相互制约。

其三，便是在张思竹大婚后的第三日，张家举家踏上了前往南阳的路。

张思竹离去的那天，阿娇到底是出了宫，站在京州城门，远远相送。

她看着张思竹骑在大马上，带着长长的马车队伍，踏上了南下的官道。

只是隐约之间，张思竹像是感受到了什么，他下意识地回头，朝着阿娇这个方向看了过来。

猝不及防便与她四目相对。

张思竹浑身怔住，下一刻，他疯了一般地掉转马头，一夹马肚朝着阿娇疯狂奔来。

直到快到阿娇跟前，张思竹翻身下马，站在她面前。

张思竹看着她，双眸深处泛起点点亮光，嘴边却扬起大大的笑意。

阿娇已经很久没有见到他,短短月余,他竟暴瘦成这般,身上衣衫空荡荡地垂下,显出几分病态。

张思竹笑着说:"圆圆,我要走了,你……你保重。"

阿娇心底涌过酸涩,却也努力笑着:"好,你也保重。"

张思竹嘴角的笑意逐渐酸涩,眼底的泪意越来越重,快要掩饰不下去。他哑声说:"圆圆,愿你幸福。"

他的眼中透出浓浓的悲切和眷恋,半晌,他才狠狠转身,重新翻身上马,策马离开。

迎面有秋日的大风袭来,将他的衣衫高高吹起,愈加显得他孱弱极了。

阿娇轻声自言自语:"亦愿你幸福……张思竹。"

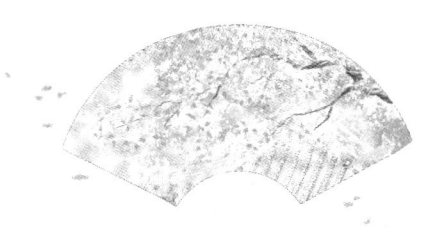

# 尾声
## 云游途中

　　临九司变得愈加忙碌,整日都泡在御书房里,日理万机。

　　阿娇早已回了谢府,大门不出二门不迈,专心在自己的院子里捣鼓草药。

　　圣上的身体已经好了很多,大概是人逢喜事精神爽,心情畅快了,郁结消失了,人自然也就精神了。圣上甚至还举办了京州第一届长跑赛事,圣上第一个踊跃报名,也因此带动了文武百官各个都积极报了名,导致这次的比赛空前热闹。

　　最后,圣上以微弱之势赢得了长跑状元,众位百官纷纷赞美圣上"风采依旧、宝刀未老",让他们输得心服口服。

　　圣上当场赏了百官每人一把锄头,让他们没事多去郊外种种地,免得身体素质这么差,连他一个老头儿都跑不过。

　　百官闻言,纷纷羞愧地垂下了头。

　　自然,这些是后话。

　　总之圣上的身体已是无碍,脸色红润有光泽,吃喝拉撒,分外规律。南真子也完成了他的使命,圣上终于大手一挥,放他自由。

　　出宫后,南真子穿着一袭白衣,衣袂飘飘,宛若俊俏半仙。他直接

去了谢府，要带着阿娇继续去深山修行游历。

谢华有些不舍，胡氏更是不断抹着眼泪，将阿娇搂得紧紧的，让阿娇别再走了，留下来老老实实相亲，嫁个好郎君。

可阿娇向来倔强，她深深地回抱了母亲和父亲，红着眼道："可女儿想出门散散心……女儿不孝，请父母原谅女儿。"

谢华搂过胡氏，一边沉痛道："你去吧，为父知道你放荡不羁爱自由！"

阿娇郑重地对着他们跪下，叩了头，这才起身，跟在南真子身后离开。

南真子带着阿娇直奔京州南城门，一边道："你若是想爹娘了，随时可以回来看他们。"

阿娇点头，低低地"嗯"着。

南真子："你若是想嫁人了，为师也可以替你安排相亲。"

他又补充："为师认识的那些江湖上的青年才俊，不比京中贵子们逊色。"

阿娇眼神瞬间亮了起来，一扫方才的颓废。

南真子："飞花山庄的少庄主，唐门的长公子，逍遥派的大掌门，还有雪凝宫的俏宫主……"

阿娇已闪身到了南真子的身侧，严肃地道："师父，咱们还是快点赶路吧，倒不是为了帅哥，主要是世界那么大，徒儿想看看。"

南真子点头："行。"

南城门口，人来人往。

走出城门没多久，便见有两匹上好的骏马停靠在前方树下。

两匹骏马，一黑一白，正是上好的千里马。

而在骏马旁，有一辆绛紫色流苏马车，正静静靠在路边，看上去有点眼熟。

阿娇看向南真子："这是师父准备的马？"

南真子微微皱眉："为师并不……"

话音未落，马车的车帘被一根修长的手指掀开，露出了临九司那张俊俏的脸。

阿娇怔怔地看向南真子，捏了一把他的手背："疼吗？"

南真子："你说呢？"

阿娇脸色复杂。

临九司微微眯眼，似笑非笑："上车。"

阿娇指了指自己的鼻尖："我？"

临九司："就是你。"

阿娇皱眉："太子殿下，您不在御书房发光发热，来这里做什么？"

临九司穿着便服，一身黑劲装，只是衣摆上依旧绣着大片牡丹，依旧艳色。他道："我要跟着大师游历修行。"

临九司："怎么，难道就准你游历，我就不行？"

阿娇震惊得差点结巴："你、你不去帮圣上处理公务，跑出宫来算什么——"

可不等她说完，南真子已翻身上马，干脆利落。

临九司又看向阿娇。

阿娇下意识想走向另外一匹马，可突然就有个黑衣劲装小哥凭空冒了出来，稳稳当当坐在了另一匹马上。

阿娇脸色瞬间更复杂了。

临九司："时间不等人。"

阿娇扭捏得不行，可到底还是慢吞吞地朝着临九司的马车移去。

临九司嫌弃得不行，一把将她提上了马车，也不等她坐稳，马车已经如箭般在官道上飞了出去。

临九司说，他这几日昼夜加班加点，已经将自己分内的事都安排好了。

加上父皇身体已无恙，看他的状态，至少还能再活个十几二十年，所以他特向父皇请求出宫，跟着南真子好好游历一番，看看各地的美食，山中的美景，以及江湖上的美人。

阿娇酸溜溜的："殿下真是好兴致，回头再带十个八个美人回东宫，

也算不枉此行。"

临九司面不改色："好说。"

马车一路朝西去，西边的城池有玉同、曲双和咸安，都有闻名天下的美景和闻名遐迩的江湖派系。

比如玉同有惊门，曲双有飞花山庄，以及咸安有雪凝宫，各个都是响当当的角色。

不过这是出门游历，所以一路走去，格外悠闲。每到一个新地方，南真子总会带着两个跟屁虫好生品尝当地的特色美食，再好好欣赏一番新景色。

只是阿娇和临九司不知道是吃错了什么药，一路走来相互阴阳怪气，你明讽我，我暗嘲你，谁也不让谁，有时候能吵得南真子一个头两个大。

可说他们是冤家吧，偶尔一方淋了雨，受了伤，另一方偏偏又急得不行，恨不得替对方吃了这份苦。

南真子暗中观察许久，得出了一个结论：爱情大概会让人变得愚蠢。

一行人就这么慢悠悠地朝西走着，等好不容易走到玉同惊门时，已是月余之后。

惊门修行的是惊雷功，顾名思义，就是平地一声雷的那种惊雷功，主打的就是一个出其不意。

惊雷功，听上去很厉害的样子。但是等阿娇和临九司入了惊门才发现，这个惊雷功练的不是内功，也不是心法，更不是刀枪棍棒，而是比谁的炮仗扔得准。

所以惊门内的弟子们练功，就是相互扔炮仗，谁扔得最快最准，把对方惊到了，谁就赢了，就跟闹着玩似的。

所以惊门附近有很多家炮竹商，专门给惊门提供炮仗。

惊门掌门是个六十岁的老头儿，他有个女儿待字闺中，并未婚配。

老头儿在招待南真子三人时，看着临九司眼神发光，当场就让下人去把女儿请出来，陪临公子好好喝一杯。

阿娇在一旁一边啃着鸡腿一边笑眯眯道："临公子一表人才，文武双全,乃是人中龙凤,令爱定会喜欢的。"

老头儿高兴极了,当场握住了临九司的手,老泪纵横地表示只要临九司愿意入赘惊门,日后惊门偌大的产业,就都是临公子的了!

临九司还来不及说话,突然门口就传来了震动声。

众人放眼望去,就见老头儿的千金终于到场,只是该千金膀大腰圆,浑身横肉,至少有两百公斤,临九司硬是被她衬托成了一只孱弱的芦花鸡。

南真子三人连夜下了惊门山,阿娇不会武功,脚程慢,情急之下临九司将她打横抱起,抱着她径直飞身直下。夜色凄清,薄雾弥漫,临九司和阿娇四目相对,彼此都能听到对方加速跳动的心跳声。

等落地后,阿娇涨红了脸,慌忙从他身上跳了下来,后退了两步,可谁知黑暗里,她却不知身后是一片小悬崖,整个人就这么滚落了下去。

临九司脸色顿变,亦跟着阿娇滚落而下,一边运着轻功强行将她重新搂入怀里。

他将她抱在怀中保护妥当,身体依旧不断朝下滚去,也不知过了多久,方才触底停下。

黑暗里,阿娇颤抖着嗓音唤他:"临九司,九司?"

可临九司并没有回应她。

她挣脱他的怀抱,想将他扶起,却探到了一手的血。

她恐惧极了,眼泪瞬间就落了下来,她蹲下身,将他紧紧搂在怀中,透着哭腔道:"临九司,你不要死,你是太子,你若是出了事,圣上一定会把我凌迟处死,以慰你在天之灵的!"

阿娇哭得伤心极了,抽抽搭搭,上气不接下气:"你不要死好不好?我喜欢你这么久,还没有看你妻妾成群儿孙满堂呢……多遗憾啊!"

阿娇紧紧搂着临九司,哭得极近忘情。

临九司的声音陡然传来,透着一丝痛苦:"妻妾成群?"

阿娇被这道猝不及防的声音吓了一跳,可很快就破涕为笑,她一边胡乱擦着眼泪,一边又哭又笑:"太好了,你没死,真是太好了!"

她一边说一边又紧紧抱住他,下意识地在他脖颈间蹭了蹭。

还怪可爱的。

阿娇扶着临九司艰难起身,此处大概是一个较深的山谷,前不着村后不着店,幸好阿娇会很多野外生存的小技巧,她很快就选中一处,钻木生起了火,给临九司检查伤口。

篝火明亮温暖,总算驱散了夜晚的寒。

她仔细检查了他的身体,发现他浑身上下有许多被石子磨破了的细碎伤口,最大的伤口在左肩后,有一道撕裂得比较深的口子,可好歹只是皮外伤,并没有伤筋动骨。

阿娇松了口气,去附近找到了水源,取了些水帮他冲洗伤口,又从衣衫中取出金疮药给他上药。

她距离他极近,身上好闻的清香不断交织蔓延,传入他的口鼻之中。

临九司看着她近在咫尺的脸颊,看着她长长的睫毛像蝴蝶轻轻扇动。他心念一动,轻声道:"阿娇。"

阿娇始终专注着他的伤口,头也不抬:"嗯?"

临九司:"我此生只会有一个妻子,我不需要复杂的后宅,你能明白吗?"

阿娇为他上药的手骤停,她怔怔抬眸,却一眼撞入了他的双眸最深处。

她看着他,白皙的脸蛋越来越烫。

临九司顺势将她搂在怀中,他的手臂孔武有力,透着灼热,仿佛一路透过她的衫裙,燃烧到她的肌肤里。

他伸手揉了揉她的脑袋,忍不住弯眼轻笑:"傻瓜。"

阿娇想挣扎开,可惜挣扎无效。

她脸色更烫,却依旧不服:"可是临九司,我喜欢你这么多年,你却从未对我说过喜欢。"

她的语气透着迷茫:"你喜欢我吗?我不确定,我好像是你随手可逗弄的宠物,你想到了,便来哄我两句;若是想不到,便专心忙自己的事……你会想念我吗?会吗?"

临九司微微松开她,看着她脸上的茫然,忍不住伸手捏了捏她的脸颊。

临九司幽幽道："我好疼。"

阿娇脸色陡然又变了，她继续帮他敷药。等将浑身的伤都敷上药后，临九司非赖在她怀中睡觉。

她搂着他的脖颈，看着他颀长的身姿上满是细细碎碎的伤口，突然就笑了起来。

一开始只是隐忍的笑，随即就变成了开怀的大笑，眼角眉梢，全都是掩饰不住的喜色。

是啊，她到底在害怕什么？

她总觉得他贵为太子，日后定会三宫六院，便一直在逃避，不愿试着争取一下。

她说觉得自己像是他随手逗弄的宠物，可他明明愿意帮助她一次又一次，哪怕让自己浑身遍布伤口。

大概是阿娇笑得太肆意，以至于吵醒了临九司，他幽幽睁开眼来。

临九司眯起眼："高兴了？"

话音未落，阿娇已俯身，径直亲吻上了他的嘴唇。

四唇相触间，有浓郁的爱意在疯狂蔓延。

过了许久，阿娇方才舍得离开他的嘴唇，在他耳边说道："以后只能看我一个，不准看别的美人！"

临九司："除了一个叫谢圆圆的，上京已无美人。"

阿娇弯着眼："也是，我确实很漂亮。"

临九司也弯起眼。

广袤月色，星辰密布。他们二人相视而笑，半晌，临九司又搂过她，重重亲吻她的嘴唇。

这一次，经久不息。


等南真子找上他们的时候，发现这两人看上去怪怪的。

特别是这个嘴巴，肿得特别厉害。

南真子心领神会："一定是滚下来的时候，磕到嘴巴了，来，让为师为你们上点金疮药。"

阿娇捂脸奔走。

南真子看向临九司："你欺负她了？"

临九司："这不叫欺负，这叫爱情。"

南真子皱了皱眉，大概是被酸到了。

临九司引着南真子往一旁走，一边道："我会好好照顾她，还请大师放心。"

南真子听出了话中分别的意味，他有些不舍道："那么多的江湖豪杰，看来到底是和阿娇有缘无分。"

临九司微微皱眉："什么江湖豪杰？"

南真子："飞花山庄的少庄主，唐门的长公子，逍遥派的大掌门，还有雪凝宫的俏宫主。"

临九司一声冷哼，转身就走。

南真子眉眼染上笑意，亦朝着反方向走去。

天高路远，山高水长，从此他又是孑然一身，行走在天地间。无拘无束，乐得自在。

等阿娇回来时，就看到南真子已独自走远。

阿娇疑惑道："师父去哪儿了？"

临九司道："去找江湖豪杰去了。"

阿娇："啊？"

临九司："飞花山庄的少庄主，唐门的长公子，逍遥派的大掌门，还有雪凝宫的俏宫主。"

临九司搂住她的腰肢，在她耳边危险地说道："谢圆圆，真有你的。"

阿娇吓得不行，撒丫子就跑。

自然，她逃他追，她插翅难飞。

空气中都弥漫着粉色的气息。

## 番外一
### 大婚

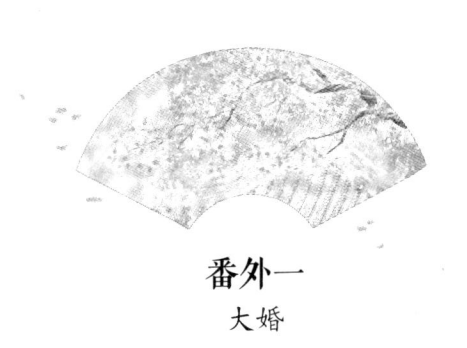

临九司带着阿娇回京后,第一时间就去谢家提了亲。

之前由于阿娇和张思竹那段荒诞的婚姻,谢府沦为整个京州的笑柄,路过的蚂蚁都要嘲笑两声的程度。

所以眼下,临九司向谢府提亲的消息传开后,轻而易举就引起了整个京州的轰动。

若说之前谢华和胡氏是夹着尾巴走路,那么现在这对夫妻走在路上的样子就跟斗鸡似的,昂首挺胸,扬眉吐气。

有人不服,说圣上怎么会允许一个已经和离过一次的女子嫁入皇家?

可话音还未落下,就见圣上下了圣旨,将无数价值连城的聘礼宛若流水般抬入了谢府,甚至还亲自设宴,邀请谢府全家去宫内参加家宴,俨然亲自为太子求亲的架势。

当日傍晚,谢华带着夫人和阿娇,小心翼翼地入宫参加了家宴。

这宴十分小巧,就设在圣上的寝殿内,是真正的家宴。

除了圣上,还有皇后,而临九司就坐在他们之间,一家三口,其乐融融。

皇后对自己的孩子失而复得十分感慨,因此对临九司简直是宠爱之极,有求必应。

之前她一直觉得临沛不亲近自己，是自己哪里做错了，后来才恍然大悟，原来不是自己做错了，而是搞错孩子了！

幸好现在她真正的孩子回来了，真正地让她体验到了这么多年从未体验过的母慈子孝，到底是什么样的感受。

所以临九司要什么，她就答应什么。要是圣上不答应，她就闹，一哭二闹三上吊，圣上觉得烦了，自然也就随她去了。

所以临九司看中了谢家女，她就努力帮他娶回来，她的孩子可是太子，难道还能委屈了他？

因此皇后和圣上非常热情地接待了谢华一家，先是关切了一番谢华的身体，然后又关怀了一番他的仕途，话题左拐又绕，终于引到了九司和阿娇的婚事上。

圣上和皇后无比真诚地表示这个婚礼啊，阿娇喜欢怎么办那就怎么办，一切都按照谢家的规矩走，他们一定全力配合。

讲真的，谢华入朝为官这么多年，就没见过圣上如此和颜悦色的样子，以至于让他产生了一种眼前这个皇帝会不会是个假皇帝的错觉。

大概是因为喝了酒，谢华脑子里的想法下意识就吐了出来："圣上，我能拔一根您的龙须吗？"

圣上："哦？"

众人一惊。

谢华猛地反应过来，顿时冷汗潺潺，结巴道："臣该、该死，臣……"

可他的话还没说完，圣上直接伸手拔下了自己的一根胡子。

圣上："一根够了吗？不够还有。"

谢华："够、够了……"

总之虽然有些忐忑，可这门婚事到底还是就这么商议结束，定了下来。

几日后，司天监选出了一个最适合太子大婚的日子，正是腊月十八。

虽是寒冬，却是十年难得一遇的良辰吉日，万物皆宜。

时间一日日过,九司白日里忙着处理公务,忙完了便会顺着宫廷密道,出宫去和阿娇私会,两人蜜里调油,感情升温迅速。

转眼就到了大婚这日,太子大婚,百官来贺。

不但各地的地方官都来了,南真子也特意赶回来喝徒弟的喜酒。

当然,还有张思竹,他也回来了,只是他身边的女子并非乔巧,而是另外一个如花似玉的小姑娘。

阿娇看着张思竹身侧的陌生少女,愣了愣。

可到底还是回过神来,向他打了招呼。

张思竹什么都没说,只是笑吟吟地看着她,眼神依旧幽深,仿佛蕴藏着浓浓的、化不开的悲伤。

当日晌午,吉时到,阿娇和九司在高台之上,在帝后和无数官员的注视下,终于完成了大礼。

阿娇被送入了东宫,专心等着九司。

临九司知道阿娇怕吵闹,所以留在殿内的喜娘并不多,且闹完后便让她们都各自回了。

阿娇就和小阮笑眯眯地坐在殿内,一边说说笑笑,一边吃着瓜果。

只是陡然间,就听外头响起了一道吵闹声。

小阮走出去探了探,半晌后回来了,脸色有些怪异。

阿娇歪着脑袋问:"怎么了,怎的这样的神情?"

小阮看着明眸皓齿的阿娇,小声为难道:"是……是张公子在外头,说想见您一面……"

阿娇微愣,又很快回过神来,她点点头:"好,我去见他。"


阿娇走出殿门,果然就见张思竹正站在院子口,被两个宫人拦着。

张思竹一看到阿娇,脸上才总算弥漫出一丝笑意:"我就知道,你会见我。"

阿娇挥退了宫人,站在他面前,静静地看着他。

张思竹深深地看着她,脸上的笑意却越来越悲伤,他哑声道:"圆圆,

今日你真好看。"

阿娇垂眸,小声道:"谢谢。"

张思竹红了眼:"其实,乔巧骗了我。她根本没有怀我的孩子。"

阿娇怔住,错愕地抬头看向他:"什么?"

张思竹落下泪来,悲怆道:"是太子……是太子让她这么骗我。这一切,都是他们做的一个局!就是为了让你从我身边抢走——"

他像是要将心中的委屈都诉说出来,红着眼,哑声一字一句道:"圆圆,我真的……好不甘心!"

阿娇整个人都呆住了,她怔怔地看着他,许久回不过神来。

张思竹见她这般,快要控制不住自己的情绪,他对着她冲上去,想要拥抱她。这时,一道红色的修长身影闪过,等他再回神时,临九司已经将阿娇护在了身后。

临九司身上的大红喜服将他衬得面如冠玉,俊美如斯,只可惜他的脸色并不友好,透着泠泠寒光。

他站在阿娇面前,挡住了张思竹看向她的眼神,负手而立:"你不甘心什么?"

声音冰冷。

张思竹亦沉下眉来:"你敢说你没有和乔巧串通一气,让她骗我说她已经怀了我的孩子?"

临九司挑唇,笑得幽冷:"是有此事没错。"

张思竹更愤怒:"圆圆!你听到了吗,他承认了!"

临九司眯起眼:"可你若是没有和乔巧暗通款曲,乔巧就算有孕了,又与你何干?"

张思竹脸色一滞:"你——"

临九司唇上讥嘲更深:"难道乔巧未有孕,你便不打算对她负责了?张思竹,始乱终弃,非君子所为。"

张思竹额上沁出薄汗:"我、我只是一时酒后失了理智……"

临九司还想再说什么,可身后的阿娇已走出一步,冷声说道:"别说了。"

阿娇看向张思竹，低声道："对乔巧好点，她是你明媒正娶的妻子。"

扔下这句话，阿娇显然已不想多说什么，她最后深深看了张思竹一眼，然后握住了临九司的手，轻声道："走吧。"

张思竹眼含热泪，作势想追上去，却被拦在了殿外。

他就这么看着阿娇渐渐走远，就此永远消失在他的生命里。

当日夜里，阿娇似乎有些沮丧。

她倚靠在临九司怀中，闷闷地说道："你是何时发现他们两个有首尾的？"

临九司将她紧紧搂着，柔声道："还记得我们曾一起去涂北夜市调查飘霜阁吗？"

阿娇疑惑："当然记得。"

从涂北夜市返回的路上，他就在路边看到了天悦客栈内张思竹和乔巧的身影。

临九司说完后，阿娇气得不行，质问他为何不早些告诉她。

可下一刻，临九司已将她压在床上，他在她耳边低声道："我不喜欢多说，只喜欢多做，亲力亲为。"

阿娇羞得脸色通红。

他挥了挥手，房内的蜡烛瞬时熄灭。

黑暗里，他的声音在她耳边变得格外暗哑："你是我的。"

谁都别想把你抢走。

春宵一刻值千金。

夜，还很长。

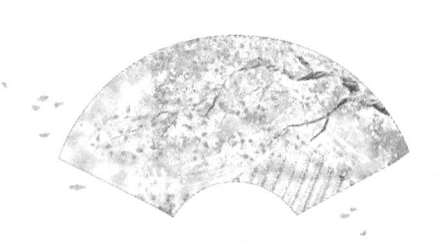

## 番外二
### 乔巧往事

◆
◇

乔巧一直都知道,张思竹很喜欢谢圆圆。

就如同自己从小就喜欢张思竹一样,都是苦涩的单相思。

尽管谢圆圆长得圆乎乎的,根本不如自己貌美,家世也不如自己显赫,可张思竹就是未曾好好地看看自己,反而整日跟在谢圆圆的身后到处跑。

而她只能压抑着自己对张思竹的这份喜欢,佯装不在意,佯装云淡风轻,陪在张思竹身边装出一副温柔明事理的样子,听张思竹抱怨这抱怨那,不敢流露自己的一丝真心。

十二岁时,张思竹情窦初开,每次和她谈起谢圆圆时,眼睛总是亮晶晶的,说谢圆圆真可爱啊,圆滚滚的就跟熊猫似的。

十三岁时,张思竹说圆圆喜欢读书好的,他也要努力读书,没准圆圆就会喜欢他了,后来他果真努力读书,可惜谢圆圆依旧未正眼看他。

再后来,张思竹缠着谢圆圆缠得狠了,还把自己的腿给弄瘸了。

…………

一桩桩一件件,每次张思竹来找乔巧,三两句就要提起谢圆圆,一边说一边笑,一边笑一边哭,就跟得了癔症一般。

乔巧心想,那我呢,张思竹,你总说谢圆圆从不正眼看你,你不也从未正眼看过我吗?

有那么一段时间,乔巧很是厌恶谢圆圆,总是暗中跟踪她,看看这胖妹是用了什么手段,怎么就被张思竹喜欢了呢?她又凭什么能得到他的喜欢呢?

只是乔巧跟着跟着,就发现了谢圆圆竟然在偷偷暗恋纪九司。

纪九司读书顶好,国子监常年第一,文武双全,不知道是多少贵女的暗恋对象,可谢圆圆却如此不自量力,竟然暗恋他。

后来某次,谢圆圆在锦衣坊买了条团锦琢花裙,她后脚便也去买了条一模一样的。

第二天,她们便都穿着这条裙子,在纪府门口碰上了。

乔巧看着谢圆圆落荒而逃的样子,忍不住弯起了眼来,第一次觉得如此畅快。

只是翌日,张思竹就在谢圆圆的府上待了整整一天,而明明她早就和他约好,当天要一起去郊外爬山的,可张思竹却爽约了。

她在张思竹的府前等了他整整一天,一直等到天快黑了他才回来。

张思竹一看到乔巧,还揉着脑袋疑惑道:"你在这儿做什么?"

乔巧依旧穿着这条团锦琢花裙,昏暗的光线里,她看着他,只是轻轻道:"你答应今日要陪我去小横山的。"

张思竹这才一拍大腿,揉着脑袋笑道:"圆圆今日心情不好,我去她府上陪她了,哈哈,改日、改日啊。"

乔巧眼底有些发热,却依旧挤出一个善解人意的笑来:"无妨,圆圆妹妹心情不好,你陪陪她是应该的。"

张思竹走上来拍了拍她的肩膀:"乔巧,还是你善解人意,改天我请你吃饭啊!"

乔巧红了眼眶,可他并未看到。

她只是轻声道:"张思竹,我身上的裙子,好看吗?"

张思竹随意瞥了一眼:"好看好看,你是京州第一美人,穿什么都好看。"

话及此,他打着哈欠让她赶紧回家,自己则已转身走远。

后来,纪九司在乡试中得了解元。

是乔其宗亲自批的卷子,以至于他下值后,依旧忍不住地夸赞纪九司。

后来乔其宗叫来乔巧,语重心长地劝她多和纪九司接触接触,还说纪九司这等才识,日后前途定然不可限量。

在乡试后的某次宴会上,乔其宗带着她,和纪家父子相互打了招呼,乔巧也和纪九司相谈了几句,客套疏离。

只是后来不知怎的,她和纪九司就传出了几分暧昧。

有说乔巧和纪九司才子佳人真是般配,还有的说纪九司对乔巧也是格外上心,很是喜欢,乃是金玉良缘。

纪九司对这些并不多加理会,可她却并不想张思竹误会,正打算和张思竹解释清楚,可谁知张思竹却先一步找上门来,乐滋滋地说这些都是他派人传出去的。

乔巧看着张思竹脸上的兴味,心底忍不住有些发冷。

那是她第一次对他置气,冷着声道:"你这样做,可曾考虑过我的名声?"

张思竹见她生气了,倒是有些慌了,哄道:"虽说对你的名声稍微有些影响,可谢圆圆便会对纪九司死心了呀!谢圆圆只有对纪九司死心了,她才会把目光从纪九司身上转移开……"

那一日,乔巧并未听他说完,拂袖而去。

她冷着脸想,确实,张思竹的思路确实没错。看来只有谢圆圆和纪九司成了,谢圆圆名花有主了,张思竹的目光才会从谢圆圆身上离开,才会注意到自己。

她恰好知道过两天纪九司会去什刹庙还愿,便故意在布料店内说给谢圆圆听。

谢圆圆听完，果然若有所思地愣在那儿。

乔巧的心思很简单，便是想给谢圆圆多创造点机会，让她努力接近纪九司，剩下的就看她的造化。

可没想到两日后的晚上，陷入昏迷的纪九司浑身湿透地出现在了自家门口。

乔巧吓得不行，连忙将他搬回家中，叫了大夫来给他看病。

等纪九司醒了，乔巧问他："发生什么事了？为何你会昏迷在我家门口？"

纪九司看着她，微微皱眉："马车失控，我掉入了什刹湖。"

乔巧震惊地看着他。

纪九司又问："是你救了我？"

乔巧摇头："不是我。"

纪九司下意识瞥了眼乔巧的脖颈，白皙修长，什么都没有。他记得救他的女子脖颈上有颗红痣，他印象深刻。

纪九司起身就要走，乔巧忍不住叫住他："纪九司，倘若是我救了你，你当如何？"

纪九司眸光微深："救命之恩，无以为报，乔小姐想要什么，只要我能给，定尽力做到。"

乔巧幽幽一笑："我什么都不要，你且回吧。"

而乔巧送走纪九司的第二天，张思竹果然就来与她提起，说谢圆圆落了水生了重病。

乔巧心底清楚极了，确实是谢圆圆在什刹湖救了纪九司。

只是没过多久，纪康来乔府提亲，双方父母就这么猝不及防地将纪九司和乔巧的婚事定了下来。

婚事定下后的第二天，乔巧跑去质问父亲，为何擅自为她定亲，却被父亲骂了一顿，骂她不知好歹，骂她不成体统，婚姻本是父母之命媒妇之言，何时轮得到她指手画脚。

乔巧气得不行，干脆跑去和纪九司私下见了面。

乔巧直截了当："那日并不是我救了你，是纪公子误会了。"

纪九司看着她，眸光清冷："我知道。"

乔巧抿着嘴："你既然知道，为何还要同意这门婚事？"

纪九司始终冷漠："和谁成亲，又有什么要紧，总归是要成亲的。"

这人孤傲又冷漠，气得乔巧转身就走。

她只好又去找张思竹，让张思竹想想办法。

可张思竹却笑眯眯地祝她新婚快乐，百年好合，乔巧看着他眼中的喜色，陡然道："倘若让纪九司知道，那日是谢圆圆救了他呢？你说他会怎么样？"

张思竹这才变了脸色，连忙上前一步伸手捂住了她的嘴唇，压低声音道："你疯了！你说这个做什么？"

乔巧挣脱他捂着自己嘴唇的手，冷声道："你若不想让纪九司知道，那就想个办法，让这门婚事作废吧！"

张思竹皱着眉头应着"好"，一边苦口劝她不要再说起此事，姿态卑微极了。

大概是纪九司定亲的事对阿娇的影响太大，阿娇因为救了纪九司本就生着病，在听到纪九司定亲的消息后，她便病得更重了，没过多久就被谢华送出了京州，据说是云游四方去了。

阿娇离京后，张思竹日日买醉，拉着乔巧陪他喝酒，整日烂醉如泥。

乔巧看着他如此做派，心底复杂极了，她忍不住问他："你就这么喜欢谢圆圆吗？"

张思竹红着眼看着她："对，喜欢。我真的很喜欢、很喜欢她，乔巧，我好想她。"

她看着他眼底的哀伤，半响，终是什么都没说，只也红着眼陪着他喝酒，一杯一杯，却怎么也喝不醉。

转眼两年过去，原本她就这么认了命，可谁知纪家却变了天。

纪九司杀父弑母，成了朝堂通缉犯。

她父亲当机立断，她和纪九司的这桩婚事，就这么作废了。

她终于又恢复了自由，可以光明正大地继续陪在张思竹身边。

这两年来，张思竹成长了不少，做事也沉稳了许多。她本想着只要自己有足够的耐心，张思竹迟早会属于自己。

可谁知没过多久，谢圆圆却带着被通缉的纪九司回京来了。

她甚至愿意为了纪九司嫁给张思竹，只求张思竹能出手，拉纪九司一把。

乔巧看得清楚，阿娇和纪九司大概是一起经历了许多，他们之间已经有什么东西不一样了。她能看到纪九司往日总是冷漠的双眸里，多了些许温度。

而现在的谢圆圆，也不再是两年前那个圆滚滚的少女，反而变得窈窕多姿，狡黠灵动。

果然，纪九司翻案后，他总是借口靠近谢圆圆，一起查案，时常偶遇她，与她整日待在司天监，每每总能气得张思竹跳脚。

张思竹喝醉的频率越来越高，某次在天悦客栈，他又喝得烂醉如泥，乔巧将他搀扶入房间后，他醉眼蒙眬地将她压在身下，一边叫着"阿娇"，一边占有了她。

天亮后，张思竹怔怔地看着她，又看着床上刺眼的落红，等回过神后，他落荒而逃。

她追上他，从背后抱住他，哑声说："我不要你负责，张思竹。我只要能陪着你就好了。"

可张思竹终究还是推开了她，跑出了酒楼。

后来她日日寻他，可他却对她避而不见。

直到某日，大概是阿娇和纪九司又给了他刺激，他终于又来找她。

他的眉眼幽深,气质阴鸷了许多,他径直将她带到了明月楼,沉闷不言地脱光了她的衣衫,便将她压在了楼顶卧房的床笫间。

昏暗的视线里,他喘着粗气在她耳边低声质问:"凭什么,凭什么这么对我,嗯?

"你和纪九司不清不楚,我便和别的女人勾结首尾,谁也不欠谁。"

他用力地占有她,说着腌臢的荤话,似乎把所有的负面情绪全都发泄在了她身上。

也是从那以后,每次纪九司和阿娇发生了点什么,他就来找她发疯,在她身上宣泄,仿佛只有这般才能找回平衡。

可乔巧却甘之如饴,她甚至觉得从未如此幸福。

哪怕她清楚自己和张思竹之间是见不得人的勾当,自己不过是件泄愤工具,可她全然不在乎。

她只是想着,等日后张思竹娶了阿娇后,张思竹能将她娶了当平妻,她便心满意足。

她总觉得明月楼是自己和张思竹的秘密禁地,是独属于他们的地方,可直到那夜大雨,她心血来潮想去明月楼看雨景,却撞见张思竹搂着谢圆圆,在楼顶天台赏景。

姿态亲昵,如此亲密。

她有些狼狈地逃跑,可一不小心打翻了转角柜上的花瓶。

等她慌张地下了楼时,却看到明月楼前,有一辆马车在等着她。

有根修长的手指掀开了马车窗帘,露出了纪九司的脸。

纪九司眸光幽幽,将她请上了马车。

马车极大,他看着她,眸光仿佛能看破一切,让她莫名心虚。

纪九司低笑着:"张思竹如此辜负你,你不打算为自己争口气?"

乔巧猛地看着他,脸色涨得通红:"你、你如何得知——"

纪九司:"我如何得知的并不重要,重要的是,你真的打算一直这样下去,做个见不得光的外室?"

"外室"，不，她明明连外室都不如。

乔巧红了眼眶："殿下，请您帮帮我。"

乔巧："当初在什刹湖，其实是谢圆圆救的你。那时她因为救你，还生了一场重病，谢大人当初也是为此，才将谢圆圆送出京城去的。"

纪九司眸光深深，半晌才道："我知道。"

乔巧一愣："你竟知道了？抱歉，当时我未及时告知，也是有自己的思量……"

纪九司转而道："接下去听我的安排，我自会保你嫁给张思竹。"

纪九司让她假装有孕，并让她在张思竹大婚当日爆出此事。

乔巧一开始尚且犹豫，可眼看他们的婚事越来越近，她如此煎熬，终究还是答应了下来。

而一切果然如纪九司预料的那样，谢圆圆得知此事后震怒，终究和张思竹和离了。

只可惜，算计来的婚姻，从一开始就注定了要悲剧结尾。

乔巧和张思竹大婚后没多久，她佯装摔跤流产，却被张思竹察觉出异样，明白了她的身孕，从一开始就是个谎言。

张思竹盛怒之下打了她一巴掌，让她真正地摔了一跤。小腹瞬间传来剧痛，当场就有鲜血流了下来。

她竟真的有了身孕，可连她自己都未察觉。

张思竹对她的心机和谎言生了厌恶，婚后短短两月时间，他便已左拥右抱，一口气抬了两名妾室。

此后每年，张思竹纳妾不断，后宅莺莺燕燕，乌烟瘴气。妾室们钩心斗角，手段层出不穷。

而她整日忙着处理宅内腌臜，日日蹉跎了下去。

多年之后，乔巧守着自己的一儿一女，脸上鲜再露出笑意。

直到某日，春暖花开，天晴有风，她看着女儿在后院放着风筝，肆意欢笑奔跑,恍惚之间,她隐约回忆起了自己年轻时,也曾这样恣意张扬,明媚青春。

只是那般岁月,如此遥远,如今再回想,仿佛被蒙了层雾。

已是记不太清了。

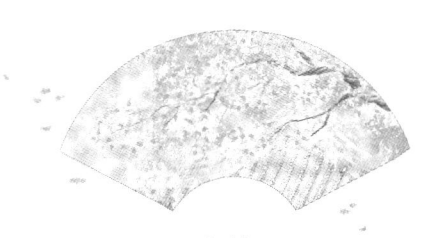

## 番外三
### 帝后日常

临九司和阿娇婚后的第三年，老皇帝正式退休，去做逍遥太上皇去了。临九司登基，而阿娇则被封为皇后。

帝后伉俪情深，琴瑟和鸣，孕有一子，成为众人美谈。

只是外头虽然传为美谈，阿娇却不知道吃错了什么药，开始频频对临九司冒出些疑惑来。

大概就是临九司到底是从什么时候开始喜欢自己的呢？

她想来想去，总觉得圣上这人心机太重，她好像不知不觉就被他捕获了，却压根儿就没弄清楚他是什么时候看上自己的。

女人一冒出疑问，就会开始阴阳怪气。

比如吃饭的时候，阿娇吃到了好吃的豆角，就开始说："这豆角真好吃，圣上您多吃点。"

临九司果然多吃了两筷子。

阿娇："这菜就跟人心一样的，对口味了才喜欢吃，不对口味就吃不下去，圣上您说是不是？"

临九司笑眯眯地看着她："皇后说得很对。"

阿娇："所以圣上您是什么时候开始喜欢吃我这盘菜的？"

临九司夹了一只鸭腿到她碗里："什么时候朕都喜欢。"

又是这种敷衍的回答！

阿娇愤愤地啃着鸭腿，一边幽怨地看着他。

冬去春来，御花园里的数千种草药全都逐渐抽了芽。

由于阿娇和别的女子不太一样，别的女子喜欢花，她却喜欢摆弄草药，所以圣上下旨，在御花园种满了各种草药，让皇后摆弄个开心愉快。

所以等到春夏之际，别人的后花园充满了花香，御花园内则充斥着浓郁的药味。

文武百官表面上恭维说圣上如此宠爱皇后，真是让人感动啊，背后则吐槽说这御花园真不是人待的，每每经过都弥漫着一股苦味，虽然很养生但也实在是有些让人难以忍受啊。

这些吐槽的话很快就传到了新帝的耳边。

新帝不以为意，反而大手一挥，又给御花园多栽了上百种苦味草药。一阵风吹来，又苦又提神，上头又带劲。

没过多久这些话也传到了阿娇耳中，阿娇有些不好意思，可又觉得临九司对自己真是好得没话说，心底甜滋滋的。

小阮在一旁笑眯眯地说："娘娘，您最近总问圣上是何时开始喜欢您的，依奴婢看，这并不重要呀！您看圣上多宠爱您啊！"

是啊，这好像……确实不重要。

阿娇看着御花园内的大片草药，忍不住甜甜地笑了起来。

只是新帝登基后，后宫只有单单一位皇后，未免太空虚了。

也是，如今的后宫空空荡荡，平日里能和阿娇说说话的，只有当年临沛献上的那位南疆小公主。这么久了，她被孤独又尴尬地留在宫内，阿娇时不时会过去和她说说话，除此之外，后宫再没别的女子了。

于是不断有官员谏言，让新帝选秀纳妃，充盈后宫。

新帝并未直接拒绝，而是宣布要举办狩猎大会，倘若有中意的，他自会在狩猎大会上亲选心仪之人。

这消息一出,文武百官府上的贵女们纷纷为了狩猎大会精心准备起来,各个都想在圣上面前博得出头机会。

这消息自然也第一时间传到了凤栖宫。

小阮有些担忧地看着阿娇,可阿娇却面不改色,依旧笑眯眯的,似乎根本没往心里去。

见皇后这般心宽,小阮自然也放下了心来,不再多言。

转眼就到了出行狩猎这一日。

帝后带着文武百官和家眷们,浩浩荡荡地朝着京郊的行宫而去,只有小皇子尚且年幼,被留在宫中让乳娘照顾。

行宫坐落在文兰山,在京郊外一百多里处。

众人赶了两日路,在第二日傍晚时分终于入了行宫内。

众人休整一夜,第二日狩猎大会便正式开始。

只是众人这才刚安顿下来,便有无数身着漂亮衣裙,涂着胭脂的贵女在新帝面前各种偶遇,差点没把新帝熏出鼻炎。

临九司躲入阿娇房内不再出门,阿娇则坐在桌边歪着脑袋看着他。

她调笑道:"圣上这是怎么了,不去好好相看贵女,反而躲到臣妾屋内,真是折煞臣妾了。"

临九司走到她身边,径直将她打横抱在怀中,一边朝着床榻走去。

他将她放在床上,欺身而上,在她耳边幽幽道:"可朕偏偏只想好好相看眼前这位贵女。"

阿娇红了脸颊,临九司伸手熟练地剥了她的衣衫,轻啃她的耳垂……

半个时辰后,方才叫了热水。

只是沐浴之时,浴池之内又传出了动静,阿娇红着脸捂住嘴,努力不让自己发出声音,可情到浓时,难免声音破碎,情难自抑。

一直折腾到快深夜,阿娇累得沉沉睡去,临九司弯着眼将她搂在怀中,亲了亲她的脸颊,这才也闭上了眼。

翌日，狩猎大会正式开始。

只是这次的大会很不一样。

圣上一早就换上了便衣，身骑白马，放言哪位贵女能第一个追上他，他便选谁做自己的皇妃。

这话一出，一众精心打扮穿着锦裙的贵女全都傻了眼——她们只顾着如何将自己打扮得漂亮光鲜，哪里想过会是这样的游戏规则啊！

这下可好，眼看圣上说完规则就一溜烟入了森林没了踪影，各位贵女哭都没地方哭去，只有少数几个会骑马的贵女，一个个都临时想办法搞了套骑马服，翻身上了马，笨拙地追寻圣上去了。

而剩下那些手不能提肩不能扛的少女，连入场券都没有拿到，就被淘汰了下来。

而入了树林的临九司，直直地朝西而去。

一直等到了某个山腰，他总算和早已站在那儿等着他的阿娇会合了。

阿娇已做男子打扮，清秀利落。临九司径直伸手将她拉上马儿，然后一夹马肚，朝着远处而去。

纵马驰骋间，阿娇问他："临九司，我们去哪儿？"

临九司弯眼轻笑："放纵一回。"

临九司带着她下了山，去了京州附近的健江。

健江富庶，小吃甚多，亦有无数江河美景，是旅行的好去处。

临九司带着她沿路吃吃逛逛，惬意潇洒。

转眼便过了两日，只是待返程时，马儿却被人偷了。

眼看天色渐暗，临九司带着阿娇，转身又回了健江城内，打算重新买一匹。

可谁知还没走出几步，临九司陡然握住阿娇的手，柔声说道："时间不急，不如还是在此休息一晚。"

阿娇对着他眨了眨眼："好。"

于是，二人又入了附近的客栈开了上房，打算过了今夜，明日再返程。

上房宽敞干净，楼下有飘香的臭豆腐，阿娇想去楼下买些小吃，却被临九司搂在怀中，压在床上作恶。

阿娇累得不行，便也懒得下楼买吃的了，看了会儿杂记便犯困入睡。

只是睡到半夜时，临九司陡然睁眼，便见有几道黑乎乎的人影，鬼鬼祟祟潜伏在窗边。

随后，便有一杆迷烟透过窗户油纸扎了进来，一股黑乎乎的烟雾从圆孔中弥漫而出，很快就传遍了整个房间。

临九司不动声色地唤醒了阿娇，伸手指了指窗户处，一边顺势捂住了她的口鼻。

阿娇看了眼窗外，脸色瞬间凝重起来，她起身，紧紧攀住了临九司的胳膊。

临九司已搂着她飞身上了屋顶横梁，很快，无数黑衣人破窗而入，直直地朝着床榻冲了过来。

可在看清床榻上并无人影后，众人皆是一愣。

"人不在，快追！"

"一定没跑多远。"

"走！"

来人人数众多，很快便冲出了房门，继续抓人去了。

临九司这才带着阿娇从窗户飞了出去，径直运着轻功，踏着屋檐飞出了健江城的城门。

夜色正清，头顶月色皎洁，星辰满布，刚入春，迎面的夜风冰凉，透出几分寒气。

阿娇紧紧地和临九司十指交握，语气透出惶恐："不知是何人想要害我们，我们这番出行，分明无人知晓……"

临九司揉了揉阿娇的脑袋，俊秀的脸上十分平静，柔声道："别怕，有我在。"

阿娇想起刚才那几人说话的语气，忍不住皱了皱眉。

临九司带着她沿着官道径直离开,岂料还没走出多远,身后那群人竟很快追了上来。

临九司带着她运着轻功继续跑,可身后人却穷追不舍,最终不出半个时辰,这群黑衣人已将临九司和阿娇团团包围。

为首的黑衣人长得人高马大,皮肤黝黑,姑且叫他小黑。

小黑带着浓重口音说道:"我等并非想要害你们,只是有苦衷,所以不得不先软禁二位,还请二位跟我们走一趟吧!"

话及此,他竟然还对着临九司作揖,鞠了一躬,态度透着几分恭敬。

阿娇眉头皱得更紧,总觉得这群黑衣人的来历不一般。

临九司面不改色,只冷笑道:"苦衷?什么苦衷,不如说来听听。"

黑衣人们相互交换了个眼色,似乎是在考虑。

小黑又对着临九司重重一抱拳:"现在还不到说的时候,还请二位先跟我们走一趟吧!"

对方葫芦里卖了药,却不知这药到底有没有毒。

就这样,临九司和阿娇被迫和几个黑衣人同行,一行人浩浩荡荡地进入了附近山头的一座寨子内,暂时成了寨内的客人。

他们将临九司和阿娇关押在一个布置精致的房间内,房内有软榻,有桌椅,桌上还摆放着新鲜的水果,饱满多汁。

阿娇有些惶恐,可临九司却十分淡定,甚至还有心情和阿娇逗趣,搂着她没个正行,被阿娇冷着脸咒骂了一顿,方才收了打闹之心。

那群人软禁了他们后,也不出现,每到饭点只派个小厮来给他们送饭,除此之外,安静得有些可怕。

如此被关押了两日,一直到眼下晌午,小黑突然闯进了门来,脸色凝重地看着临九司。

临九司和阿娇正在各自看书,听到动静,皆抬头看向他。

小黑眸光沉沉地走到临九司面前跪下,沉声道:"在下有个交易,想要和圣上谈谈。"

阿娇睁大了眼。

临九司收起书看向他，淡漠道："南疆大皇子温平宗，性虽鲁莽，却最重情，亲妹妹温蛮儿于四年前被送入大周皇宫，再未归家。"

温平宗猛地抬头看向他，眸中满是震惊："圣上，您都知道？"

临九司："你若想要带走你妹妹，朕可以允你，现在你就可备马，将你亲妹妹接回南疆。"

温平宗却愈加凝重地摇了摇头，又对着临九司重重叩首："可我并不想将蛮儿接回南疆，而是乞求圣上，能收她入后宫，给她一个名分！"

温平宗一介壮汉，却落下了泪来："南疆对待女子向来苛刻，蛮儿在大周五年了，无名无分，不清不楚，倘若就此回南疆，只恐她给皇室蒙羞，怕是要落得一个惨死的下场！"

温平宗双眸赤红："只求圣上开恩，给她一个名分！"

临九司依旧平静，可目光深处已透出不耐烦。

他又笑了起来："朕若不允呢？"

温平宗擦掉眼泪，眉眼透出狠厉："那就别怪我冒犯圣上！"

可下一秒，临九司不过是打了个响指，瞬间便有无数身着黑衣的暗卫宛若游鱼一般拥了进来，不稍多时便将整座寨子包围得彻底。

阿娇彻底惊了，在一旁嘴唇忍不住张成了鸡蛋状。

临九司眉眼透出温柔的阴鸷："你以为你真能困住朕？不觉得可笑吗？"

可温平宗像是早就料到会如此一般，他大笑道："圣上可知，为何我要潜伏两日再来找您摊牌？"

临九司微微皱眉。

温平宗陡然伸手指了指一旁的阿娇："圣上，南疆最善制蛊。这两日时间，正好可以在皇后体内种入忘情蛊，倘若圣上不想皇后失去有关您的所有记忆，还请圣上收了蛮儿为妃吧！"

阿娇中了忘情蛊。

起初临九司尚且不信，他命暗卫将所有苗疆黑衣人全都押回了皇宫密牢，由他亲自审问。

可等回到皇宫后，忘情蛊的症状逐渐冒了出来。

第一天晚上，阿娇歪着脑袋看着他，眼中满是迷茫地问他："你是谁，为什么要把我抱在怀里呢？"

临九司心下一颤，他陡然更紧地抱住她，嘴边小心翼翼道："阿娇，你这是怎么了，我是你夫君啊，你不记得了？"

阿娇茫然地摇了摇头。

但是不过持续了短短一刻钟时间，她就恢复了正常。她笑眯眯地在临九司面前挥了挥手，问他怎么了，怎么脸色如此难看。仿佛忘记了刚刚自己的短暂失忆。

可等到第二日的傍晚，阿娇又忘记了他，并且，今日忘记他的时间，比前一天长了半个时辰。

阿娇一日比一日不对劲，临九司逐渐发疯了。

半夜时分，他鬼气森森地独自到了密牢，让这群南疆人匍匐在地，亲自审问他们。

他阴鸷地质问如何才能解了这蛊，他们不肯说，他便挥了挥手，让侍卫们用了些无伤大雅的小手段。

只是手段虽小，却也磨人。

他看上去温和极了，眼底却阴冷得可怕。他蹲在温平宗的面前，声音诡异又温柔："你来说，忘情蛊的解药是什么？"

温平宗始终咬紧牙关："只要圣上纳了蛮儿为妃，我就告诉你！"

临九司笑了起来，他转身就下令命人去将温蛮儿抓来密牢。

片刻后，温蛮儿果然被带到他们面前。

温蛮儿看清眼前情势，吓得花容失色，她惨白了脸，颤声质问哥哥为何会变成现在这样。

可不等她将话说完，临九司已经抓过了温蛮儿，抽出侍卫的长剑架在了温蛮儿的脖颈上。

临九司低笑道:"不说,我现在就杀了她。"

温蛮儿看着圣上森冷到恐怖的神情,吓得脸色发白。

温平宗见温蛮儿如此,这才变了态度,颤声道:"我、我说!"

温蛮儿这才知道自己的哥哥竟然不远万里从南疆来到大周,就是为了给自己争取一个名分,甚至不惜对皇后下了忘情蛊。

她看着新帝的脸色瑟瑟发抖,颤抖道:"忘情蛊的解法很简单,只要让中蛊者感受到自己在被爱就可以了……"

不等温蛮儿将话说完,新帝已经如一阵风般冲了出去。

临九司像是有些疯了。

阿娇在一天之内遗忘他的时间越来越长,他便带着阿娇出了宫,重新走了一遍他和她走过的所有的路。

他带着她回了七里山,回了昌平镇,沿着当初阿娇带他回京的路,从头到尾再走了一遍。

他对她说,那年她在七里山救下他,对他粲然一笑,自报家门。便是那一笑,让他就此沦陷,彻底扎进了她的世界里。

他说,后来她用铁锅将他砸致短暂失忆,一开始他确实一到晚上就什么都不记得,但逐渐地,他失忆的时间越来越短,可他看着她满脸狡黠调戏自己的样子,渐渐地,他开始不愿从失忆的扮演中醒来。

他陪着她演戏,装作失忆,假装迷茫,可实际上每夜每夜地偷看她,看着她睡觉时安静的模样和她眉眼间莫名的感伤。

他总是在想,她在感伤些什么,是因为自己而感伤吗?

可明明她清醒时的样子那般坚韧,眼中始终燃烧着浓烈的希望,仿佛怎么都不会放弃。

他逐渐不再抗拒入京,逐渐生出了浓烈的,想要活下去的希望,开始想要反抗命运,想要好好地、精彩地活下去。

他奋发读书,沉下心布置计谋,一步一步走到今天,阿娇是他所有的精神寄托和勇气。

没人知道他对她，怀着多么强烈病态的喜欢和占有。

他不允许任何人靠近她，所以他设计坑了张思竹，让张思竹用最狼狈的方式，在阿娇面前显露出原形，让阿娇这辈子永远厌恶张思竹。

三日，六日，十三日。

眼下又是雨夜，临九司将熟睡的阿娇搂在怀中，二人待在马车内，他静静看着文殊山的夜景发呆。

他看着阿娇瘦了一圈的脸颊，仿佛自己也中了蛊，脑子像是停止了转动。

他更紧地搂住她，在她耳边无措道："别忘了我，我会害怕的。"

二十岁的临九司如此手足无措，一如当年他在七里山山顶，被那群村民围剿时那般，绝望满溢。

两日后，临九司带着阿娇回了皇宫。

阿娇中蛊毒，满打满算，正好十五天。

十五天，月亮阴晴圆缺走了半轮，蛊毒却刚刚好代谢了一轮。

临九司去上朝后，阿娇躺在床上睁开眼，回想着这半月的经历，一边甜滋滋，一边瑟瑟发抖。

甜滋滋的是，这半个月来她竟然听到平日里越发正经的新帝说了一箩筐的情话；抖的是要是被他知道，被下忘情蛊，其实是自己和蛮儿共同商量出来的主意……不知道新帝会不会愤怒到一刀砍死自己啊？

阿娇急忙跑到了蛮儿的宫殿，去和她商议对策。

蛮儿的日子并不好过，上次临九司在地牢内发完疯后，就命人把蛮儿关押了起来，每天只给她吃一口糙馒头，美女已经饿得面黄肌瘦，严重营养不良。

温蛮儿看到阿娇终于来了，当场就哭了："我的皇后娘娘！您可终于来了，您知道这半月我是怎么过的吗——"

阿娇连忙将温蛮儿搂在怀里哄着，一边下令赶紧将好吃好喝的都呈上来，给蛮儿小姐姐开开荤！

这事其实说来话长，前些日子阿娇不是一直疑惑于圣上到底是什么时候开始喜欢自己的吗，于是抱着困惑的心情，她和蛮儿分享了自己的苦恼，温蛮儿便给她出了个主意。

让她中个忘情蛊，试探一番不就是了？

当然了，温蛮儿帮阿娇，是有条件的。条件就是放她出宫，给她自由。

温蛮儿本是想出宫开个脂粉店，当个小掌柜，从未想过要回南疆，更从未想过要给新帝当妃嫔。

明明一开始是这样说好的，可谁知温蛮儿的哥哥说出的交换条件，竟然是要让温蛮儿入了临九司的后宫，所以阿娇当时才会那般震惊——这怎么和说好的不一样啊？

大哥，您怎么不按剧本走啊！

也是因为大哥不按剧本走，而阿娇又中了忘情蛊，脑子时而断片时而昏昏沉沉的，事情才会变成现在这样，大哥被临九司关在牢里好一通磋磨，身心俱疲……

温蛮儿一边大口吃着肉，等吃饱后，这才和阿娇相互拥抱着瑟瑟发抖，大眼瞪小眼，不知道该如何收场。

明明一开始只是想简单地听听情话而已，鬼知道会变成现在这样啊！

温蛮儿非常惶恐地道："娘娘，您饶我一命吧！我只想出宫恢复自由身，仅此而已啊！"

阿娇也快哭了："我我……我知道，可我也不知道怎么就变成现在这样了……"

温蛮儿叹道："到底是我大哥不甘心罢了。他不甘心让我就这样离开大周的皇宫，更不甘心我就此恢复自由，活得逍遥。南疆皇室无比混乱，倘若他有个在大周当宠妃的亲妹妹，对他未来夺嫡，总能增加些筹码。"

阿娇瞬间便悟了。

说到底，是温平宗人心不足蛇吞象，夹带私心，才会阴错阳差落得这样的下场。

阿娇："我知道皇宫有条密道，不如我带你逃走吧！"

温蛮儿一愣:"啊,这不太好吧?若是贸然逃走,日后我岂不是成了逃犯,吃了上顿没下顿?"

阿娇:"只有委屈你了……"

温蛮儿哭了出来:"我不要啊,我不能没有鸡腿!"

阿娇也哭了:"都怪我不好,呜呜呜——"

还不等阿娇哭完,寝殿的门陡然被人推开。

只见临九司冷着脸,逆光站在殿门口,浑身冷得就跟刚从冰窖捞出来似的。

阿娇和温蛮儿集体吓尿。

一个月后。

京城多了一家名叫"蛮儿胭脂铺"的新店。

卖的胭脂水粉十分独特,气味清幽不腻,格外好闻,因此深受京城众位贵女捧场。

由于前些日子皇后生了场怪病,导致新帝的脾气变得暴戾阴鸷,情绪极不稳定,因此原本还嚷嚷着想把自己女儿塞进后宫的众位臣子们,全都默契地不再提及此事。

也不是没有头铁的,之前就有一位胆大的,大概是想富贵险中求,哪怕新帝脾气乖张,依旧强行带着自己女儿进宫自我推荐了一番。

后来那位臣子的贵女被留在后宫刷了三个月的恭桶,真的惨……

那臣子敢怒不敢言,求圣上饶过自己的女儿,可话音未落他也被留下刷恭桶,可怜那臣子一把年纪还要日日刷恭桶,差点腰间盘突出。

总之从那之后,是再也没人敢提让新帝充盈后宫的事了。

而更奇怪的是,皇后的怪病虽然好了,可之后的很长一段时间,皇后走路都一瘸一拐的,姿态怪异。

有时还好久都不下床,就在床上睡懒觉,一副格外疲惫的样子,真是成何体统!

不过好在,两月之后,宫内便又宣布皇后怀了龙嗣,也算是给京州添了门喜事。

　　日子一日日过,京州圈内,始终流传着不同的传说。

　　而帝后二人,是最绚烂的那一枝,永不落幕。

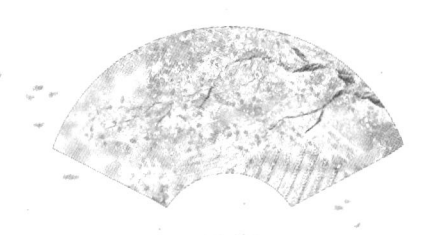

## 后记

一开始在构思这个故事时,只是单纯地想写一个有关玄学的故事。

有人打趣说"求人求己不如求佛""上班上进不如上香",就是基于这个网络梗,脑子里突然就蹦出了一个玄学少女的人设,于是这个故事就此有了雏形。

只是随着下笔,阿娇的人设变得越来越立体,纪九司的形象也变得越来越鲜活。

随着故事逐渐推进展开,我的初衷反而开始显得不再那么重要,满脑子全被他们闪闪发光的爱恨情仇、纠缠纠葛所吸引。

阿娇对纪九司的喜欢,从年少时的情愫渐生,到逐渐成了一种执念。这份感情真挚热烈,好像都已经成了她人生不可分割的一部分。

他和她的灵魂紧紧纠缠,就像丝线一般,紧紧嵌入血肉里,不经历一场剧痛,永远无法割舍。

而纪九司,他对她的感情来得后知后觉,他在被阿娇带回京城的路程中,就连灵魂也逐渐被救赎。

一个天才少年,年少成名,鲜有对手,他心高气傲,一览众山小,何尝不孤独。

直到那个鲜活的少女，一步一步地接近他，走进他的世界，开始触碰他的灵魂，他才终于真正地摆脱了那份寂寥。

他们二人，彼此救赎，彼此成全，是最适合彼此的唯一解药。

再也没有比他们更适合对方的了。

还有，有关乔巧。自古以来，女子总是多舛，乔巧对阿娇的感情充斥着矛盾，她有些嫉妒阿娇，却又想成全阿娇。

这两个少女之间，隐约有着针锋相对，可也暗藏着对彼此的成全。

乔巧选择撒谎来嫁给张思竹，虽然张思竹婚后性情大变，可对乔巧来说，她能一直陪在爱的人身边，何尝不是一种残缺的圆满。

希望每一个少女，都能得到意中人的喜欢，然后欢乐地过一生。

不知你年少时的那份喜欢，在多年之后，是成了记忆里泛黄的甜蜜，还是尘封多年的遗憾？

我想在你心里，一定有自己的答案。

愿天下有情人终成眷属。

愿每一位读者都能收获幸福、快乐。

小萌 留

---

本书由萌教教主委托长沙大鱼文化传媒有限公司正式授权江苏凤凰文艺出版社，在中国大陆地区独家出版中文简体版本。未经书面同意，本书的任何部分不得以图表、电子、影印、缩拍、录音和其他手段进行复制和转载，违者必究。